사자 츠나구 1

사자 츠나구

1

산 자와 죽은 자 단 한 번의 해후

츠지무라 미즈키 장편소설

오정화 옮김

리드리드출판

차례

그녀가 아니었을지라도

불어오는 바람에 코트 깃을 여몄다.

하늘을 보던 시선을 옆으로 돌리자, 방금까지 아무도 없던 가로수 앞에 한 소년이 서 있다.

"히라세 마나미 씨?"

나를 부르는 갑작스러운 소리에 준비하고 있던 말이 목에 걸려 버렸다. 그 탓에 호흡이 가쁜 소리가 나고 말았다.

"넷!"

내 반응에 소년이 한 걸음 뒤로 물러섰다.

도에이 신주쿠선의 역, 나는 오늘 처음 이 역에 내렸다. 상대가 알려 준 대로 3번 출구. 출구 옆에 패스트푸드 가게가 있었지만, 사무실이 밀집된 지역이라 일요일에는 가게를 열어도 손님이 많지 않은지 불이 꺼져 있다. 이 주변의 변변한 곳이라곤 거기뿐이었다. 나는 그저 눈앞의 큰 도로를 질주하는 자동차를 보고 있었다.

"네, 제가 히라세인데요. 무슨…?"

당혹스러웠다. 소년은 언제 온 걸까? 약속 시간과 장소는 틀림없었다. 나는 30분 전부터 나와 거리를 지나다니는 사람들을 보고 있었다. 내가 상상했던 상대는 나이가 많은 사람일 거라 생각했다.

새삼스레 소년을 바라보았다. 혹 뒤에 다른 사람과 같이 오지 않았을까 생각도 했지만, 소년은 혼자였다.

고등학생 정도나 되었을까? 소년은 손때 묻은 노트 한 권을 손에 들고 있었다. 딱 '요즘 아이'라는 분위기를 풍겼다. 머리를 갈색으로 염색하지도 않고 피어싱 같은 액세서리도 하지 않았지만 생김새나 적당한 체형이 세련돼 보였다.

소년은 남색 더플코트를 입고 있었다. 소매와 모자는 체크무늬의 덧댄 천으로 만들어졌고 어깨 부분에만 가죽으로 디자인된 것이 아마도 브랜드 제품일지도 모른다.

만약 내가 소년과 비슷한 또래였다면, 절대 말 붙이지 못할 묘한 분위기를 풍기고 있었다.

"저기…."

"갈까요?"

긴장해서 혀끝이 굳은 내게 소년이 말했다. 나는 여전히 동요하고 있었다. 앞장서듯 걸음을 뗀 소년의 등을 향해 물었다.

"대리인인가요? 저는…."

"제가 츠나구입니다."

눈을 깜빡였다. 뒤를 돌아본 소년이 귀찮은 듯 눈을 가늘게 뜨고 나를 쳐다보았다.

"대리인이 아니라, 제가 당신의 이야기를 들어줄 사자使者 츠나구입니다."

어안이 벙벙했다.

"저는…, 만나게 해 준다고 들었는데요."

"걱정하지 않으셔도 됩니다."

소년이 손에 든 노트를 어깨에 멘 가방에 넣으려고 했다. 입고 있는 코트와 가방은 소년의 분위기와 잘 어울려 세련되고 도시적인 느낌을 냈다. 들고 있던 낡은 노트만 영 소년과 섞이지 못했다. 나는 그저 멍하니 소년을 바라보다 뒤를 따랐다.

소년은 다시 한번 진지한 말투로 또박또박 말했다.

"죽은 사람과 산 사람을 만나게 해 주는 창구. 제가 바로 사자 츠나구입니다."

주위의 모든 소리를, 눈앞의 도로를 달리는 자동차 소리마저 남김없이 차단하는 듯한 소년의 명징한 목소리를, 나는 멍하니 듣고 있었다.

1

소년이 나를 데려간 곳은 걸어서 10분 거리에 있는 종합병원이었다.

새 건물인 것 같았다. 복도의 크림색 벽과 바닥은 아직 눈에 띄는 얼룩도 없이 깨끗했고, 병원 매점 분위기도 밝았다.

왜 병원으로 왔을까? 입원한 누군가에게로 나를 데리고 가는 걸까? 궁금했지만 말을 걸기가 망설여져 입을 다물고 있었다.

일요일이라 그런지 면회를 온 사람이 많았다. 어린아이를 데리고 온 젊은 부부, 친구의 병문안을 왔는지 여럿이서 즐거운 듯 걸어가는 중고등학생 무리. 그 사이를 걷는 나와 소년이 어떤 모습으로 비칠지 생각하니 아무 이유 없이 어깨가 움츠러들었다.

또래 아이들이 봐도 멋진 옷차림의 남학생과 그보다 열 살쯤은 많아 보이는 우중충한 여자. 난 아직 이십 대이지만 소년의 눈에는 아줌마로 보일 것이다. 그동안 사람들로부터 칭찬을 가장한 '차분하다'라는 표현으로 종종 나이 들어 보인다는 지적을 들었으니까.

소년은 소독 냄새가 나는 복도를 망설임 없이 걸어갔다. 그러고는 제집 앞마당에 들어선 것처럼 당당한 걸음으로 1층 식당으로 들어갔다. 전면이 유리로 된 벽의 맨 끝에 정원으로 나가는 문이 있었다. 유리 너머로 푸른색 환자복을 입은 환자들이 정원을 산책하는 모습이 보였다. 병문안을 온 손님과 함께인 사람도 있고 혼자서 휠체어를 타고 있는 사람도 있었다.

"저기, 정원에서 얘기를 나눠도 괜찮으신가요?"

나는 고개를 끄덕였다.

겨울 공기는 차가웠지만, 햇살 덕분에 바깥 날씨가 그렇게 춥지는 않았다. 소년은 내게 빈 의자에 앉으라고 권한 후 식당 안쪽으로 들어가더니 잠시 뒤 양손에 종이컵을 들고 돌아왔다.

"여기요."

소년이 종이컵 하나를 건넸다. 옅은 초록빛 차가 담겨 있었다. 시선을 돌려 들여다본 식당 안에는 무료 자판기가 마련되어 있었다. 나는 고맙다는 짧은 인사를 건네고 컵을 받아들었다.

병원의 정원도, 차도, 내가 상상하던 츠나구의 이미지와는 너무 달랐다.

직장에서 회의에 참석할 때 입으려고 산 트위드 소재의 정장. 그 위에 검은색 무지 코트를 갖춰 입은 내 모습을 상기하자 안심이 되면서도 한편으로는 아쉬운 마음이 들었다. 상대가 어떤 고급스러운 장소로 안내해도 어울릴 수 있도록 옷장 깊숙한 곳에서 꺼내 입었는데.

"츠나구에 대해서는 어디에서 들으셨나요?"

"네?"

소년은 내 옆에 앉지 않았다. 잔디밭 앞에 세워진 낮은 울타리에 발을 올리고 서 있었다. 나를 내려다보는 올곧은 시선에 기가 눌려 무심코 눈을 피해 버렸다. 불현듯 최근 다른 사람과 눈을 똑바로 마주친 적이 없었다는 사실이 떠올라 흠칫 놀랐다.

"인터넷에서 알게 된 사람들을 통해서…요."

나도 모르게 크게 숨을 내쉬었다. 꽤 어렵게 닿은 길이기도 했고 돈도 들였다. 믿을 만한 정보와 그렇지 않은 정보를 구별하지 못해 쓸데없이 돈만 날린 적도 있었다. 연락처까지 입수한 것은 이번이 처음이다. 눈앞의 소년이 진짜라고 한다면 정말 운이 좋았다고밖에 할 말이 없다. 포기하는 마음이 반, 사기당해도 상관없으니 될 대로 되라는 마음이 반. 그 두 마음 사이에서 어딘가에 존재하는지, 존재하지 않는지도 모르는 츠나구를 믿어왔다.

"도시 괴담 같은 이야기라고 생각했어요."

내가 중얼거리자 소년이 종이컵에 담긴 차를 후후 불어 식혔다. 저 동작. 뜨거운 것을 뜨겁게 느끼는 것을 보니 왠지 모르게 마음이 놓였다.

"정말 만날 수 있을 줄은 몰랐어요."

"규칙은 어느 정도 알고 계신가요?"

소년의 목소리는 신기할 정도로 차분했다. 마치 내가 그보다 훨씬 더 연하처럼 위축됐다.

"대충요. 그런데 사실인가요? 이미 세상을 떠난 사람과 만날 수 있다는 것이?"

"만나게 해 드릴 수 있습니다."

소년은 단호하게 대답했다.

"오소레잔산의 무녀 이타코와 같은 방식은 아닙니다. 영적 능력이 있는 사람이 죽은 사람으로 빙의하거나, 그들이 보내는 메시지를 받아 당신에게 전하는 형식이 아닙니다. 저는 당신이 만나고 싶어 하는, 이미 세상을 떠난 사람과 직접적인 만남을 주선해 드리는 만남 중개인입니다."

"저도 그렇게 들었어요. 옛날부터 유명한 조직이라는 이야기도 있던데요?"

"조직?"

소년이 혼잣말처럼 중얼거렸다. 엉뚱한 말을 해 버린 걸까? 하지만 소년은 딱히 불쾌한 기색을 내비치지 않았다.

"조직이 아닌가요?"

"필요한 내용만 간결하게 말씀드리겠습니다. 츠나구는 물리적으로 만날 수 없는, 이미 세상을 떠난 누군가와 만나고 싶다는 의뢰를 받으면 그것을 가지고 돌아가 망자와 교섭합니다. 당신이 만나고 싶어 한다는 말을 전달하고, 그에 응하여 망자가 만날 생각이 있는지 의사를 확인합니다. 망자가 긍정적으로 답하면 만나는 절차를 조정합니다."

"그렇군요."

나는 고개를 끄덕였다.

그것이 사자 '츠나구'라고 불리는 사람들.

얼마나 오랜 옛날부터 존재했을까?

처음 츠나구에 대해 들었을 때는 소년이 방금 예로 든 오소레잔산의 이타코와 비슷하다고 생각했다. 정계의 유명인이 츠나구에 의뢰하여 과거의 거물에게 조언을 듣거나, 어떤 연예인이 요절한 친구와 만나 눈물을 흘렸다는 그럴싸한 소문이 어른들을 위한 동화처럼 떠돌았다. 어떤 사람은 있을 수 없는 이야기라며 웃어 넘길법한 이야기였다.

그러나 츠나구를 알고 있는 사람에게는 매우 자연스러운 일이었다. 죽은 자를 만날 수 있을지의 여부는 크게 세 가지에 좌우된다고 했다. 그 존재를 알고 있는지, 알고 나서도 믿는지, 그리고 그때부터는 운이라는 것이다.

"어떻게 만나게 해 줄 수 있다는 건가요?"

소년이 나를 물끄러미 쳐다보았다. 그것도 모르고 왔냐는 표정이다.

"죽은 사람이 온전한 몸으로 나타날 리 없잖아요. 이미 장례식도 끝났고 시신은 화장하거나 무덤에 묻었을 테니까."

"살아있을 때와 똑같은 모습으로 나타납니다. 망자를 눈으로 보는 것은 물론, 만질 수도 있습니다."

"믿을 수가 없어!"

무심코 새어 나온 내 목소리에 소년은 반응하지 않았다. 그저 다시 나를 쳐다볼 뿐이었다.

"그걸 바라고 연락한 것 아닙니까?"

무뚝뚝한 말투에서 약간의 불쾌함이 드러났다. 나는 흠칫 놀라 입을 다물었다.

"…죄송해요. '이 세상'과 '저 세상'이 이어진다는 것도 놀라운데, 더군다나 살아있는 모습 그대로 만질 수도 있다니."

"의뢰받은 일에 대해서는 확실하게 수행합니다. 하지만 망자의 영혼이 만남을 받아들일지는 별개의 문제지만 교섭은 제대로 하고 있습니다."

건조하고 사무적인 말투였다. 스타일리시한 코트도, 어린 외모도, 어쩌면 일종의 위장일지도 모른다. 흔히 드라마나 영화 속에서 사신들은 무시무시한 괴물이 아니라 꽤 괜찮은 외모와 몸매를 가진 사람의 모습이라는 것을 떠올렸다.

"네."

내가 작은 목소리로 대답하자 소년이 손에 든 노트를 보며 물었다.

"먼저 묻겠습니다. 당신이 만나고 싶은 사람의 이름과 그의 사망 연월일을 알려 주세요."

"미즈시로 사오리 씨입니다."

이름을 말하자 소년이 고개를 들었다. 표정 없는 눈에서 감정은 읽을 수 없었다. 하지만 소년이 사신이 아니라, 나처럼 살아있는 일본인이라면 분명 미즈시로 사오리의 얼굴이나 목소리, 그리고 그녀의 죽음에 관해서도 알고 있을 것이다.

"사망일은 석 달 전인 8월 5일. 사인은 급성 심부전이었다고 합니다. 그전까지 심각한 병력도 없었고, 죽기 전날까지도 건강하게 정말 어떠한 조짐도 보이지 않았어요. 최초 발견자는 사오리 씨를 데리러 온 매니저라고 해요. 전부 텔레비전 연예 뉴스나 주간지에 나온 정보이긴 하지만요."

지금까지 미즈시로 사오리를 만나고 싶다고 츠나구를 찾아온 사람은 있었을까?

그녀가 세상을 떠나고 나서 한 달 동안, 모든 미디어 매체에서는 앞다투어 '모두가 사랑하는 만능 엔터테이너의 갑작스러운 죽음'이라는 제목의 추모 방송과 특집 기사를 쏟아냈다.

2

미즈시로 사오리의 사망 소식은 인터넷 뉴스에서 처음 접했다.

회사 점심시간이었다. 컴퓨터 앞에서 도시락 뚜껑을 열고 있었다. 일에 쫓겨 잡다한 일을 처리하다 보면 시간은 눈 깜짝할 사이에 지나간다. 매일 하는 업무처럼 눈길을 끄는 뉴스 항목을 클릭한다. 하지만 그 글자를 봤을 땐 손이 덜컥 멈추었다. 숨이 막혀 바로 클릭할 수가 없었다.

'미즈시로 사오리, 돌연 사망!'

가식 없는 솔직한 표현으로 인기를 끌었던 '미즈시로 사오리'와 '죽음'이라는 단어가 바로 연결되지 않았다. 뭔가 잘못된 정보가 아닐까? 미즈시로 사오리의 모습은 하루도 빠짐없이 텔레비전에 등장했다.

데뷔 전 인기 호스티스라는 이력을 내세웠던 미즈시로 사오리는 솔직한 성격과 털털한 말투 덕분인지 아슬아슬한 음담패설도 사람들에게 불쾌감을 주지 않고 웃음으로 넘기게 하는 재주가 있었다. 화려한 패션과 화장, 당돌한 말솜씨가 매력이었으며 인기가 절정일 때는 거리에서 그녀의 패션을 따라 하는 여성들을 쉽게 찾아볼 수 있었다.

그녀는 늘 자신을 낮춰 말했다.

"저는 바보예요. 죄송해요, 배움이 짧은 사람이라. 그래도 제 주변엔 친구나 제 편은 많아요!"

그런 그녀를 연예인 동료들은 그녀가 없는 자리에서도 칭찬했다. '예의가 바르다, 도리에 어긋나는 일을 싫어한다, 부끄럼도 많고 연애에도 겁이 많은 귀여운 아이다'라면서.

미즈시로 사오리는 텔레비전 프로그램의 게스트로도 많이 출연하며 이례적인 경력을 지녔는데도 불구하고 안방극장에서 엄청난 인기를 누렸다. 노인부터 어린아이까지 '사오짱'이라는 애

칭으로 친근하게 불렀다.

그녀는 자신의 주관적인 견해는 망설임 없이 단호하게 말했지만, 정말 해서는 안 되는 차별적인 발언은 한 번도 한 적이 없었다. 퀴즈 프로그램에 출연했을 때 발휘한 훌륭한 직감과 감성만 봐도 이력과 배경을 떠나 그녀는 매우 똑똑한 사람임을 알 수 있었다.

그런 미즈시로 사오리가 죽었다. 서른여덟이었다. 나보다 열한 살이 많다. 내가 십 대일 때부터 언제나 텔레비전에서 그녀를 볼 수 있었다.

너무나 갑작스러운 부고에 처음에는 자살이나 약물에 의한 사고일 가능성도 조심스럽게 떠올랐다. 그녀가 죽음에 이르게 된 원인이 구체적이지 않아, 급성 심부전이라는 사인만으로는 언론이나 시청자 모두 이해하지 못했다.

죽은 자는 말이 없다고 밝은 표정으로 텔레비전에 등장한 미즈시로 사오리의 뒷면에 어떤 어둠이 있었는지, 언론은 사소한 하나까지 낱낱이 파헤쳐 보도했다.

하지만 그럴싸하게 돌아다니던 그 소문들은 전부 다 미심쩍은 이야기들뿐이었다. 과거는 화려했지만, 미즈시로 사오리는 연예계에서 그 흔하다는 음지의 세력들과 의외일 정도로 별다른 관계가 전무했다. 작품이 끝난 후 뒤풀이나 회식 자리에도 얼굴 비출 정도로만 즐길 뿐 정도를 지나치는 일은 없었으며, 일이 없는 날에는 혼자 보내는 경우가 대부분이었다.

사람들의 말을 잘 받아주었고, 그들을 칭찬하고 치켜세우면서도 때로는 장난기를 담은 미즈시로 사오리의 화술은 가히 천재적이라고도 할 만했다. 하지만 그녀는 자기 이야기는 거의 하지 않았다. 데뷔 전 힘들었던 시절이나 손님과의 에피소드 등에 관해 얘기한 적은 있어도, 그 일을 시작하기 전의 이야기는 전혀 언급하지 않았다. 부모님의 이혼으로 불우했던 가정환경이나, 미친 듯이 방황했던 십 대 시절의 고생과 비애를 알게 된 것은 미즈시로 사오리가 죽고 이 세상에서 사라진 뒤였다.

그녀의 왼쪽 귀가 거의 들리지 않는다는 것도 나중에 알게 된 사실 중 하나였다. 어렸을 적, 어머니의 재혼 상대에게 폭력을 당한 후유증이었다. 그녀가 물장사에 뛰어든 것도 경제적인 버팀목이 되기 위해서였다고 한다. 소속사나 가까운 관계자는 알고 있었지만 미즈시로 사오리는 다른 사람에게 피해를 주지 않으려고 왼쪽 귀가 불편하다는 사실을 철저하게 숨겼다. 텔레비전 프로그램에서는 몸을 비스듬히 내밀고 오른쪽 귀를 기울여 다른 게스트들의 이야기에 열중하는 그녀의 과거 영상을 몇 번이나 반복해서 내보냈다.

이십 대 초반, 처음 심야 방송에 출연하며 연예계에 발을 들인 지 17년. 그녀는 주변에 친구도 많이 생기고 대선배들의 애정도 듬뿍 받았지만, 연인이나 결혼을 짐작하게 하는 스캔들은 단 한 번도 보도된 적이 없었다.

“저, 아무리 놀아도 그런 건 알아서 잘하고 있어요.”

긴 머리와 연갈색 피부, 긴 속눈썹이 특징인 화장. 미즈시로 사오리의 스타일이 좀 올드하다는 의견도 있지만, 아직도 갸루 화장의 교과서처럼 여겨진다. 미즈시로 사오리는 나이를 먹어도 언제나 젊고 아름다웠다.

“이것 봐, 미즈시로 사오리가 사망했다는 뉴스가 떴는데, 알고 있어?”

기사를 읽느라 모니터에 코를 박고 있는데 유기 씨 목소리가 들려왔다.

“어머, 정말요?”

여자 후배의 목소리가 더해졌다.

사무실 벽에 걸려 있던 시계를 올려다보니 12시 30분이다. 점심을 먹으러 나간 그들이 돌아오는 시각은 늘 12시 45분 정도인데 오늘은 평소보다 일찍 들어왔다.

심장 한편이 저릿하고 아려왔다.

그들이 이쪽으로 다가올지, 다가오지 않을지는 모르겠지만 나는 재빨리 인터넷 창을 닫았다.

“완전 충격인데? 믿기지 않아. 나는 미즈시로 사오리를 꽤 좋아했는데.”

“그렇지? 나도 그래.”

입맛까지 달아난 충격으로 나는 뚜껑만 열었던 도시락을 대충 정리하고 양치하러 화장실 세면대로 갔다. 다른 사람들과 시선이 마주치지 않도록 애쓰며 속으로 말했다.

‘나도 그래!’

내 책상 맨 아래 열쇠로 잠근 서랍 속에 넣어둔 향수병. 그 안의 장미 향기를 떠올렸다.

미즈시로 사오리.

나도 무척이나 좋아한 사람이었다.

3

“미즈시로 사오리가 죽어있는 것을 발견한 시각은 8월 5일 오전 10시쯤이고, 사망 추정 시각은 새벽이라고 들었어요. 텔레비전에서는 그녀가 사망하기 전날, 밤 9시에 귀가한 뒤 계속 집에 혼자 있었으니 어쩌면 정확한 사망일은 4일 밤일 가능성도 있다고 그랬고요. 정보가 정확하지 않아 죄송해요.”

“기억하고 있습니까?”

“네?”

“미즈시로 사오리가 발견된 시각이나 사망 추정 시각까지요.”

"아, 네. 기억해요. 그 후로 수도 없이 기사를 읽고 뉴스를 찾아 봤거든요. 사오리 씨가 소파에 쓰러져 있었다고 해요."

미즈시로 사오리가 혼자 살던 아파트는 보안이 엄격해 보여도 고급 아파트는 아니었다. 그녀의 생활은 의외로 검소했다. 만나고 있는 사람도 없었다. 자살이나 타살이라는 소문도 있었지만, 석 달이 지난 현재까지 의사가 질병에 의한 사망이라고 공식적으로 발표하면서 많이 잠잠해졌다.

팬들 사이에는 여전히 의심의 목소리를 내는 사람도 있었지만, 생전에 그녀를 알고 지냈던 사람들은 대부분 미즈시로 사오리가 나약한 사람은 아니라고 증언했다. 각성제 같은 약물 반응도 전혀 나오지 않았다. 그들은 그러니 이제 그녀의 죽음을 헐값에 매도하지 말라고 부탁했다.

모든 것을 내려놓고 싶은 심정이었다. 그렇게나 눈부신 사람이었는데.

친하게 지내던 유명 인사들이 애도 메시지를 보냈으며, 많은 사람이 충격과 함께 정신없이 눈물을 흘리며 죽음의 이유를 물었다. 친구와 지인들에 의해 마련된 '미즈시로 사오리 추모회'에서 많은 사람이 그녀의 죽음을 애도했고 조문객으로 장사진을 이루었다. 그 애도 행렬 속에는 목멘 소리로 미즈시로 사오리에게 위로를 받았다고 말하는 여학생도 있었다. 마치 미즈시로 사오리의 미니어처 같은 화장을 한 소녀였다.

"저도 사오짱처럼 이혼 가정에서 자랐어요. 그런 환경에서도 열심히 살아온 사오짱의 모습을 보며 용기를 얻곤 했어요."

츠나구 소년은 미즈시로 사오리의 이름과 죽음에 관해 내가 말하는 것을 가만히 듣고만 있었다. 그 이름의 주인이 연예인이어도 전혀 주눅 든 기색이 없었다.

세상을 떠난 사람과 만날 수 있는 유일한 창구.

가까운 사람이 갑작스럽게 세상을 떠나 이야기할 기회마저 빼앗겨 애통한 사람들은 지푸라기라도 잡는 심정으로 츠나구를 찾을 것이다.

소년이 갑자기 리포트 용지를 꺼냈다. 나도 본 적이 있는 타입의 용지였다.

"미즈시로 사오리 씨와 당신은 어떤 관계죠?"

"저는…. 그냥 사오리 씨의 팬입니다."

소년이 눈을 가늘게 떴다. 가족이나 친구가 아니라니 분명 의아하게 생각했을 것이다. 하지만 이내 무표정한 얼굴로 리포트 용지에 의뢰인인 나와 미즈시로 사오리의 이름을 적었다. 달필도, 그렇다고 딱히 악필도 아닌 글씨체였다. 내 시선을 느꼈는지 소년은 종이를 숨기듯 자기 쪽으로 끌어당겼다.

"미즈시로 사오리 씨와 만나고 싶은 이유는요?"

"많이 좋아했던 팬으로서 인사를 전하고 싶어요. 제게 용기를 줘서 고마웠다고."

"일반적인 의미에서의 인사인가요? 사오리 씨와 만난 적은 있나요?"

"전혀 없어요."

나는 소년의 물음에 답하면서 한편으론 부끄러워져서 어디론가 숨고 싶은 마음이 들기도 했다. 팬의 단순한 자기만족. 정말로 실현될 가능성이 거의 없기에 지금껏 나는 그렇게 사력을 다해 츠나구에게 연락할 방법을 찾았는지도 모르겠다.

소년이 리포트 용지를 덮고 다시 노트를 펼치며 말했다.

"정식으로 의뢰를 확정하기 전에 몇 가지 설명해야 할 사항이 있습니다."

나는 자세를 고쳐 앉았다.

"오늘 의뢰해 주신 대로 미즈시로 사오리 씨에게 당신의 이름과 만나고 싶은 이유를 전달할 것입니다. 다만 그 요청을 수락할지 거절할지 선택할 권리는 사오리 씨에게 있습니다. 만약 사오리 씨가 당신의 제안을 거부한다면 안타깝지만 이 만남은 이루어질 수 없습니다."

"알겠습니다."

"다음으로 주의 사항은 면회가 죽은 사람과 산 사람 모두 단 한 번의 기회밖에 가질 수 없다는 것입니다. 망자 한 사람이 만날 수 있는 사람은 오직 한 명뿐입니다."

"네?"

무심코 큰 소리가 튀어나왔다.

"그 말은… 만약 가족이나 누군가 이미 사오리 씨를 만났다면…."

"미즈시로 사오리 씨는 그 한 번으로 기회를 모두 소진한 것입니다. 유감이지만 그 경우, 당신은 사오리 씨와 만날 수 없습니다."

"아아. 그렇군요…."

다리에서 힘이 쭉 빠졌다.

"망자와 의뢰인이 서로 만나고 싶어 하는 상태라면 교섭이 성립하여 정식으로 만날 수 있습니다. 하지만 망자도 살아있는 사람과 만날 수 있는 한 번의 기회를 잃게 되는 것이니 거절하는 경우도 있습니다."

소년은 잠시 숨을 고르더니 다시 말을 이어갔다.

"그리고 반대의 지명은 받을 수 없습니다. 당신이 말한 '이 세상'에서 '저 세상'에는 의뢰가 있었다는 사실을 전할 수 있고 교섭도 할 수 있습니다. 하지만 '저 세상'의 망자는 '이 세상'의 사람에게 소식을 전할 수 없지요. 당연히 교섭을 요구할 수도 없고요. 망자는 언제나 '기다리는' 입장입니다. 만나고 싶은 사람이 있더라도 강한 인내심을 가지고 상대방이 의뢰하기를 기다리는 수밖에 없습니다."

"네. 그렇군요."

입에서 절로 기운이 빠진 대답이 나왔다. 그렇다면 이루어질 리 없다. 포기하는 게 나을 것 같다. 그리고 분명 엄청나게 밀려들어왔을 미즈시로 사오리에 대한 수많은 의뢰 가운데 그녀가 진심으로 만나고 싶어 하는 상대와의 만남을 방해하면서까지 만날 생각은 내게 없다.

갑자기 냉정을 되찾으니 가슴이 답답해졌다. 팬이라는 얄팍한 희망으로 미즈시로 사오리의 인격을 존중하지 않았다는 생각에 떳떳하지 않은 기분까지 들었다.

소년이 노트를 넘겼다.

"망자도 만나러 와 주길 바라는 '마음속에 간직한 상대'가 무사히 나타나 주면 좋겠지만, 그 후에 결국 원하던 상대가 나타나지 않는다면 첫 번째 의뢰를 그냥 흘려보낸 것을 후회하기도 합니다. 그러니 망자 또한 의뢰인과의 만남을 신중하게 선택할 수밖에 없습니다."

소년은 말을 멈추고 노트에서 시선을 떼며 단정하게 말했다.

"이 조건은 당신에게도 마찬가지입니다."

"저도요?"

"'이 세상'에 있는 동안 '저 세상'의 망자와 만날 기회는 단 한 번뿐입니다. 지금 여기에서 미즈시로 사오리 씨와 만난다면 이제 당신은 두 번 다시 다른 망자와 재회할 수 없습니다."

"그렇다면 '이 세상'에 있을 때와 '저 세상'에 있을 때 각각 한 번씩인 거군요."

"그렇습니다. 다만 미즈시로 사오리 씨가 거절하면 그 의뢰는 당신에게 한 번으로 계산되지 않습니다. 어디까지나 상대가 의뢰를 수락하여 면회가 실현된 경우에만 계산됩니다. 이번에 거절당하면 당신은 다른 상대를 의뢰할 수 있습니다."

조금 까다롭지만 괜찮은 조건이다. 내가 죽은 후에 누군가가 나를 보기 위해 츠나구에게 의뢰할 사람이 있을까? 결과가 너무나도 뻔히 들여다보여 쓴웃음이 나왔다.

지금 나는 미즈시로 사오리 외에 달리 만나고 싶은 사람도 없다. 아마도, 앞으로도, 쭈욱—.

이 세상과 저 세상의 출입구. 이 세상과 저 세상이 이어진다면 분명 많은 사람이 그곳으로 몰려들 것이다. 그러면 죽음에 의미가 없어진다. 삶 또한 그 의미가 희미해진다.

"미즈시로 사오리 씨는 아직 아무도 만나지 않았나요? 사오리 씨가 세상을 떠난 지 벌써 석 달이 지났습니다. 저 말고도 많은 사람이 의뢰하지 않았을까요?"

"다른 의뢰에 대해서는 드릴 수 있는 답변이 없습니다."

오늘 면담이 헛수고로 끝났다는 생각이 들었다.

"그래도 이미 결과를 알고 있다면 괜히 질질 끌지 말고 그냥 알려 주세요. 사오리 씨가 이미 만나고 싶은 사람을 만나 성불한 뒤라면 저도 체념할 수 있습니다."

"성불?"

지금까지 표정이 없던 소년이 살짝 미간을 찌푸리더니 이내 이해했다는 듯 작게 고개를 끄덕였다. 뺨에 희미한 미소를 떠올리더니 바로 진지한 얼굴로 돌아왔다.

"저는 성불이라는 표현은 한 번도 사용한 적이 없는데요."

"하지만 그렇지 않을까요? 일단 만나고 나면 만족하고 성불하겠죠. 망자도 미련을 털어 버리는 일이지 않을까요?"

"모릅니다. 아까 말씀드린 것처럼 제가 원리는 설명할 수 없습니다."

"의뢰인에게 매우 인색한 조건이네요."

내 말에 소년이 피식 웃었다.

소년의 웃음을 보니 조금은 스스럼이 없어지면서 무엇보다 꿈에서 깨어난 느낌이 들었다.

"망자와는 딱 하룻밤만 만날 수 있습니다. 이제 돌아가 망자와 교섭하여 승낙을 얻으면 시간과 장소를 정하게 됩니다. 보통 오후 7시 정도부터 새벽까지 만남이 이루어집니다. 요즘 같은 계절이라면 다음 날 오전 6시 정도까지가 되겠네요."

"네 그렇다면 일단 믿고 의뢰하겠습니다."

큰 기대는 접었지만, 소년이 설명을 멈추지 않는 것으로 보아 미즈시로 사오리가 아직 누구와도 만나지 않았다는 뜻으로 볼 수도 있었다.

츠나구의 존재는 분명 일반적이지 않고 쉽게 믿기도 어렵다. 내가 고생 끝에 겨우 찾아낸 이 우연이 믿을 수 없을 만큼 큰 행운일 것이다. 물론 그것이 나와 같은 일반인에게나 해당하는 이야기겠지만. 그녀가 몸을 담고 있던 연예계나 정·재계에서 츠나구의 존재는 분명 유명할 것이다.

"어떻게 하시겠어요? 정식으로 의뢰하시겠습니까?"

"네, 부탁드립니다."

한 명의 팬으로서 의뢰자 명단에 이름을 올릴 수 있다면 그것만으로도 내 소망을 이룬 것이다.

"알겠습니다."

벤치에서 일어나 발걸음을 떼는데 문득 궁금증이 일었다.

"그런데 굳이 병원의 정원으로 온 이유가 있나요?"

"아아."

소년이 별거 아니라는 듯 시큰둥하게 답했다.

"카페는 돈이 들잖아요. 그렇다고 패스트푸드 가게로 가면 시끄럽고."

나는 깜짝 놀라 적절한 대답을 찾지 못했다. 눈이 마주친 소년이 불편한 기색을 내비쳤다.

"아, 그렇지. 돈."

깜빡했다. 이루어질 리 없다고 생각했기에 미처 확인하지 못했다.

"얼마를 드리면 될까요? 실현되었을 경우와 실패하였을 때."

의뢰한 이상 만약 거절당하더라도 수수료 같은 비용이 발생할 것이다.

"아, 그건."

나는 긴장하며 소년의 대답을 기다렸다.

소문에 의하면 몇백만, 때에 따라서는 몇천만이라고도 들었다. 내가 모은 돈으로 충분하면 좋으련만.

"필요 없습니다."

"네?"

소년은 눈이 휘둥그레진 내게 귀찮은 듯 다시 말했다.

"이건 자원봉사입니다."

믿을 수 없다. 무료나 자원봉사를 빌미로 하는 사기 수법은 어디에나 널려 있다.

"많은 돈이 필요하다고 들었는데…. 돈은 준비되었어요. 알려주세요."

"받지 않습니다."

계속 물고 늘어지는 나를 보고 소년의 미간이 점점 구겨졌다.

소년이 내 손에서 종이컵을 가져가 쓰레기통에 버렸다. 그러고는 나를 돌아보았다. 소년의 눈에는 신기한 것을 보는 듯 의아함이 담겨 있었다.

"얼마를 내야 하는지도 모르면서, 어쩌면 터무니없는 대가를 지불할 수도 있는데 정식으로 의뢰한다고 한 건가요? 미즈시로 사오리 씨를 만나기 위해?"

"…네."

텔레비전에서 용기를 얻었다며 눈물을 흘리던, 미즈시로 사오리의 미니어처 같은 여학생과는 달리 나는 화장도 제대로 할 줄 모른다. 전혀 꾸미지 않는 외모는 미즈시로 사오리를 동경하는 사람으로는 보이지 않을 것이다.

이상한 여자로 비친다는 자각은 충분히 있었지만, 나는 그래도 고개를 끄덕였다.

4

'마음의 감기'라는 비유적인 표현이 있다.

4년 전의 나는 아마도 마음의 감기에 걸렸던 것 같다. 어느 날 출근을 하려는데 갑자기 지하철을 탈 수 없었다. 언제나 이용하는 집 근처의 역에서 승강장으로 가는 계단이 너무나도 길게 느껴져 절대 오르지 못할 것 같았다. 끝까지 가기에는 무리라고 판단해 난간에 얼굴을 기대고 천천히 호흡했다. 이마와 겨드랑이에 땀이 맺혔다.

이 상태로는 출근하기 힘들겠다고 생각했다. 그래도 토할 것 같은 기분을 힘겹게 참으며 지하철에 올라 회사에 갔다. 당연히 지각이었다.

누군가는 왜 그렇게까지 하냐고 말할지도 모른다. 하지만 결근한 내 자리를 보며 다른 사람들이 어떻게 생각할지, 어떤 얘기를 할지 상상하면 조금 무리해서라도 자리를 지키고 있는 것이 훨씬 마음 편했다.

신기하게도 회사에만 가면 밀려드는 서류와 자질구레한 업무에 시달리느라 복잡한 마음을 잊을 수 있었다. 정신을 차리고 보면 어느새 퇴근 시간이 지나 야근을 하고 있었다. 동료들이 거의 다 돌아가고 나만 남은 사무실, 에너지를 절약한다고 대부분 불을 끈 분위기에서는 숨쉬기가 괴롭지 않았다.

혼자라면 업무라고 해도 좋았다. 다른 직원들이 사이좋게 대화하면서 웃고 떠드는 소리만 없다면 모든 일이 순조로웠다. 나를 바보 취급을 하거나 비웃는 것처럼 들리는 소리가 없으니 오히려 혼자 남겨지는 것이 편했다.

“히라세 씨는 무슨 생각을 하는지 모르겠어요.”

입사동기 유기 씨는 스타일이 화려한 사람이었다. 그녀는 받은 유니폼 치마를 짧게 자르고 상사에게 매니큐어나 헤어스타일에 관해 잔소리를 들어도, 상대방을 기분 나쁘게 하지 않고 부드럽게 잘 대처했다. 같은 날 입사동기 중 여자는 나와 유기 씨 두 명밖에 없었기에 아무것도 모르는 신입일 때는 함께 점심을 먹으며 친하게 지냈다.

어릴 적부터 친구가 많지 않았던 나는 그런 자신에게 익숙했다. 혼자 책을 읽거나 무리하지 않고 지내는 것이 좋았다. 여럿이 이야기하는 것이 불편했고 특별히 원하거나 바라는 것도 없었다. 내 주제를 알고 있었는지도 모른다.

부모님은 그런 나를 보며 은둔형 외톨이가 될까 걱정했다. 한편으로는 내가 무슨 생각을 하고 있는지 모르겠다며 답답해했다. 아버지는 지방 국립대학의 교수였다. 우리 집이 할아버지 대부터 이어진 학자 집안이라는 것은 주변 사람들도 다 알고 있었다. 나보다 세 살 많은 오빠는 그 피를 이어받아 어렸을 때부터 성적도 우수했고, 학생회 임원으로 활약하는 활발한 성격이어서 부모님이 매우 예뻐했다. 부모님의 관심은 언제나 오빠를 향해 있었지만 나는 크게 신경 쓰지 않았다. 내가 고등학생 때 아빠는 거의 반쯤 포기한 말투로 말했다.

"얼른 결혼해서 전업주부라도 되어라."

결혼하기 위해서는 아니지만 나는 본가를 떠나 도쿄로 나왔다. 부모님이 원하는 대학에 한 곳도 갈 수가 없던 나는, 그들 입장에서 보면 그냥 '이름도 없는' 대학에 다니는 꼴이었다. 학비는 지원해 주었지만 재학 중에는 연락도 거의 주고받지 않았다. 대학 졸업과 동시에 생활비와 학비를 받지 않겠다고 말했다. 그러자 아빠는 혼자 힘으로 먹고 살 수 있겠냐고 비웃듯 말하며 반대하지 않고 지원을 끊었다. 그래서 나는 회사를 쉴 수도, 지하철을 타지 못하겠다고 계속 떼를 쓸 수도 없었다.

취직하고 얼마 뒤 본가에 돌아가니, 이웃들에게 나는 결혼하고 해외에 나가 생활하고 있는 사람이 되어 있었다. 엄마가 그렇게 말했다고 한다. 전업주부인 엄마는 허영이 매우 심한 데다 집안과 가족을 지나치게 자랑스럽게 여기는 사람이었다. 그래서 이상적인 엘리트 남성과 결혼하여 해외에서 근무 중인 남편을 따라 나갔다고 시원치 않은 딸을 포장한 것이다.

"다른 사람들이 보기 전에 얼른 돌아가거라."

어쩌다 집에라도 가면 엄마가 미안한 기색으로 말했다. 하지만 나는 그 미안한 표정의 의미를 알 수 없었다.

이미 나는 익숙해 있었다. 고등학생 때, 한번은 길에서 여자 친구와 함께인 오빠를 마주친 적이 있다. 그런데 오빠는 나를 외면한 채 그대로 무시하고 지나갔다. 그것과 똑같다. 누구냐고 묻는 여자 친구에게 여동생이라고 내뱉듯이 대답했다. 고개를 끄덕인 여자 친구가 나를 돌아보는 것이 느껴졌다.

"오빠랑 많이 안 닮았네. 동생은 어른스러워."

어른스럽다. 얌전하다.

나에 대해 말하는 주위 사람들의 말들은 모두 잘못됐다. 나는 어른스럽지도 얌전하지도 않았다. 아마 사람들은 "삶에 아무런 낙이 없어 보인다."라고 말하고 싶었던 것 같다.

회사에서 유기 씨가 권유했을 때도 그랬다.

"히라세 씨는 항상 두꺼운 책을 읽네요. 대단해요. 저는 못 하거든요. 글자가 많으면 힘들어요. 그래도 히라세 씨, 가끔 같이 놀러 가요. 영업부 선배들이 한 잔 하자던데 거기 멋있는 사람 많아요. 저번에 저 대신 야근해 줬으니 보답할게요. 같이 가요."

그녀는 자신이 해야 하는 일을 태연하게 내게 맡기는 경우가 많았다. 거리낌 없이 부탁한다고 말하면 거절할 수가 없었다. 항상 즐거운 일이 많은 유기 씨는 바쁜 사람이고 분명 나는 한가한 사람으로 보였다. 다른 사람과 함께하는 시간과 혼자서 보내는 시간. 이 두 가지가 같은 즐거움이라고 하더라도 분명 사람들은 전자를 우선시하는 것 같았다. 나의 즐거움은 누구에게도 폐를 끼치지 않는다. 하지만 나는 무엇보다 유기 씨의 권유를 거절하고 미움을 받게 되는 것이 두려웠다.

점심값이나 함께 탄 택시비를 일단 내달라며 부탁하는데 나중에 그 얘기를 꺼내면 지금 돈이 없다며 어물쩡 넘기기도 했다. 유기 씨뿐 아니라 다른 선배들도 그랬다.

"시간이나 돈을 쓸 곳이 마땅치 않으면 나한테나 주지."

그들이 준비실에서 나에 대해 그렇게 이야기하는 것을 들은 적이 있다.

"저금만 하고 쓰지 않다니, 완전 헛수고 아니야? 참 딱하기도 해. 그렇지 않아?"

회식날이다. 유기 씨가 영업부 직원들과의 회식은 남자들이 돈을 낸다고 하니 걱정하지 말라고 했다.

난생처음 마시는 술이라 나는 내 주량도 몰랐다. 첫 잔을 마시는 순간에는 기분이 매우 좋았던 것 같은데 두 번째 잔이 비워질 즈음에는 다리에 힘이 들어가지 않고 머리가 울렸다. 주변에서 들려오는 소리 가운데 어디까지가 실제로 내게 하는 말이고, 어디부터가 내 망상인지 알 수 없었다. 나는 피해망상이 심하다. 다른 누구를 불편하게 만들지 않는 데도 항상 민폐가 되는 것 같다. 분명 가해 망상도 심할 것이다.

"돼지야, 학생 때 술 마시는 방법이나 술자리 예절을 배우고 왔어야지, 친구 없었어?"

"항상 어두침침하고 무서운 책만 읽잖아. 그런 책 읽으면 저주받는다고 그렇게 주의를 주는데."

"그렇게 살면 인생의 손해야."

"친구는 있어?"

"괜찮아요?"

정신을 차려보니 내 얼굴을 살피는 유기 씨가 보였다.

나는 내 호흡이 정상이 아니라는 걸 깨달았다. 웃는 것처럼 숨을 들이켰다. 유기 씨에게 걱정을 끼치고 싶지 않아 억지로 미소를 지었다.

"괜찮아요."

머리가 울리고 속이 매슥거렸다. 몸이 무거워지면서 눈을 감고 의식을 놓아 버리고 싶었다. 얼른 혼자가 되고 싶었다. 나를 그냥 내버려 두었으면 좋겠다.

흐릿해진 시야의 저편에서 영업부 남자 직원들이 손을 흔들며 유기 씨를 부르고 있었다. 활기차게 대답한 유기 씨가 뒤돌아보며 대답했다. 그리고 다시 주저앉은 나를 보았다.

"우리는 이제 2차 가려고 하는데 혼자 갈 수 있겠어요? 그래도 역 앞에 가면 택시를 잡을 수 있으니 괜찮죠? 미안해요, 2차 안 가면 불러 준 선배 보기가 좀 그래서."

"괜찮아요."

빨리 가길 바랐다. 유기 씨에게도 내가 읽는 책들이 저주받을 것처럼 느껴질까?

될 수 있다면 나도 처음부터 유기 씨처럼 책이 필요 없는 사람이 되고 싶었다.

유기 씨가 남자들 쪽으로 돌아갔다. 소리가 들렸다.

"괜찮데요?"

"네, 혼자서 갈 수 있을 것 같아요."

얼마 뒤 숨을 마시기만 하고 내뱉지 못하고 있다는 것을 깨달았다. 유기 씨와 다른 사람들의 모습이 완전히 사라지고, 드디어 혼자가 되었다는 안도감에 긴장이 풀려 눈물이 나올 것 같았다. 하지만 그보다 숨쉬기가 괴로워 어찌할 바를 몰랐다.

나는 어떻게 될까?

금요일 거리를 지나다니는 많은 사람이 술에 취해 모두 즐거워 보였다. 나를 걱정하는 사람도 있었지만 대부분 슬쩍 시선만 줄 뿐 그냥 지나갔다. 바라던 바다. 누구에게도 간섭받고 싶지 않았다.

괴롭다, 괴롭다, 괴롭다.

눈가에 눈물이 번졌다. 한심한 꼴은 보이지 않으려고 항상 조심했는데 분한 마음이 들었다. 내가 별 볼 일 없다는 것도, 다른 사람에게 호감을 사기 어렵다는 것도 알고 있다. 그래서 적어도 다른 사람에게 피해가 가지 않도록 꼴불견만은 되지 않으려고 조심해 왔다. 그런데.

그때 모자를 깊게 눌러쓴 키 큰 여자가 내 앞을 지나갔다. 레오파드 패턴의 모피로 만들어진 외투에 검은 가죽 바지를 입고 징이 박힌 부츠를 신고 있었다. 부츠의 징에 반사되는 술집 네온

사인의 반짝임이 더욱 넋을 잃게 했다. 멋있다. 바지를 입었어도 그녀의 다리가 길고 가늘다는 것은 확실히 알 수 있었다.

순간 일반인은 아니라고 생각했다.

나는 멋있는 사람만 보면 항상 그랬다. 즐거워 보이는 사람들이 언제나 나를 향해 험담하는 것 같았다. 하지만 그런 사람들은 나를 보고 비웃을 자격이 있다. 그러니 어쩔 수 없다. 저 사람도 분명 그런 사람일 것이다.

부츠를 신은 여자가 걸음을 멈추었다. 그리고 다급하게 뛰어 돌아왔다. 눈을 마주치고 싶지 않아 눈을 감았다. 그녀가 말을 걸었다.

"저기. 당신, 괜찮아? 과호흡이지?"

대답할 수 없었다. 그녀의 간섭이 불편했지만 이제는 정말 견딜 수 없었다.

"혼자야? 친구나 일행은? 술 마시고 있었지?"

그녀가 내 얼굴 가까이에 코를 갖다 대며 알코올 냄새를 확인했다. 나는 웅크리고 앉아 움직이지 않았다.

후드득, 아스팔트 도로 위에 무언가 흩어지는 소리가 났다. 입가에 무언가 닿았다.

"숨을 뱉어!"

내 어깨를 감싼 손이 그대로 등을 가볍게 두드렸다. 실눈을 뜨고 보니 그녀는 비닐봉지로 내 입을 막고 있었다. 정신없이 숨을 내쉬었다. 내 숨에 따라 비닐봉지가 커졌다 작아지기를 반복했다. 봉지 안에서 화장품 냄새가 났다. 숨이 콱 막히고 기침이 나올 것 같았다. 봉지에서 얼굴을 뗀 내게 잔뜩 성난 목소리가 날아들었다.

"괜찮으니 숨을 좀 뱉어보라니까. 그 방법밖에 없어. 어서!"

그녀에게서 화장품 냄새와 함께 장미 향이 났다. 달콤한 향기. 이제 가슴이 답답하지 않아 숨을 가다듬으며 고개를 끄덕였다.

의식이 몽롱한 탓에 기억이 띄엄띄엄 났다. 진정하기까지 삼십 분은 걸렸을까? 그녀는 한동안 내 옆에 있어 주었다.

술에 취했다는 것은 핑계밖에 되지 않았다. 추한 꼴을 보이며 도움까지 받은 나는 동요했다. 호흡이 진정되기를 기다렸다는 듯 눈물이 나왔다. 그동안 눈물을 보인 적은 손가락으로 셀 수 있을 정도인데, 오늘은 소리까지 내며 울었다. 이제 더는 싫다고 중얼거렸다. 세상이 불공평하다고 한탄했다.

"어머, 우는 거야? 잠깐만."

도와 준 그녀가 당황하며 말했다. 하지만 떠나지 않고 다시 내 등과 머리를 쓰다듬어 주었다. 발 언저리에는 나도 이름을 알고 있는 외국 브랜드의 마스카라와 파운데이션 등이 나뒹굴고 있었다. 타액과 내뱉은 숨결로 찌그러진 비닐봉지를 주워 올리며 그녀가 말했다.

"아아, 이제 못 쓰겠네, 이거."

그러고는 먼지를 털어내려는 듯 떨어진 화장품을 하나하나 손으로 쓸어 가방에 넣었다.

"당신 말이야, 이런 곳에 널브러져 있으면 이상한 사람한테 잡혀가. 세상에는 길거리에 버려진 여자를 거두는 게 취미인 남자도 있다?"

"저한테는… 해당하지… 않아요."

나를 데려갈 남자가 있을 리 없다고 얘기하고 싶은데 목소리가 제대로 나오지 않았다.

"그렇게 자기는 괜찮다고 생각하는 여자가 큰코다치는 거야. 조심해야 해, 진짜로."

그녀가 모자를 쓴 얼굴을 내 쪽으로 돌리며 말했다.

"그나저나 너무하네. 이렇게 취한 사람을 그냥 내버려 두고 가다니. 당신 일행들 너무 심한 거 아니야? 그냥 인연을 끊는 게 좋겠어."

그렇게 말하는 그녀의 모자 아래로 눈이 살짝 보였다. 눈이 마주친 순간 나도 모르게 짧은 탄성이 나왔다. 본 적이 있는 눈이다. 너무나 아름다운 사람, 나와는 다른 세계에 사는 사람.

너무 찰나여서 잘못 보았을 수도 있다.

"자, 그럼 조심히 들어가."

그녀가 말했다.

"이제 혼자 돌아갈 수 있지? 아니면 택시 타는 곳까지 데려다

줄까? 구급차를 부를 정도는 아닌 것 같고. 그리고 구급차는 시끄러워서 주변 시선이 쏠릴 테니까 더 힘들 거야."

"괜찮…아요."

여우에 홀린 듯한 기분으로 대답하자, 그렇냐며 고개를 작게 끄덕인 그녀가 헤어지기 직전 슬며시 웃었다.

"세상이 불공평한 건 당연한 거야. 모두에게 평등하게 불공평해. 공평이라는 건 그 누구에게도 존재하지 않아."

일방적인 말투로 딱 잘라 말한 그녀가 말을 덧붙였다.

"그리고 술은 마셔도 취하지 말 것. 그게 내 신조야."

아직도 거리에는 활기가 넘쳐났다. 호객꾼과 취객의 소리와 간판 네온사인이 한데 어우러진 거리 안으로 그녀의 뒷모습이 멀어져 갔다. 그녀가 앉아 있던 곳에는 내가 사용한 비닐봉지만 남아 있었다. 유명 할인용품점의 노란색 봉지다.

술을 마시는 자리는 다행히 그 뒤로 오늘까지 한 번도 없었다. 그 한 번 이후로 유기 씨는 더 이상 내게 그런 자리를 권유하지 않았다. 다른 선배나 나중에 입사한 후배와 엄청난 속도로 친해져 나와 같이 점심도 먹지 않게 되었다.

그 후에 나는 혼자서 할인용품점 화장품 코너를 찾은 적이 있다. 볼품없는 인간은 되고 싶지 않았다. 뱁새가 황새를 따라가려고 노력하는 것만큼 촌스럽고 부끄러운 일은 없다. 매장에 온 것을 후회했을 때 문득 향수 코너 앞에서 발이 멈추었다. 정가보다 저렴하다는 직수입 제품들 앞에 어떤 연예인이 사용했다는 메모가 사진과 함께 붙어 있었다.

나는 '미즈시로 사오리 사용'이라고 적힌 보라색 병을 집어 들었다. 테스터를 손목에 살짝 뿌리자 진한 장미 향이 퍼졌다.

어딘가 나른하지만 단호하게 말하는 목소리를 들은 기억이 있다. 그 향수 하나를 사서 가게를 나왔다.

지하철을 타는 것도 점점 괜찮아졌고 이제는 출근길에 구역질도 하지 않는다. 좋은 일인지 나쁜 일인지 잘 모르겠다. 아무것도 변하지 않았지만 그저 익숙해졌다. 책상 서랍에 나와는 어울리지 않는 보라색 향수병이 들어있다. 누구에게도 보이고 싶지 않아 서랍은 계속 열쇠로 잠가둔다. 태어나서 처음 갖게 된 비밀에 약간 긴장감 넘치는 떨림을 느꼈다.

팬이라서 편지를 썼다.

과자를 구워 냉장 우편으로 보낸 적도 있다.

연예인은 엄청나게 많은 선물과 편지를 받을 테니 미즈시로 사오리가 내 선물을 봤을 거라고 기대하지는 않았지만 그래도 상관없었다. 그녀에게 직접 만든 쿠키나 파운드케이크를 보낸 적도 있다. 나중에 어떤 아이돌이 블로그에 '음식 선물은 참아 주세요'라고 쓴 글을 보고 식은땀을 흘렸다.

"응원해 주는 마음은 너무 감사하지만, 이 세상에는 너무나 다양한 사람이 있으니까요. 가게에서 직접 배송 받았다고 해도 조금 불안해요. 샤워 오일이나 화장품, 피부에 바르는 선물도 정중히 사양합니다."

그 글에 비판하는 목소리도 많았지만 나는 반성했다. 직접 만든 음식이나 내 일상을 일방적으로 늘어놓은 편지. 잘 전달이 되었는지 어떤지는 모르지만 상대에게는 민폐나 다름없다.

당연한 얘기지만 내가 보낸 선물과 편지에는 어떠한 답장도 오지 않았다.

솔직히 말해 나는 텔레비전이나 연예인을 좋아하지 않았다.

하지만 나는 미즈시로 사오리의 모습을 보기 위해 계속 텔레비전을 보았다.

오빠의 결혼식 날에도 나는 집에서 미즈시로 사오리의 방송을 보며 시간을 보냈다. 아버지처럼 학자의 길을 걷게 된 오빠는 지금 해외에 거주하고 있어 결혼식도 현지에서 치렀다.

"다 함께 다녀올 건데 너는 딱히 안 가도 괜찮지?"

엄마에게서 연락이 왔었다. 나는 괜찮다고 대답했다. 전화 너머로 오빠에게 축하 인사를 전했다.

없는 사람이나 마찬가지, 죽은 사람이나 다름없는 여동생은 처음부터 그 집에 존재하지 않는 편이 더 나았을 것이라고 나는 생각했다.

5

"만날 수 있습니다."

전화기 너머로 소년이 그렇게 말했을 때, 나는 무슨 일이 일어났는지 생각했다. 그 말의 의미가 이해되지 않아 머릿속이 새하얘졌다.

회사 점심시간이었다. 평소처럼 혼자 인터넷을 보며 도시락 뚜껑을 열고 있는데 전화가 왔다.

"네?"

"미즈시로 사오리 씨가 만난다고 합니다. 면회 날짜를 정하고 싶은데 괜찮으신가요?"

"아, 네. 죄송해요, 잠시만요."

어안이 벙벙하여 핸드폰을 손으로 막고 서둘러 탈의실로 향했다. 매일 아무 일정도 없지만 일단 다이어리를 확인하고 싶었다. 가슴이 두근거리고 열이 오른 것처럼 다리에 힘이 들어가지 않았다.

탈의실에 들어서려는 순간 안에서 웃음소리가 들렸다.

핸드폰을 막고 있던 손을 바짝 끌어당기며 그 자리에서 걸음을 멈추었다. 탈의실에는 들어가지 않기로 했다. 점심시간의 끝이 다가오자 탈의실에서 여직원들이 화장을 고치고 있는 장면이 머릿속에 그려졌다. 꾸미지 않은 내 얼굴을 어쩔 수 없이 의식해 버리는 그 시간을.

들떠 있던 마음이 갑자기 무거워졌다. 나는 핸드폰을 다시 귀에 대고 작은 소리로 대답했다.

"이제 괜찮습니다. 말해 주세요. 언제든지 가능하니까."

느긋하게 이야기할 수 있는 장소가 마땅치 않았다. 흡연실이 있는 비상계단은 담배를 피우는 남자 직원들로 가득했고, 옥상도 항상 그곳에서 점심시간을 보내는 정해진 사람들이 있다. 내게 허용되는 장소는 내 자리, 그 좁은 곳뿐이다.

나는 다른 사람들의 눈치를 살피며 무작정 걸으면서 이야기했다. 소년이 알려 준 날짜는 2주 뒤였다.

"이 날짜가 어려우시면 다른 날을 잡아 다시 연락드리겠습니다. 그때는 그 날짜로부터 약 한 달 후가 될지도 모릅니다."

"알려 주신 날짜에 가능합니다. 그날에 어떤 의미가 있나요?"

"만월입니다."

소년이 단호하게 말했다. 살짝 놀랐지만 잠시 뒤 나는 묘하게 납득하고 말았다. 달이라는 것은 확실히 신비롭다.

"보름달이 뜨는 날 밤에 면회를 가장 길게 할 수 있습니다. 그럼, 장소를 정한 뒤 다시 연락드리겠습니다."

"저기."

전화를 끊기 직전에 다급하게 말을 덧붙였다. 소년의 목소리는 여전히 냉정했다.

"왜 그러시죠?"

"그 사람은 왜 저를 만나 주는 걸까요? 저로도 괜찮을까요?"

미즈시로 사오리가 나와 만나 줄 이유는 전혀 없었다. 내가 정식으로 의뢰했다고는 하지만, 새삼스레 내가 저질러 버린 대담한 일과 그 일의 심각성에 발이 얼어붙었다.

"결정은 미즈시로 사오리 씨가 직접 하셨습니다. 자, 그럼."

전화를 끊고 나서도 핸드폰을 움켜쥔 채 잠시 그대로 서 있었다. 바닥에서 진동이 전해지는 것처럼 발끝부터 차례로 몸이 떨리기 시작했다.

"그렇죠, 선배?"

우두커니 서 있는데 가까워져 오는 여자 직원들의 목소리가 들렸다.

서둘러 유니폼 주머니에 핸드폰을 넣고 다이어리를 가지러 그들이 나가고 없을 탈의실로 향했다.

6

면회 장소는 생긴 지 얼마 안 된 시나가와의 고급 호텔이었다. 여러 번 들어도 기억하기 어려운 외국어 이름의 호화로운 곳이다. 내가 거래하는 은행에서 이 호텔의 숙박권과 식사권을 상품으로 내건 이벤트를 벌인 적이 있다. 그래서 이름만은 익숙하기도 했다.

츠나구 소년의 말대로 오늘은 만월이다. 정말 밝은 밤이다. 달빛을 온몸으로 받으며 호텔 안으로 한 걸음 들어섰다.

전화로 이 장소를 처음 들었을 때도 놀랐지만, 실제로 호텔 안에 들어와 보고 더욱 감탄했다. 뻥 뚫린 높은 천장으로 뻗은 계단이 마치 영화에서나 볼 수 있는 성의 한 장면 같아 기가 죽었다. 깨끗하게 잘 닦인 짙은 초록색의 대리석 바닥과 기둥. 정면에는 몇 명이 들어야 겨우 들 수 있을 정도로 큰 꽃병에 넘쳐날 만큼 꽃이 꽂혀 있었다.

나는 얼마 전과 같은 트위드 정장을 입었다. 사실 오늘을 위해 옷을 새로 맞추고 싶었지만, 익숙지 않은 백화점 매장 앞에서 발이 굳어 버리는 바람에 결국 들어가지 못했다. 옷을 사러 간 내 모습조차 나는 만족스럽지 않았다.

소년은 먼저 와 있었다. 저번과 같은 코트 차림으로 로비 의자에 앉아 있었다. 소년이 나를 발견하고 일어서서 다가왔다. 소리 내어 부르려는 순간, 나는 소년의 이름조차 모른다는 사실을 깨달았다. '츠나구'라는 것밖에 모른다.

"그럼 갈까요?"

소년은 저번과 똑같은 목소리로 나를 앞장서 가려고 했다.

"훌륭한 호텔이네요."

잔뜩 긴장한 목소리가 나왔다.

"깜짝 놀랐어요. 그런데 정말 돈을 내지 않아도 괜찮은가요?"

엘리베이터 쪽으로 향하며 소년이 고개를 끄덕였다.

"자원봉사니까요."

"망자와 만나는 날은 만월로 정해져 있나요?"

"네. 다른 날도 가능은 하지만, 하룻밤이라는 시간을 온전히 사용할 수 있는 날은 오늘처럼 보름달이 뜨는 밤입니다. 설명이 늦어 죄송합니다. 사오리 씨의 승낙을 받은 후에 말씀드리려고 했습니다."

"달과 관계가 있는 거군요."

"그보다 짐은 무겁지 않나요?"

"아."

오늘 나는 이것저것 바리바리 싸 들고 왔다. 소년의 지적에 볼품없는 내 모습이 떠올라 어깨에 걸친 가방을 가슴으로 꼭 끌어안았다.

"괜찮아요. 신경 쓰지 마세요."

소년은 더 이상 내 짐에 관해 물어보지 않았다. 견디기 힘든 침묵에 내가 먼저 입을 뗐다.

"멋진 코트네요."

내가 들어가지 못한 그런 고급 브랜드의 제품일까? 저번에는 경비 절감이라고 말하더니, 소년은 이런 호텔의 분위기에도 딱히 주눅 든 모습을 보이지 않았다.

"제가 가진 유일한 브랜드 제품입니다."

저 나이 또래의 입에서 '브랜드 제품'이라는 단어가 자연스럽게 나오는 것이 너무나도 생소하게 느껴졌다. 대답할 타이밍을 한 박자 놓쳤더니 이번에는 소년이 말했다.

"이 호텔 11층, 1107호실입니다. 11층까지는 동행하겠지만 저는 방까지 들어가지는 않습니다."

"함께 가 줄 순 없나요?"

"그것이 규칙입니다. 그리고 두 분만 있는 것이 더 좋지 않나요?"

소년의 물음에 바로 대답이 나오지 않았다. 보통이라면 그럴지도 모른다. 사별한 가족이나 친한 친구, 애인과 만날 때는 제삼자의 존재가 방해일 수밖에 없다. 하지만 내 경우에는.

"여기, 열쇠입니다."

소년이 호텔 이름이 써진 명함 크기의 종이를 건넸다. 카드키가 들어있었다.

"저는 아래에서 기다겠습니다. 대화가 끝나면 내려오셔서 제게 말을 걸어 주시면 됩니다. 미즈시로 사오리 씨와 아침까지 시간을 보내셔도 상관없습니다."

"계속 기다리시는 건가요?"

"그것이 제 임무니까요."

소년이 아무렇지 않게 말했다. 지금 나는 속고 있는 것이 아닐까?

호화로운 호텔에 압도되어 한 번 지워진 의심이 다시 고개를 내밀었다. 소년이 알려 준 방에 들어간 순간 끔찍한 일을 당하지 않는다는 보장은 없다. 무자비하게 나를 팔아넘길지도 모른다. 여자로서 매력은 부족할지 모르지만 신체는 건강하다. 그리고 세상에는 음지에서 장기를 매매하는 조직도 존재한다.

감정 없는 표정이지만 순진무구하고 앳된 모습도 남아 있는 소년이 그런 일에 가담할 것처럼 보이지는 않았다. 하지만 긴장과 함께 걱정도 됐다.

소년이 억양 없는 어조로 말했다.

"안심하십시오."

그 얼굴을 보고 마음을 굳혔다. 처음부터 이루어지지 않는다고 생각했고, 사기를 당한다고 하더라도 그건 그때 가서 생각하면 된다.

엘리베이터가 11층에 도착했다. 소년이 말했다.

"방에서 미즈시로 사오리 씨가 기다리고 있습니다."

"저, 이 일이 어떻게 가능한지 물어봐도 원리는 설명해 주지 않겠죠?"

"네."

소년이 대답했다.

“저는 아래에서 기다리고 있겠습니다.”

“알겠습니다.”

엘리베이터를 향해 뒤돌아가는 소년을 보는데 어쩐지 마음이 놓이지 않았다.

걸을 때마다 복도에 깔린 융단에 내가 신은 굽 낮은 구두가 파묻히는 듯한 착각이 들었다. 여기까지 와서 무릎이 떨렸다.

침을 삼키고 방을 향해 발걸음을 옮겼다. 미로처럼 꺾인 모퉁이 하나를 지나니 츠나구 소년의 뒷모습이 보이지 않았다. 1107호는 동쪽 맨 끝 방이었다.

문 앞에 서서 크게 숨을 내쉬었다.

정말 미즈시로 사오리 씨가 있을까? 지금, 이 순간에도 아직 반신반의했다.

최악의 상황을 머릿속에 그리며 문을 두어 번 노크했다. 결과를 봐도 실망하지 않도록 언제나 상상할 수 있는 가장 나쁜 상황을 생각하여 미리 손을 써두는 것이 내 습관이다.

그런 내 소심함을 호탕하게 웃어넘기듯 문 너머로 나른한 목소리가 들려왔다.

“네에.”

7

문을 열고 안으로 들어간 순간 나는 그 자리에 얼어붙고 말았다. 방에는 침대 두 개가 놓여 있었고 창가 쪽 침대에 미즈시로 사오리가 앉아 있었다. 커튼은 열려 있었다. 창문 너머 어두운 밤하늘에 큰 보름달이 환하게 떠 있었다.

그녀를 보자마자 살아있을 때의 모습과 똑같다고 생각했다.

상대가 연예인이니만큼 가느다란 손과 늘씬한 다리, 작은 얼굴에 감동하거나 귀여운 얼굴과 완벽한 화장에 분명 압도될 것이라고 예상했다. 하지만 그녀를 만나니 그런 생각을 할 여유조차 없었다. 그냥 똑같다. 미즈시로 사오리가 내 눈앞에 있다는 사실에 가슴이 먹먹해왔다. 텔레비전이나 잡지에서 수도 없이 본 미즈시로 사오리였다.

현실감이 없을 정도로 '그대로'인 모습으로 나타나니 낯가림도 겁도 나지 않았다. 예전부터 알던 친구를 보는 것 같았다.

"당신이 히라짱? 멍하니 서 있지 말고 앉는 건 어때?"

"히라짱…."

"히라세 마나미니까 히라짱. 미안. 친구 중에 마나미라는 친구가 있거든. 이름으로 부르면 그 친구가 자꾸 떠올라서. 아니면 평사원 같아서 싫어?"

"평사원?"

"왜? 아까부터 내 말만 따라 하고. 원래 말수가 적어? 난 오늘 이런저런 얘기가 하고 싶은데. 히라짱은 조용한 성격?"

금빛 아이새도를 한 쌍꺼풀 있는 큰 눈은 미즈시로 사오리의 매력 포인트 중 하나였다. 그 눈이 나를 보고 있고 내가 그녀를 다시 볼 수 있다는 것을 실감한 순간 어깨에서 힘이 빠졌다. 츠나구 소년의 얼굴을 떠올리고 감탄의 환호를 내지를 뻔했다. 의심했던 마음은 그녀의 존재와 모습 하나로 모두 사라졌다.

진짜다. 진짜 미즈시로 사오리다.

"히라짱이라고 불러도 돼요. 아직 회사에서도 평사원이니까."

"히라짱 정도의 나이에 임원에 오른 사람이 더 이상한 거지. 뭐 마실래? 나 오늘 술 마셔도 된대. 냉장고 안에 음료는 뭐든 마셔도 괜찮은가 봐. 어떤 음료 줄까?"

입구 근처의 미니 냉장고로 다가가 거침없이 냉장고 문을 여는 그녀의 모습은 도저히 유령이라고는 생각하기 어려웠다. 실체를 갖는다는 표현이 거짓말은 아니었다.

"자, 받아!"

그녀가 캔맥주 하나를 던져 주었다.

"일단 건배부터 하자. 저를 불러 주셔서 감사합니다. 사오리입니다."

"알고 있어요."

그녀의 장난스러운 말투에 온몸이 떨렸다. 긴장의 떨림이 아니라 지금은 아마도 감격의 떨림이다.

"건배."

시키는 대로 맥주 뚜껑을 따서 캔을 부딪쳤다. 정말 그녀가 들고 있는 캔을 만질 수 있다.

살아있는 사람과 다를 바가 없다.

그동안 여기에 있었냐고 묻고 싶었다. 그녀의 추모 방송이나 '추모회' 행사의 중계, 그게 더 거짓말 같았다. 지금 와서 생각해 보면 활발하게 활동하던 사람의 모습이 갑자기 사라진 현실에 더 위화감이 들었다.

"저…."

"응?"

"사오리 씨는 정말 돌아가신 건가요?"

내 물음에 그녀가 과장되게 맥주를 내뿜는 시늉을 했다.

"뭐야, 갑자기."

그녀는 미간을 찌푸리며 친근하게 웃더니 침대 위에 책상다리로 앉아 대답했다.

"그렇대. 나도 애매한데 그런가 봐. 흐음. 가슴이 조금 답답해서 이제 자야겠다는 생각에 평소 습관처럼 소파에 누웠던 기억은 있어. 지금도 내가 죽었다고 머리로는 알겠지만, 깨닫고 보니 이미 그렇게 되어 있었다고나 할까."

"죽은 이후로 어떻게 지내셨나요?"

"딱히 어떻다고 할 것도 없어. 죽은 이후로 지금까지의 '그동안'이 없는 느낌이야. 내 방에서 잠든 것, 괴로웠던 것 다음이 그냥 오늘인 것 같아. 뭐라고 표현할 수는 없어. 어딘가 차가운 곳에서 계속 자고 있었다는 느낌?"

그녀가 책상다리를 고쳐 앉으며 옅은 미소를 지었다.

"그 꼬마한테 듣고 놀랐어. 내가 죽은 지 벌써 넉 달이나 지났다면서?"

"네."

"엄청났지? 아니, 아무도 놀라지 않았다면 그건 그거대로 충격이겠지만. 뭐, 어쩔 수 없지. 모두 바쁠 테니까."

"모델인 미치카 씨가 어쩌다 그렇게 됐냐고 울면서 인터뷰를 했어요. '추모회'도 열리고, 추모사는…. 아!"

설명하다가 가방에 넣어 온 물건이 떠올랐다. 황급히 어깨에서 가방을 내렸다.

"가지고 왔어요."

잡지와 신문을 잘라 붙인 스크랩북과 휴대용 플레이어, 뉴스와 특집 방송 영상을 저장한 파일을 꺼냈다. 최대한 그녀가 아는 관계자들의 모습만 추출해 담아왔다.

그녀가 넋이 나간 표정으로 그것들을 쳐다봤다. 그리고 스크랩북을 들고 페이지를 넘겼다.

"우와, 히라짱, 대단하다. 엄청 부지런하네. 이거 편집하기 힘들었지? 오, 정말이네. 미치카, 엄청나게 우는구나. 상복이 꽤 잘 어울린다."

"원래 구독하고 있거나 구매한 잡지들이라 편집은 어렵지 않았어요. 그보다 정말 죄송해요."

"뭐가?"

오려진 기사를 보고 있던 그녀는 말과는 달리 그것들을 꼼꼼하게 살피는 것 같지는 않았다. 나는 내 손을 꽉 쥐었다.

"사오리 씨의 단 한 번뿐인 기회를 저한테 주셔서요. 추모회에서 인터뷰한 사람들은 이제 사오리 씨와 만날 수 없잖아요. 저만 사오리 씨를 만나서…."

말하면서도 어쩌면 돌이킬 수 없는 착오가 있었던 게 아닐까 걱정했다.

"저…, 츠나구라는 소년에게 설명 들으셨죠? 살아있는 사람과 만날 수 있는 기회는 단 한 번뿐이라고."

"당연히 알고 있지. 설명은 들었는데, 그게 츠나구 시스템이잖아? 살아있을 때부터 알고 있었어."

깜짝 놀랐다. 하지만 그도 그럴 것 같다는 생각이 들었다. 연예계에는 어른들의 도시 괴담이 많이 떠돌아다닌다. 미즈시로 사오리라면 츠나구에 대해 알고 있어도 전혀 이상하지 않다.

"이 업계에 오래 있었잖아. 설마 진짜 있다고는 생각지 못했지만 가끔 소문은 들었거든. 츠나구의 연락처를 받은 적도 있었지.

말한 김에 하나 더 말하자면 히라짱이 가지고 온 기사에 실린 내 친구나 지인들은 대부분 츠나구의 존재를 알고 있어. 설마 내가 죽은 후에 츠나구를 만날 줄은 몰랐지만."

"살아있는 동안 츠나구에게 의뢰한 적은 있나요?"

"없어, 없어. 있을 리가 없지. 우리 부모님 둘 다 형편없는 사람들이었거든. 어머니는 이미 돌아가셨지만 부를 마음도 생기지 않더라고."

"그렇군요."

대답할 말이 없었다. 문득 그녀가 어머니의 재혼 상대에게 폭력을 당해 청력을 잃었다는 왼쪽 귀가 떠올라 눈길이 갔다. 그런데 텔레비전에서 본 것처럼 너무 자연스러워서 눈치챌 수 없었다. 하지만 그녀는 내가 방에 들어온 순간부터 계속 내게 오른쪽 귀를 보이고 앉아 있었다.

"그랬지."

고개를 끄덕인 그녀가 꿀꺽꿀꺽 맥주를 마셨다. 더욱 이해할 수 없어 나는 다시 질문했다.

"알고 있는데도 왜 저를 선택하신 건가요? 저로도 괜찮았나요?"

"있지, 히라짱이 오해하고 있어."

"네?"

"히라짱 말고도 나를 만나고 싶어 하는 의뢰가 엄청 많았을 거라고 생각하지?"

내가 눈을 깜빡이는 사이 그녀가 내 눈빛을 읽은 것 같았다.

"안타깝지만."

그녀가 말을 계속했다. 그녀와 어울리지 않는 씁쓸한 미소가 얼굴에 떠올랐다.

"나를 지명하고 의뢰하러 온 유별난 사람은 당신밖에 없어. 아무도 없었어."

"설마."

나도 모르게 소리가 입 밖으로 나왔다. 하지만 그녀가 말했다.

"그런 거야. 기대하게 만들어서 미안하지만, 나는 경쟁률이 1 대 1인 인기 없는 상품이었던 거야."

"아직 아무도 안 온 것일 수도 있어요. 제가 먼저 만나러 와서 죄송해요. 조금만 더 기다리면 다들…."

"안 올 거야. 벌써 넉 달이나 지났잖아?"

상처도 받지 않은 듯한 냉정한 어조였다.

"나를 만날 생각이 있었다면 벌써 왔겠지. 히라짱은 어땠는지 모르겠지만 방금 말한 것처럼 내 주변에서는 츠나구에 관한 이야기가 꽤 유명했어. 츠나구의 연락처도 알고 있었고. 알고 있지만 아무도 사용하지 않은 거야."

하다못해 다시 한번 만나고 싶다. 이야기를 나누고 싶다. 너무나도 갑작스럽다. 아니, 미즈시로 사오리를 아는 모든 사람이 그렇게 말했다. 수도 없이 들었다. 미즈시로 사오리를 제일 친한 친구처럼 얘기한 그 한 사람 한 사람의 얼굴을 떠올리자 가슴이 차게 식었다.

"그런 표정 하지 마. 소용없다니까. 당연한 거야."

사오리는 맥주 캔을 기울이며 한숨을 쉬었다.

"왜냐하면 살아있는 동안 단 한 번밖에 사용할 수 없는 기회인걸? 그런 기회를 소중히 생각하는 건 당연하잖아? 자기 부모님이나 자식, 아니면 연인. 그들이 갑자기 죽지 않는다고 어떻게 장담할 수 있겠어? 그때를 위한 최후의 수단을 내게 쓸 리가 없다는 거지."

"그래도…."

"그리고 나로서는 히라짱이 더 신기해."

가만히 나를 바라보던 그녀가 입꼬리를 올리며 웃었다.

"좋은 것 알려 줄게."

마치 잡지 표지에나 나올 법한 매력적인 모습이었다.

"인간은 가까운 사람의 죽음이 아니면 느끼지도, 슬퍼하지도 않아. 모두에게 사랑받았다는 말은 듣기에는 좋아도 딱 그것뿐이야. 오락으로서의 슬픔은 모두 가식이니까. 마지막에 모두에게 그런 감정을 제공할 수 있었다니 명예롭다고는 생각하지만. 비꼬는 말이 아니라 정말 기뻐. 하지만 모두에게 금방 잊힌다는 것도 나는 알고 있어. 겸손이 아니라 그게 바로 사실이고 진리야.

연예계에 있으면 누구나 다 알고 있는 진리."

그녀 앞에 내가 가지고 온 오려진 잡지가 놓여있었다. 그 기사에는 그녀가 방금 말한 '모두에게 사랑받았다'라는 문구도 있었다.

"사오리 씨에게는 그런 사람이 없었나요? 사오리 씨의 죽음을 애도하고 진정으로 슬퍼하는 가까운 사람."

"있으면 좋겠지만, 아무래도 없는 것 같네. 나를 이렇게 생각했으면 좋겠다, 그런 사람도 있었지만 어긋났어. 슬프지만 그 사람도 츠나구의 존재는 알고 있을 거야. 아, 처량하네. 차라리 츠나구를 모르는 사람이었다면 속상하지도 않을 텐데."

미즈시로 사오리 정도의 사람도 그렇게 생각하다니. 믿을 수 없었다.

"정말 모두 슬퍼했어요. 츠나구에게 의뢰하지 않아도 분명 사오리 씨를 만나고 싶다는 마음은 진심일 거예요."

사물의 겉밖에 보지 못하는 내 감상이지만 사오리는 작게 고개를 끄덕였다.

"응. 가져온 것들은 나중에 천천히 보여 줘."

내가 침대에 늘어놓은 본인의 기사와 영상을 보며 그녀가 미소를 지었다.

"그나저나 엄청 많네. 나 아직 죽지 않았구나! 분명 특별 방송으로 나갔겠지? '최고의 주가를 달리던 연예인, 갑작스러운 죽음'이라니, 드라마틱한데?"

그녀가 알고 지낸 듯한 프로그램 사회자의 이름을 거리낌 없이 불렀다.

"이 사람이랑 이 사람, 아주 신났네."

그녀가 어떻게 생각하는지는 모르겠지만, 두 사람이 애통하고 슬퍼 보였다는 것, 그리고 미즈시로 사오리를 예의 바른 사람이었다며 에피소드를 소개했다는 이야기를 전하자, 그녀가 미소를 지었다. 활짝 갠 듯 물기를 머금지 않은 웃음. 역시 미즈시로 사오리다.

"나, 다른 사람 비위 참 잘 맞추거든. 이 일이 너무 하고 싶으니까 나를 영업하기에 여념이 없었어. 다른 사람이 좋아하는 것이나 했던 말을 기억해뒀다가 대기실에 선물한다든지 감상을 담은 편지를 쓰기도 하고, 부지런히 친절을 베풀었지. 그래서 언제부터인가 '좋은 사람'이라는 소리를 들었어. 하나하나 그냥 습관처럼 한 행동이니, 나는 전혀 기억나지 않아. 하지만 지금, 진심으로 그렇게 살길 잘했다는 생각이 드네. 고마워. 작전 성공이야."

그녀가 낮은 목소리로 말하며 씩 웃었다.

8

"그런데 히라짱은 왜 나를 선택한 거야? 잘은 모르겠지만, 츠나구를 만나기까지 아주 힘들었을 텐데. 돈도 많이 들었을 거고."

"돈은 들지 않았어요. 저도 궁금해서 물어봤는데 자원봉사라고 하네요."

"그렇구나."

"그리고 괜찮아요. 저는 돈 모으기가 취미인데 마땅히 쓸 곳도 없어요. 그 돈으로 사오리 씨를 만날 수만 있다면야 얼마든지 내려고 했어요."

"나를 만나기 위해서?"

"네."

놀 줄 모른다, 가지고 있어도 쓸모없는 돈이다, 그런 말을 듣고 상처를 받았지만 돈을 쓰는 방법은 더더욱 떠오르지 않았다. 화려한 옷과 명품, 유흥이나 여행도 모두 두려웠다. 뛰어들 수 없었다. 미래를 위해 저금한다고 생각하면 될지도 모르지만 그조차 그려지지 않았다. 내가 가정을 꾸리거나 일하면서 보람을 느끼는 것은 도저히 상상할 수 없다. 앞으로 어떻게 될지 상상할 수 없다는 것이 무서웠다.

돈을 써보고 싶었다. 그냥 남겨 두고 싶지는 않았다.

나는 조금 망설이다가 이야기하기로 했다.

"저, 4년 전쯤에 사오리 씨에게 도움을 받은 적이 있어요. 신주쿠의 거리에서요. 만취해서 과호흡을 일으키는 바람에."

순간적으로 눈이 마주쳤을 뿐이다. 지나가다 어깨를 스친 것처럼 일방적으로 도움을 받은 그때의 기억은 면식이 있다고 말할 수준이 아니어서 츠나구 소년에게도 말하지 않았다. 그녀도 기억하지 못할 것이다.

아니나 다를까 그녀가 고개를 갸웃거렸다.

"4년 전?"

"분명 사오리 씨였어요. 모자를 쓴 상태에서 살짝 본 것뿐이라 어쩌면 아닐 수도 있지만. 레오파드 패턴의 재킷을 입고 있었어요."

"미안. 기억나지 않아."

사오리가 고개를 저었다.

"아까도 말했지만, 나는 내가 다른 사람에게 한 행동은 바로 잊어버리거든. 좋은 것이든 나쁜 것이든 모두."

"아, 괜찮아요. 그럴 의도로 말한 게…."

나는 당황하여 고개를 저었다. 전하고 싶은 말은 따로 있었다.

"그냥 저는 너무 기뻤어요. 전혀 특별하지 않은 내 인생에도 사오리 씨와 같은 사람이 걱정해 준 순간이 있었다는 것. 사오리 씨에게는 별것도 아닌 일이었을지도 모르지만, 고맙다는 인사를 꼭 전하고 싶었어요. 그래서 만나고 싶었던 거예요."

"흐음. 하지만 분명 그건 내가 아닐 거야. 잘못 본 거 아니야?"

콧소리를 내며 말하던 그녀가 다시 내 쪽으로 고개를 돌렸다.

"히라짱, 나한테 쿠키 보낸 적 있지?"

깜짝 놀란 내가 자세를 가다듬었다. 눈이 크게 떠졌다.

"역시."

내 반응에 만족한 듯 그녀가 웃었다.

"보낸 적 있어요."

얼굴이 새빨갛게 달아올랐다. 직접 만든 음식을 선물하는 것이 몰상식한 행동인지 몰랐을 때 저지른 실수다. 그녀가 말을 이어 나갔다.

"그리고 파운드케이크, 자수 손수건, 파우치, 목도리, 편지."

"네."

"쿠키와 케이크, 맛있었어."

"드셨나요?"

그녀가 고개를 끄덕였다. 그 말에 너무 놀라 어쩔 줄 몰라 하며 일어섰다. 그녀의 손에 있는 거의 마시지 않은 캔맥주가 넘칠 것 같았다.

"아직도 기억나. 자두와 초콜릿 칩이 들어간 쿠키. 새콤달콤하고 맛있어서 감동했어. 레오파드 패턴에 자수가 들어간 파우치는 너무 귀여웠고. 대단해. 혹시 그거 히라짱이 직접 만든 거야?"

"네. 아직 서툴러서 부끄럽지만 재봉틀로 직접 만든 거예요. 그런데."

거짓말이다. 사실 자신 있었다. 나는 내 시간을 항상 그런 일밖에 사용할 줄 몰랐다.

“연예인들은 팬에게 받은 음식은 불안해서 먹지 않는다고 들었어요. 직접 만든 것은 물론, 가게에서 직배송한 음식도 먹지 않고, 샤워 오일도 성분을 몰라 사용하지 않는다고….”

“으응. 다양한 사람이 있고 확실히 까다로운 사람은 까다롭지. 그런데 나는 팬이 준 음식은 직접 만든 주먹밥까지도 전부 먹어. 아깝기도 하고, 실제로 내가 어떻게 된 것도 아니고, 애초에 그렇게 고상한 환경에서 자란 것도 아니라. 나는 잘 잊어버리기도 하고, 다른 사람에게 해 준 기억은 거의 없지만 누군가에게 받은 것은 정확하게 기억해.”

교과서 같은 답변. 하지만 감동했다. 그녀는 스타였다.

“의뢰받고, 이름을 들었을 때 생각났어. 아, 나한테 선물을 준 그 친구구나.”

“저만 선물을 보낸 건 아니잖아요.”

“당연하지. 뭐야, 얕보지 마. 나, 미즈시로 사오리야. 선물이라면 엄청나게 많이 받았다고.”

“편지도 읽으….”

“응.”

그녀가 조용히 대답했다. 그리고 천천히 눈을 깜빡였다. 침대 옆 테이블에 맥주 캔을 올려둔 그녀가 갑자기 진지한 표정을 지었다.

"히라짱, 죽을 생각이지?"

나는 입을 다물었다.

오늘 면회가 끝나면 이후에는 어떻게 되든 상관없었다.

그녀가 살아있을 때 그녀에게 보낸 편지에 나는 죽고 싶다는 말을 썼었다.

지루하고 별 볼 일 없는 하찮은 일상. 존재해도, 존재하지 않아도 괜찮은 나. 내가 죽는다고 그 누구도, 심지어 가족조차도 슬퍼하지 않는다. 미즈시로 사오리 씨의 모습을 보면 구원받는 느낌이라고도 썼었다. 그것이 삶의 유일한 즐거움이라고.

"자만하는 게 아니야. 내가 죽었다고 히라짱이 따라서 죽을 거라고는 생각지 않아. 그렇지만 의무는 다하러 왔어."

"의무?"

"내가 답장도 쓰지 못하고 죽었잖아. 그래서 전하러 온 거야. 내 생각이 틀렸다면 미안해. 하지만 좋지 않은 예감이 들었어. 츠나구에게 의뢰하려면 상당한 비용이 필요하다고 생각했고, 기회도 단 한 번뿐이라고 하니까. 그런데도 가족이 아니라 나를 지명했다는 건 분명 아쉬울 게 하나도 없다고 생각했거든."

"전…."

"오면 안 돼. 이쪽 세상은 어두워."

그녀가 이를 드러내며 웃었다.

"그 말만은 꼭 전하고 싶었어."

"사오리 씨."

내가 그녀를 불렀다.

"왜?"

"저, 사오리 씨가 살아있기를 바랐어요."

목이 메어 입술을 깨물지 않으면 눈물이 나올 것 같았다. 나는 이 사람과 대화를 나눈 적이 있고, 도움을 받은 적도 있다. 그 사실 하나가 즐거워 보이는 텔레비전 속 세상과 나를 연결해 주고, 내가 세상을 미워하지 않게 해 줬다.

의무라니, 무슨 의미일까? 제멋대로인 팬에 대한 의무라니. 그녀는 짊어질 필요가 전혀 없는 의무를 다하러 왔다.

그녀가 고개를 비스듬히 숙이고 장난치듯 물었다.

"내가 자살했다는 소문도 돌고 있지?"

나는 말없이 고개를 끄덕였다.

"역시. 내가 자살할 리는 없는데 말이야. 나는 너무 행복했고, 하고 싶은 일만 했으니 당연히 오래 살고 싶었다고. 아니, 주간지도 센스가 너무 없지. 숨기고 있었던 옛날 일까지 그런 식으로, 참."

"어떤 사람들은 자서전을 낼 수 있을 정도로 처절하다고 말했어요. 사오리 씨의 이야기를 듣고 비슷한 환경의 아이가 용기를 얻었다고도 했고요."

"그럴지도 모르지만, 어느 가정이나 각자만의 고통이 있는 게 당연해. 그렇지 않으면 나도, 다른 사람들도 웃을 수가 없잖아. 히라짱, 그게 보고 싶었어?"

내가 아무 말도 못 하자 그녀가 말을 이어 나갔다.

"나를 보는 게 좋다고 말해 줘서 너무 기뻤어."

그녀가 웃으면서 두 눈을 비볐다. 빨갛게 된 눈으로 동쪽 하늘이 보이는 창문을 응시했다.

"아아. 동이 트면 이곳과도 이별이구나."

"죄송해요!"

"응?"

"마지막에 만나는 사람이 저라서…."

"히라짱, 사과하는 게 버릇이야?"

그녀가 짜증 난다는 듯 미간을 찌푸렸다.

"히라짱은 사과하는 게 편할지 모르지만 옳은 방법은 아니야. 세상에는 사과로 해결되지 않는 일이 너무 많아. 어리광 피우지 마. 그런 행동은 대개 주위 사람들까지 어둡게 만들거든."

깜짝 놀란 내가 등을 곧게 펴자, 그녀는 순간적으로 조금 전의 진지한 표정을 지우며 중얼거렸다.

"고마워. 마지막으로 나를 이곳에 이끌어 줘서. 츠나구 의식도 끝났으니 덕분에 후련하게 다음 장소로 갈 수 있을 것 같아. 마지막에 만나는 사람이 팬이라니. 마치 아이돌의 본보기 같지 않아?"

작은 목소리로 중얼거린 그녀가 다시 웃었다.

"애초에 나는 아이돌이 아니라 매력 없는 연예인이지만."

그때 거리에서 나를 도와 준 사람이 정말 미즈시로 사오리였을까? 헤어지기 직전 나는 그녀에게 물었다.

"사오리 씨의 신조는 뭔가요?"

"너무 많아."

그녀는 잠시 생각하는 듯하더니 곧바로 대답했다.

"오늘 기분은 '인생을 긍정적으로'. Let's positive thinking."

"'술은 마셔도 취하지 말 것'은요?"

"오, 그것도 괜찮은데? 나쁘지 않아."

"그때 세상이 불공평한 건 당연하다고 사오리 씨에게 혼났어요. 모든 사람에게 똑같이 불공평하다고."

그녀를 바라보았다. 그녀에게도 똑같이 세상은 불공평했을까? 나는 적어도 누군가가 공평하게 봐 주지 않으면 불공평하다고, 또다시 불만을 품었다.

"그렇구나."

중얼거린 그녀가 창밖을 보며 웃었다.

동쪽 창문이 점점 노랗게 물들고 있었다.

겨울이라 다행이다. 해가 늦게 떠서.

나란히 앉아 떠오르는 태양을 함께 보고 있다가 문득 고개를 돌리자 그녀는 이미 사라지고 없었다.

침대 위에 펼쳐진 많은 기사 파일과 마시다 만 캔맥주. 캔을 들어 올리자 안에서 찰랑거리는 소리가 거의 들리지 않을 정도로 맥주가 줄어 있었다. 그 가벼움에 왠지 눈물이 날 것 같아 좀처럼 손에서 캔을 놓을 수 없었다.

나가기 직전, 나는 텅 빈 방을 향해 최대한 정중하게 고개를 숙였다.

엘리베이터를 타고 1층에서 내리자 츠나구 소년이 소파에 앉아 있다가 나를 보고 일어났다. 설마 밤새 깨어있지는 않았겠지만, 소년은 피곤함조차 느껴지지 않는 어제와 똑같은 표정이었다.

"카드키 주십시오."

사무적으로 말한 소년에게 카드키를 건넸다. 대답을 바라지도, 기대하지도 않았지만 다시 한번 질문했다.

"어떤 원리인가요?"

"닮은꼴로 보이셨나요?"

"아니요. 정말 진짜 미즈시로 사오리 씨였어요."

"다행입니다."

어디까지가 진심인지 알 수 없는 목소리다. 머리 숙여 감사 인사를 하고 헤어지려는 순간, 소년이 깜빡 잊었다는 듯 나를 불러 세웠다.

"한 가지 드릴 말씀이 있습니다. 감상 한 마디 말씀해 주실 수 있을까요?"

"감상…."

"네."

잠시 망설여졌다. 슬쩍 시선을 돌리니, 아침 일찍 체크아웃하는 몇몇 사람들이 벌써 호텔 밖으로 나가려고 하고 있었다. 나는 눈을 가늘게 뜨고 창밖을 응시하며 대답했다.

"감상은…. 아이돌은 대단해!"

빛처럼 사라져간 미즈시로 사오리는 분명 밝은 곳으로 갔을 것이다. 그렇게 믿지 않으면 공평하지 않다.

그러니 나는 앞으로도 그렇게 믿을 것이다.

내가 말할 수는 없었습니다

"돈이라면 얼마든지 있네."

그 말에 어린 사내 녀석이 이쪽을 돌아보았다. 고등학생쯤 됐으려나. 모자가 달린 애 같은 코트를 입고, 아까부터 쌀쌀맞은 표정을 짓고 있는 꼴이 마음에 들지 않았다. 역 앞에서 만난 순간부터 쭉 그랬다.

"보수는 일절 받지 않습니다."

녀석이 똑같은 대사를 되풀이했다. 구름 낀 날씨 때문에 병원의 정원에 나와 있는 환자도 없었다. 벤치에 앉은 우리 두 사람이 멍청이처럼 느껴졌다. 녀석은 셀프서비스 코너에서 차가 담긴 종이컵을 가지고 왔다. 이 녀석처럼 어리면 괜찮겠지만 나처럼 정장 차림의 오십 대가 이런 곳에서 이런 차를 마시고 있는 모습은 누가 봐도 이상하다. 좀처럼 탈 일 없었던 신칸센을 타고 몇 시간을 달려와 안내받은 장소가 여기다. 도쿄 방문은 인생에서 두 번째다. 익숙지 않은 지하철도, 모두 똑같이 올라간 건물들도 나와는 맞지 않는다.

게다가 무엇보다 병원은 싫었다. 용건이 없다면 되도록 오고 싶지 않았다.

1

"하타다 씨?"

만나기로 약속한 역 앞에서 누군가 내 이름을 불렀다. 뒤를 돌아본 나는 상대의 모습에 어처구니가 없었다.

"네가 그거냐?"

그렇지 않아도 왠지 수상하기 짝이 없는 이야기라 완전히 믿지 않았다.

죽은 사람과 만날 수 있단다. 그런 바보 같은 황당무계한 이야기가 현실에 존재한다니, 이곳에 온 지금도 반신반의하고 있는데 심지어 어린애가 나왔다. 머리 꼭대기부터 발끝까지 훑어보는데 녀석이 사무적인 목소리로 말했다.

"안녕하세요. 처음 뵙겠습니다. 제가 사자 츠나구입니다."

코웃음을 칠 뻔했다. 이런 농담이 있나. 감정이 분노를 단숨에 뛰어넘었다. 하지만 녀석은 진지한 표정을 지우지 않았다.

"이야기할 수 있는 장소로 안내하겠습니다."

녀석이 발걸음을 옮기려고 했다. 이런 어린애라고는 듣지 못했다.

"정말로 네가 그게 맞아? 어머니는 여자라고 하던데. 내가 전화했을 때도 할머니가 받았어."

"제가 츠나구입니다."

"믿을 수 없군."

"죄송합니다."

녀석이 다시 고개를 앞으로 돌리고 걷기 시작했다. 욱하는 마음이 치밀어 올랐지만 일단 녀석을 따라갔다.

애답지 않은 아이였다. 과하게 힘이 들어간 허세도 없고 어른을 대하는 데 주눅이 든 모습도 없었다. 쭈뼛거리는 것보다는 나은가?

문득 아들 다이치가 떠올랐다. 대학교 3학년, 스물한 살이 된 다이치는 덩치는 큰데 어릴 적부터 너무 내성적이었다. 본가의 일을 물려받아야 하고 남자다움도 부족해 혼낸 적이 많았다. 성인이 되면서 조금 나아지긴 했지만, 오늘 이 녀석 정도의 나이일 때는 작은아버지, 작은어머니와 눈을 보고 얘기하지도 못했다.

아들에 비하면 이 녀석은 겁이 없는 편이다. 외모도 불량해 보이지 않는다. 뉴스에서 자주 보는 피싱 사기를 저지를 만한 애로는 보이지 않아 일단 안심했다.

"누구 다른 사람은 더 없나?"

녀석이 병원의 정원으로 안내하고 식당의 셀프서비스에서 가져온 차를 건네도 불만은 없다. 그건 이 어린 녀석을 심부름꾼이라고 생각했기 때문이다.

"다른 사람이요?"

"네 상사나 다른 누구든. 나와 이야기할 사람."

"저만 왔습니다."

쓸데없는 말은 하지 않지만, 최소한의 필요한 사항만 말하는 건 어른과의 대화 방법을 모른다는 증거다. 나는 화를 꾹 참고 말했다.

"돈이라면 있다. 준비해 왔어."

"보수는 일절 받지 않습니다."

"그래, 그렇게 듣고 왔네."

녀석이 고개를 들었다. 나는 고개를 저으며 말했다.

"하지만 돈이 안 들 리가 없잖아. 그냥 체면상 하는 말이지? 공교롭게도 나는 그 이야기를 곧이곧대로 받아들일 만큼 어수룩하지 않아. 나를 속이는 데도 사람을 고용하거나 돈이 든다고 생각하니까 묻는 거야."

녀석이 나를 의아하게 쳐다보았다. 너무 자연스러운 표정이었다. 다만 나도 다 꿰뚫어 보고 있다는 것을 확실히 말해 두고 싶었다.

"그런 황당한 이야기를 절대 믿는 건 아니야."

나는 거침없이 쏘아붙였다.

"죽은 사람을 만날 수 있다고? 츠나구인지, 츠나기인지는 모르겠지만 어차피 대규모 사기 집단이지? 어머니는 믿으셨지만."

츠나구의 존재에 대해서는 2년 전 돌아가신 어머니 쓰루에게 들었다.

"야스히코, 나는 네 아버지와 만났단다."

돌아가시기 약 반년 전, 입원한 병원으로 나를 부르더니 느닷없이 츠나구 이야기를 꺼냈다.

어머니만 아는 걸 가르쳐 준다면서.

"하타다 씨의 어머니는 확실히 츠나구에게 의뢰하셨습니다. 지금으로부터 약 20년 전입니다만."

"돌아가시기 전에 말씀해 주셨어. 아버지와 만났다고."

녀석은 반응이 없었다. 의뢰인에 대한 비밀 유지 의무라며 거드름을 피울 생각인지 애매하게 시선을 피할 뿐이었다.

아버지는 내가 고등학교 3학년이던 해 가을에 돌아가셨다. 원래 심장병이 있었는데 아버지도 본인의 건강에 대해 잘 알고 있었다. 아버지는 살아계실 때 나와 동생에게 하타다 가문과 사무소를 맡겼다. 그리고 어머니와 내게 재산 분할과 할아버지 대부터 내려온 건축 사무소의 미래에 대해 상세하게 지시를 남겼다. 아버지는 정말이지 빈틈없고 훌륭한 사람이었다.

"나는 츠나구를 통해 네 아버지와 만났단다. 츠나구가 얼마나 오래전부터 존재했는지는 나도 우연히 알게 되었고. 네 아버지를 다시 만났을 때 언제 이런 걸 찾아냈냐며 펄쩍 뛰었지. 본인이 모르는 곳에서 다른 가족이 마음대로 행동하는 걸 여전히 참을 수 없어 하더구나. 딱히 수상한 일을 하는 것도 아닌데 말이다."

천천히 말하며 하얗게 센 머리카락을 쓸어 올리는 어머니의 손이 깜짝 놀랄 정도로 야위어 있었다. 움푹 들어간 눈과 살이 빠진 뺨. 집에 있었을 때와는 전혀 다른 모습이었지만, 어머니의 인상은 조금도 달라지지 않아 오히려 신기했다.

어머니는 나와 아버지가 그런 부분이 정말 똑 닮았다며 살며시 웃었다.

"그러면 어머니께 츠나구에 대해 들으신 건가요?"

"이타코와 같냐고 어머니께 물었는데 그건 아니라고 하더군. 정말로 돌아가신 아버지와 직접 만났다고 끝까지 우겼어."

"네. 제가 창구가 되어 망자가 된 만나고 싶은 상대와 교섭합니다. 먼저 망자에게 의뢰인을 만날 의향이 있는지 의사를 확인하죠. 망자의 승낙을 얻어야만 면회할 수 있습니다."

녀석이 마치 주문을 외우기라도 하듯 암기한 말을 소리 내어 말했다.

"주의 사항은 망자와 만날 수 있는 기회는 딱 한 번뿐이라는 것입니다. 누군가와 재회한다면 츠나구에게는 두 번 다시 어떤 의뢰도 할 수 없습니다."

"알았네."

"또한 망자에게도 살아있는 사람과 만날 수 있는 기회는 한 번뿐입니다. 누군가가 지명해서 그 의뢰를 받아들인다면 다른 사람과 만날 기회는 사라집니다. 죽은 사람은 살아있는 사람을 지명할 수 없으므로 망자도 신중하게 결정을 내립니다."

"그것도 어머니에게 들었어."

"면회 날짜는 망자의 답변을 들은 후에 조정합니다. 기본적으로는 가장 빨리 찾아오는 만월 밤에 이루어집니다. 해 질 녘부터 일출까지 단 하룻밤 동안 상대와 만날 수 있습니다."

"만월?"

마치 종교 단체 같아 기가 막혔다. 너무나 그럴싸한 조건이었지만 분위기 조성을 위한 수작이라고 생각했다.

녀석이 가방에서 공책을 꺼내 빈 페이지를 펼치고 담담하게 물었다.

"만나고 싶은 상대는 결정하셨습니까?"

"어머니를 만나고 싶어. 2년 전 암으로 돌아가신 하타다 쓰루. 돈이라면 얼마든지 있네."

어린 녀석이 나를 보았다. 변함없이 쌀쌀맞은 표정으로 고개를 저었다.

"보수는 일절 받지 않습니다."

녀석이 똑같은 대답을 되풀이했다. 나는 무시하고 말을 계속했다.

"아까도 말했지만 완전히 믿는 건 아니야. 여기에 온 건 어머니의 유언 때문이지. 어머니는 예전에 츠나구의 도움으로 아버지와 만난 적이 있다고 했어. 만약 집안에 곤란한 일이 생기면 연락하라고 연락처를 알려 주셨다."

2

"난 네 아버지와 만나 정말 다행이라고 생각해. 그래서 네게도 알려 주는 거란다. 곤란한 일이 생기면 연락하도록 해."

어머니가 공책을 꺼냈다. 표지에 연분홍색 전통 종이를 붙인 그 공책은 어머니의 일기장이다. 하타다 가문에 시집온 뒤로 하루도 빼놓지 않고 썼다는 어머니의 일기는 그 양이 엄청 방대했다. 어머니는 그때그때 근처 문구점이나 여행지의 선물 가게에서 마음에 드는 공책을 사서 일기장으로 썼다. 마지막 일기장이 된 이 공책은 마을 노인 친목회에서 교토로 여행을 갔을 때 사 온 공책이다. 어머니가 공책 안에서 작게 접힌 종이를 꺼내 내게 건넸다.

어머니가 준 종이는 세월이 흘러 누렇고 납작해져 있었다. 더 이상 용건이 없는 종이일 텐데, 어째서 일기장을 바꿀 때마다 새로운 공책에 끼워둔 걸까?

종이에는 어머니의 글씨로 '츠나구'라고 적혀 있었다. 그리고 그 밑에 03으로 시작하는 번호가 있었다.

"구니히코에게도 얘기했어?"

"얘기 안 했지. 야스히코 네게만 말한 거야."

"왜 나한테만?"

동생의 이름을 꺼내자 고개를 갸웃거리던 어머니가 이내 온화하게 웃으며 대답했다.

"넌 장남이니까. 이제 하타다 가문은 네가 책임질 거잖아. 사무소도 있고 말이야. 츠나구와 만날 일이 생기지 않는다면 그보다 좋은 건 없겠지만, 그래도 혹시나 무슨 일이 생길 때를 대비해서."

그리고 나를 주시하듯 눈을 가늘게 떴다. 입원한 이후로 좀처럼 볼 수 없던 표정이다. 어머니가 타이르듯 말했다.

"아무쪼록 어머니가 그리워서 의뢰하는 그런 아까운 짓은 하지 말거라. 그런 이유라면 사용하지 않는 편이 나아. 살아있는 동안 죽은 사람과 만난다는 건 자연의 순리를 거스르는 일이라 사실 좋지 않은 게 당연하거든."

"무슨 소릴 하는 거야."

내심 뜨끔했다. 위암이라는 어머니의 병은 나와 아내 그리고 남동생 부부밖에 모른다. 네 명이 상의한 끝에 어머니에게는 알리지 않기로 했다. 가까운 친척이나 아이들에게도 말하지 않았다. 맨 처음에 의사가 분명 '앞으로 2년'이라고 말했다.

어머니는 아버지가 돌아가신 이후로도 나와 함께 건축 사무소를 꾸려나가며 계속 일을 해왔다. 옛날 사람이라 몸이 좋지 않아도 쉬려고 하지 않았다. 몸이 아파 병원에 가고 싶다는 말을 꺼냈을 때 어머니가 그런 말을 하다니 보통 일이 아니라고 생각했다. 어머니는 그만큼 약한 말을 내뱉지 않는 사람이었다.

어머니가 자신의 병을 얼마나 구체적으로 알고 있었는지 나는 모른다. 다만 어느 정도 어머니도 느끼고 있었을 것이다. 우리에게 직접 물어본 적은 없지만 사실 어머니는 전부 알고 있는 게 아닐까 의심한 순간도 있었다. 그때도 그랬다.

츠나구에 관한 이야기를 듣고 놀라움보다 걱정이 앞섰다. 병 때문에 마음이 약해져 갑자기 치매가 시작된 것은 아닐까? 그러니까 이런 믿을 수 없는 농담 같은 얘기를 하는 게 아닐까? 평소라면 코웃음을 치며 넘기거나 장난하지 말라고 짜증을 내거나 둘 중 하나였을 것이다. 하지만 그때의 나는 어머니의 이야기를 잠자코 듣고만 있었다. 어머니의 표정은 처음부터 끝까지 진지했다. 어머니는 어떤 생각에 깊게 빠져 헤어 나오지 못하거나 정신이 흐트러진 것처럼은 보이지 않았다.

"어쨌든 네게 확실히 전달했다. 잘 부탁하마."

"그럼, 아버지를 만난 이유는 뭐야? 나한테는 그리울 때 사용하지 말라고 하면서 어머니는 왜 아버지를 만난 거야? 심지어 그런 애매한 시기에."

아버지가 우리에게 남긴 유언은 완벽했다. 새삼스레 집이나 사무소에 관해 물을 것도 없었을 것이다. 아까 어머니는 아버지가 돌아가시고 10년이 지난 후에 츠나구에게 연락했다고 말했다. 돌아가신 직후라면 이해하겠지만 어딘가 석연치 않았다.

"왜 그런 시기라니. 너는 뭘 모르는구나. 기가 막힌다. 넌 정말로 다른 사람의 마음을 몰라."

그날 수줍은 듯 말하는 어머니의 표정을 처음 보았다. 억지스럽지 않고 자연스럽게 나오는 미소였다. 어머니가 말을 덧붙였다.

"나도 츠나구 이야기는 일찍 남편을 떠나보낸 친구한테 들었단다. 아버지의 장례식장에 달려와서는 살짝 연락처를 알려 주더라. 그때는 믿을 수 없었는데, 아니어도 손해 볼 것은 없으니 생각나는 김에 연락했지. 그랬더니 사실이어서 정말 놀랐단다."

"나도 그 이야기를 대대로 다이치에게 전하는 게 좋을까? 가훈처럼."

어디까지 진지하게 받아들여야 할지 몰라 가볍게 대답하자,

어머니의 얼굴이 예상치 못하게 그늘이 졌다.

"다이치는…, 글쎄다…."

어머니가 당황한 듯 중얼거렸다. 그 반응에 놀람과 동시에 위가 꽉 졸아드는 듯한 느낌이 들었다.

할머니를 너무 좋아하는 다이치는 온순하지만 약간 둔한 아이였다. 언젠가는 사무소를 이어야 하는 큰집의 장남인데 무슨 생각을 하는지 도통 알 수 없고 항상 멍하니 있었다.

반사적으로 동생 구니히코의 아이들이 떠올랐다. 구니히코를 닮아 머리가 좋아서 아들 히로키와 딸 미나 모두 성적이 우수했다.

사촌들과 있을 때 나이가 제일 많은 다이치는 항상 상대방의 이야기를 듣는 쪽이었다. 분하거나 보란 듯이 보여 주겠다는 감정도 없는 듯했다. 히로키와 미나는 지역의 유명 고등학교를 졸업했다. 그중 히로키는 도쿄의 명문 대학에 들어갔다. 그런데 다이치는 장점이 집에서 가깝다는 것밖에 없는 평범한 고등학교에 다녔고, 대학도 지방 국립대학 입시에 실패해 지역 내 사립대학을 다닌다. 지금은 건축 사무소 일을 거드는 조건으로 학비를 내주고 있다.

다이치가 그다지 믿음직스럽지 않다는 것은 모두 다 알고 있다. 하지만 이렇게 대놓고 어머니가 다이치를 걱정하는 것은 처음이었다. 평소에 손자를 귀여워하는 줄 알았는데 나와 둘이 되니 본심이 나온 걸까?

어머니가 어리광을 다 받아 주니 다이치가 그런 것 아니냐고 울컥 화가 치밀어 올랐지만, 어머니는 환자이기에 그냥 꾹 참았다. 당시의 어머니는 걱정하는 기색도 없이 말을 덧붙였다.

"뭐, 괜찮을 거야. 옛날에는 철이 없었을 때고. 지금은 아마도."

나는 더 이상 다이치의 이야기를 계속하기가 거북해 화제를 돌렸다.

"도쿄에 가본 적 있어?"

매년 11월 근로 감사의 날에 참가한 마을 자치회나 노인 친목회의 버스 여행 이외에 어머니가 멀리 외출한 적은 딱히 떠오르지 않았다. 표도 제대로 살 수 있을는지 모르겠다. 어머니가 우습다는 듯 소리 높여 웃었다.

"정말 네 아버지와 똑같은 소리를 하는구나. 나도 혼자서 멀리 갈 수 있단다. 여차하면 얼마든지. 네 아내도, 다이치도 마찬가지야. 네가 생각하는 것보다 다들 잘하고 있지. 정말 무시당하는 건 참기 어렵다니까."

"흐음."

아까는 다이치를 걱정하더니 지금은 잘하고 있단다. 앞뒤가 다른 말을 뻔뻔하게 잘도 한다. 내가 없으면 집이나 사무소가 잘 돌아가지 않는 것은 사실이다.

"아버지나 너나 장남은 참 완고하다니까."

"그런가?"

내 동생 구니히코는 어렸을 적부터 성실하고 공부도 잘했다. 아버지가 돌아가신 후 나는 고등학교 졸업과 동시에 바로 사무소 일을 시작했다. 구니히코는 어머니와 상담 후 도쿄의 대학에 진학했다. 요즘과 달리 당시에는 주변에 대학을 가는 사람이 드물었다. 구니히코는 잘하니까 머지않아 크게 될 거라며 어머니는 기쁜 듯이 말했다. 그렇게 도쿄의 대기업에라도 들어가나 했는데, 결국 고향으로 돌아와 동사무소에 취직했다. 크게 되리라 믿었던 어머니의 기대대로 이루어진 걸까?

가업을 가진 전통 있는 집안이었던 탓에 하타다 가문은 대대로 장남과 장남이 아닌 형제를 엄격하게 구별했다. 장남은 가업을 잇는 사람, 가문을 유지하는 사람이라는 가르침을 받으며 자랐다. 그중에는 동생을 돌보는 것도 포함되어 있었다.

어머니도 처음부터 장남과 차남에게 요구하는 역할과 육아 방식을 명확하게 달리했다. 어머니는 마을 자치회의 모임이나 행사에 나만 데리고 다니면서 지연地緣의 중요성을 설명했다. 사무소를 도울 때도 언젠가는 내가 해야 하는 일이라며 처음부터 끝까지 철저하게 이해하라고 가르쳤다. 그에 비해 차남인 구니히코는 언젠가 집을 떠날 사람이라며 이웃과의 관계 유지나 사무소 일을 돕는 것에서 면제되었다. 좋아하는 일을 마음껏 하면 된다며 책임질 필요 없는 자유로운 입장으로 자랐다.

어머니는 원래 까다롭지 않은 성격이었지만 내게는 엄격한 모습을 보였다. 구니히코가 하면 별수 없다며 웃어넘길 장난이 내게는 허용되지 않았다. 장남이 그런 모습을 보이면 안 된다고 꾸중도 많이 들었다. 어렸을 적부터 '형이니까'라는 말을 얼마나 자주 들었는지 모른다. 다른 집도 그런지 모르겠지만 우리 집은 특히 더 그랬다.

하타다 가문을 지키는 장남으로 자란 것에 불만도 없고, 그것이 싫었던 것도 아니다. 철들기 전부터 이미 그래야 한다고 마음속에 새기고 자랐다. 그래서 불합리하다고 생각하거나 의문을 품지도 않았다. 그것은 응석을 부리며 자란 구니히코도 마찬가지였다.

나는 하타다 가문에 남는 장남. 구니히코는 집을 떠나는 차남. 아버지가 돌아가신 즈음에는 그런 각자의 역할과 삶의 방식이 이미 익숙해져 있었다.

3

"어머니와 만나고 싶은 이유를 알려 주세요."

녀석이 말했다.

"어머니와 교섭할 때 저는 어머니께 당신이 만나고 싶어 한다는 것과 그 이유를 전달합니다. 알려 주시면 그대로 전하겠습니다."

"어머니의 유언대로 집에 문제가 생겨서 말이야. 정말 잘 만들어진 구조구나. 사이비 점쟁이랑 똑같군. 내가 사정을 말하면 그에 맞추어 답변을 준비하는 수법이지?"

녀석이 입을 꾹 다문 채 내 얼굴을 응시했다. 내가 되받아친다고는 예상 못 한 눈치다. 선수를 쳤다는 생각에 만족스러웠다.

"어머니와 똑 닮은 사람이라도 준비했나? 무엇을 보여 줄지, 그건 그거대로 기대하고 왔어."

"아드님도 간파할 수 없는 가짜는 준비할 수 없지요."

처음으로 녀석이 미간을 찌푸렸다. 하지만 바로 후회하듯 원래의 무표정으로 돌아왔다. 더 이상의 말대꾸 대신 작은 한숨을 내쉬었다.

"문제가 생겼다고만 전달하면 됩니까?"

녀석의 못마땅해하는 말투에 화가 나 곧장 대답해 버렸다.

"산을 팔려고 해. 소유하고 있는 산 중에 다른 사람에게 관리를 맡긴 산이 있어. 우리가 관리하기 힘든 토지라 처분하기로 했지. 그래서 권리증을 찾고 있는데 찾을 수가 있어야지. 분명 어머니가 어딘가에 두셨을 거야. 권리증이 있는 곳을 알고 싶다고 전해 줘."

"알겠습니다."

글씨를 감추듯 공책을 끌어당긴 녀석이 내가 한 말을 메모했다. 샤프가 공책 위를 움직이는 소리가 뚝 끊기고 녀석이 다시 나를 바라보았다.

"질문 하나 해도 되겠습니까?"

"뭔데."

"하타다 씨는 츠나구를 믿지 않는 데도 일부러 여기까지 오신 건가요?"

도시와 멀리 떨어진 산골 마을에서 왔다고 무시하는 것 같아 녀석을 쏘아보며 대답했다.

"유언이라고 했잖은가. 어차피 속임수나 사기가 분명하겠지만 한 번쯤 시험해 보아도 괜찮겠다고 생각했어. 지금 정말로 곤란한 상황이거든. 있을 만한 곳은 전부 찾아보았으니 이젠 어머니에게 물어보는 방법밖에 없어. 뾰족한 수가 없으니 일단 밑져야 본전이라 생각하고 의뢰하러 온 거네."

"알겠습니다. 어머니께 전달하여 이른 시일 내에 답변드리겠습니다. 어머니가 승낙하시면 면회 장소는 이 부근으로 해도 괜찮을까요? 다시 도쿄에 오셔야 하는데요."

"상관없네."

귀찮았지만 동네에서 가족이나 이웃의 눈을 피해 몰래 움직이는 것보다는 오히려 도쿄에서 보는 게 마음이 편할 거 같았다. 외출할 때는 오늘처럼 동창회나 지인의 안타까운 소식 때문이라고 핑계를 대면 된다.

"다른 질문 있으십니까?"

녀석이 벤치에서 일어나며 아직 차가 담긴 내 종이컵을 달라며 손을 내밀었다. 나는 미지근해진 차를 단숨에 들이켜고 곧바로 질문했다.

"구니히코도 왔었나?"

말을 알아듣지 못했는지 녀석이 고개를 갸웃거렸다. 의도된 몸짓인지는 모르겠지만 만약 연기라면 매우 훌륭했다. 내가 계속 말했다.

"내 동생 말이야. 나처럼 어머니를 만나고 싶다고 너를 찾아오지 않았어?"

"아니요."

반사적으로 대답이 나왔는지 녀석은 괜히 등을 꼿꼿이 펴고 말했다.

"다른 의뢰에 관해서는 말씀드릴 수 없습니다."

또 비밀 유지 의무인 척하는 건가 보다. 한 번 더 물었다.

"만약 어머니가 동생과 이미 만났다면 오늘 나는 헛걸음을 한 거잖아. 그냥 알려 주지? 구니히코가 왔었는지."

"대답할 수 없습니다. 의뢰에 대한 답변은 어머니께 확인한 후 다시 연락드리겠습니다. 다른 질문은…."

"마지막으로 하나 더 괜찮은가?"

"네."

"너희 부모님도 네가 이런 수상한 행동을 하고 다니는 것을 알고 있나? 그리고 학교는 다녀?"

녀석이 입을 다물었다. 표정이 딱딱하게 굳었다. 내가 시선을 돌리지 않았다는 것을 깨닫고 녀석이 천천히 그리고 억지웃음을 지어 보였다.

"대답할 수 없습니다. 그럼, 연락드리겠습니다."

고개를 숙인 녀석이 나를 똑바로 바라보지 않은 채 이번에야말로 내가 들고 있던 종이컵을 가져갔다. 그리고 뒤도 돌아보지 않고 병원 안으로 들어갔다.

"흐음."

그 뒷모습을 보니 한숨이 삐져나왔다. 정말로 건방지고 마음에 들지 않는 녀석이다.

4

츠나구를 만나고 온 그다음 주가 어머니의 두 번째 제사다.

장례식 때 도움을 주신 주지 스님이 염불을 올리러 방문했다. 제사 당일까지 낡은 다다미를 바꾸고 응접실과 위패를 모신 방의 장지를 떼어 친척을 맞이했다.

아버지 때처럼 크게 할 생각은 아니었다. 그래도 역시 큰집의 제사인 만큼 아침부터 분주했다. 제사를 시작하기 전 가능하면 스님이 오기 전에 모두 앉아 있으라고 하고 싶었다. 하지만 방문한 친척들, 특히 여자들이 자기들끼리 모여 자기 손자는 어떻고 누구 아들은 저렇다 하며 수다를 떨기 시작했다.

"쓸데없는 잡담은 제사가 끝난 다음에 해!"

나보다 웃어른인 이모부와 이모도 계셨지만 눈치를 볼 사이는 아니다. 내가 목소리를 높이려는 순간 구니히코가 다가와 나를 말렸다.

"형, 진정해."

나는 아버지와 닮아 짤막하고 어깨가 딱 벌어진 체형이지만 구니히코는 어머니를 닮아 길고 늘씬했다. 구니히코는 직장인 동사무소에서도 작업복을 입고 현장에 나가는 부서가 아니라 출납이나 의회 사무국과 같은 사무 업무만 담당했다.

나보다 네 살 어리지만 키는 내가 고등학교에 들어갈 무렵 이미 나를 앞질렀다.

그런 구니히코의 안경 너머로 곤란한 듯 눈이 가늘어졌다.

"아까 스님한테 전화가 왔는데 조금 늦으신데. 아직 괜찮아, 오신 다음에 준비해도."

"그래도."

"성격이 급해서 미리 앉히고 싶은 거예요."

안쪽에서 아내 쇼코의 목소리가 들려왔다. 아내는 손님에게 대접할 차가 떨어졌는지 평소에는 사용하지 않는 낡은 전기포트를 손에 들고 이리저리 돌아다니고 있었다.

"죄송해요, 서방님."

아내는 구니히코에게 사과하며 나를 돌아보았다.

"여보, 큰소리는 삼가는 게 어때요? 다들 놀라잖아요. 왜 좋게 얘기하지 못할까."

"시끄러워."

"거봐, 지금도."

아내는 지긋지긋하다는 듯 인상을 썼다. 구니히코가 웃으며 우리 옆을 벗어나 응접실로 향했다.

"이야기는 저쪽에서 부탁드립니다."

시끄러운 여자들에게 부드러운 목소리로 얘기하는 구니히코의 목소리가 들렸다.

"스님이 오시기 전까지는 아직 대화하셔도 돼요. 하지만 자리라도 먼저 맡아 두시는 게 어떠세요? 제사가 시작하기 직전에는 앞쪽 자리밖에 남지 않아 스님이 독경하는 동안 꾸벅꾸벅 조는 모습을 들킬 수도 있습니다."

"어머, 그렇겠네요."

여자들이 웃으면서 졸 것 같다거나 다리가 저릴 것 같다는 말을 덧붙였다. 각자 자기가 하고 싶은 말만 하며 핸드백을 들고 일어나 이동했다.

"마치 '해와 바람' 이야기 같네요."

옆에서 아내가 말했다.

"여보, 무조건 큰소리만 내면 아무도 들어주지 않아요. 서방님을 좀 본받는 게 어때요?"

"조용히 해."

피로 이어지지도 않았는데 아내는 매년 어머니를 닮아 간다. 말투도, 지적하는 내용도.

"다이치는 어디 갔어?"

주위를 둘러보니 불단 근처에 앉아 있는 히로키와 미나가 보였지만 다이치는 보이지 않았다. 오늘 아침 익숙지 않은 정장 넥타이를 잘 묶지 못해 아내에게 부탁하는 다이치를 보며 한심하다고 한소리를 한 지 얼마 되지 않았다.

"글쎄, 곧 오겠죠. 시작 시각은 알고 있으니까."

혀를 찰 뻔했다. 아내와 어머니는 다이치에게 무딘 부분이 정말 많이 닮았다. 짜증나는 마음으로 불단 위의 어머니의 영정 사진을 바라보았다. 돌아가시기 10년도 전에 찍은 사진이다. 사진 속의 어머니는 병색도 없고 뺨도 홀쭉하지 않다. 그 후에 찍은 사진도 있지만 이 사진을 사용하기로 했다.

차근차근 친척들을 자리에 앉히는 구니히코의 뒷모습을 보면서 2년 전에 녀석이 대성통곡하던 모습이 떠올랐다. 졸다가 스님에게 들킨다는 그런 가벼운 발언을 한다고는 믿을 수 없을 정도로 초췌하고 풀이 죽어있었다. 어머니는 옛날부터 구니히코를 정말 귀여워했으니 그럴 만도 했다. 슬퍼하는 것도 차남의 역할이라고 생각했다.

다른 사람들은 나를 차가운 사람이라고 생각할지 모른다. 어머니의 임종을 지켜 보고 병실을 나오는 순간 내 머릿속은 슬픔보다 앞으로 해야 할 일로 가득 차 있었다. 그 짧은 순간에 어디에 연락해야 하고 장례식은 어떻게 치러야 하는지, 사무소 이름으로 보낼 부고 엽서는 어떻게 준비하고 새해 기념 수건은 어떻게 해야 할지까지 생각했다.

슬프지 않은 것이 아니다. 하지만 나는 장남이었다. 막중한 책임을 짊어진 이상 나는 울고 있을 수 없었다.

고개를 들자 어느새 들어온 다이치가 방구석에 우두커니 앉아 있었다. 멍하니 어깨를 움츠리고 있는 다이치의 모습에 속이 쓰렸다.

"다이치."

다이치를 부르자 말없이 고개만 돌려 나를 보았다. 덩치만 컸지 사무소 일을 도울 땐 움직임이 둔했다. 나와 닮은 쌍꺼풀 없는 두툼한 눈 때문에 인상도 시원시원하지 않았다. 등이라도 곧게 펴고 있으면 그래도 보기에 괜찮을 텐데 저 새우등은 몇 번을 말해도 고쳐지지 않는다.

“뭐 하느라 이렇게 늦었어? 아, 그건 됐고 얼른 엄마 옆에 앉아. 큰집이니 그렇게 구석에 앉지 말고.”

“아, 죄송해요. 가족은 가장 끝에 앉는 줄 알고 일부러 여기 앉았는데.”

머리가 아프다.

“어쨌든.”

나는 다이치의 팔을 잡아끌고 다른 자리에 앉혔다.

“불단에 올린 그 책은 뭐니?”

제사가 끝나고 방석을 정리하는데 이모 도키가 얇은 책을 손에 들며 물었다. 어머니 바로 아래 동생이다.

“아, 제 거예요.”

뒤에서 조카 미나의 목소리가 들렸다. 미나는 들고 있던 방석을 구석에 내려놓고 도키 이모에게 달려갔다.

“이번 대학 수험 모의고사에서 전국 순위에 들어서 가지고 왔어요. 옛날에 오빠가 전국 순위에 들었을 때, 할머니가 이름에 형광펜을 칠하며 좋아하셨거든요. 저도 보여 드리려고 가져왔어요.”

“와, 대단하구나. 전국? 전국이면 홋카이도에서 오키나와까지? 어머, 그 안에 미나 이름이 올라갔어? 이 책 어디에서 살 수 있니? 나도 갖고 싶구나.”

"시험을 본 고등학교에만 배포하는 거라 그렇게 특별한 건 아니에요. 심지어 모의고사는 일부 고등학교만 보고 전체 고등학생이 본 것도 아니고요."

미나는 쑥스러운 듯 웃으며 자기 이름이 나온 페이지를 가리켰다.

"어머! 대단하다!"

도키 이모의 목소리가 높게 올라갔다.

"하타다 집안사람들은 옛날부터 참 똑똑했지. 언니는 정말 좋은 집안의 며느리였구나. 너희 아빠도 도쿄로 대학을 갔잖아. 우리 미나도 앞날이 너무 기대되네. 박사가 될까, 국회의원이 될까?"

"그만해, 우리 집안에서 그런 훌륭한 사람이 나오겠어?"

내가 버럭 소리를 질렀다. 대화를 나누던 두 사람이 나를 쳐다보았다. 미나의 표정이 완전히 얼어붙었다.

"도쿄에 있는 대학교에는 미나만한 애들은 분명 널리고 널렸어. 기가 세서 아내로 받아 주는 남자는 찾기도 힘들 테고."

"그런가? 그래도 대단하잖아. 일본 전국이라니. 그렇지, 미나?"

"큰아버지."

미나가 방금과는 완전히 다른 낮은 목소리로 나를 불렀다. 노골적으로 나를 노려보고 있었다.

"왜."

"왜 항상 그렇게 말씀하세요?"

미나는 사촌 형제 가운데 혼자 여자여서 그런지 예전부터 특히나 건방졌다. 요즘에는 말도 지려고 하지 않고 함부로 덤비려고 한다. 도키 이모가 당황하며 미나를 달랬다.

"미나, 큰아버지가 쑥스러워서 겸손 떠는 거야."

"아뇨. 그래도 저는 참을 수 없어요. 매번 저를 어린애 취급하시는데 겸손도 도가 지나치잖아요. 큰아버지, 나중에 제가 정말 대단한 사람이 되면 부끄러움은 큰아버지의 몫이에요. 제가 유명해져도 가족이라고 절대 주변에 말하지 마세요, 부탁이니까."

"진짜 네가 국회의원이나 박사가 된다고 하면 얼마든지 뒤에서 밀어 줄게. 고개 숙이고 부탁하면 후원회도 만들어 주마. 우리 고객 중에 마을 의원이나 구 의원도 있거든. 나중에 '큰아버지, 부탁이에요'라며 울면서 매달려도 소용없어."

얼굴이 새빨개진 미나가 고함을 질렀다.

"그러니까! 그 성격 좀 어떻게 해봐요! 정말 구닥다리 같아서 상대할 수가 없어!"

"미나!"

바로 옆에서 듣고 있던 구니히코가 잽싸게 끼어들었다.

"짜증 나."

미나가 불쾌한 표정으로 인상을 찌푸리며 방을 나갔다.

"미안해, 형."

구니히코가 대신 사과했다.

"조금 있으면 시험이라 예민해서 그래. 괜히 자극하지 마."

"어린애 주제에 할 말은 다 하네."

그 말이 들렸는지 안쪽 복도에서 벽을 세게 걷어차는 소리가 들렸다. 아직도 어리다. 성질도 난폭하다. 구니히코는 온화한데 제수씨를 닮았는지도 모르겠다.

"그래도 정말 똑똑하네. 미나가 구니히코를 닮았나 봐."

분위기를 풀려는 듯 건네는 도키 이모의 말에 구니히코가 어색하게 웃었다.

"이모."

내가 끼어들며 말했다.

"구니히코는 정말로 똑똑하고 성적도 우수했죠. 근데 도쿄의 대학을 나왔다고 해도 결국 여기로 돌아왔으니 똑같은 거예요. 나도 장남으로서 책임감을 느끼고 동생을 타지로 보냈는데, 결국엔 고향에 돌아와서 이도 저도 아닌 공무원을 하고 있잖아요. 어머니도 상당히 기대하셨는데 이 모양 이 꼴이 됐어요. 뭐 공무원은 힘들지 않으니까 어머니 걱정을 덜어드렸으니 효자라면 효자지만."

"맞아, 부모님 가까이에 살면서 얼굴을 보여 주는 게 가장 큰 효도지."

"형이 고생을 많이 했으니까."

도키 이모의 말에 구니히코는 여전히 멋쩍게 웃으며 말했다.

“가업을 물려받아 사무소를 운영하는 형의 고생에 비하면 나는 확실히 편했지. 그래서 형한테 미안했어. 대학도 형이 보내 준 것과 마찬가지니 아직도 많이 고맙고.”

“그래도 야스히코는 고생한 만큼 얻은 것도 많잖아. 좋은 자동차도 타고 얼마나 부러운데.”

작은 마을에 하나밖에 없는 건축 사무소는 불황으로 힘들긴 해도 일정한 수익을 유지할 수 있었다. 직원도 자르지 않았고 자동차도 처분하지 않았다. 경기가 가장 좋았을 때 구매한 고급 차는 이제 바꿀 때가 됐다. 주행 거리가 꽤 되니 팔아도 큰 금액을 받지는 못한다.

도키 이모가 영정 사진 속 어머니를 바라보았다.

“언니도 분명 기뻐하고 있을 거야. 두 아들, 손자들이 잘 컸으니. 벌써 세상을 떠난 지도 2년이나 흘렀네.”

도키 이모가 갑자기 감상에 젖어 눈가를 눌렀다. 나도 나이가 들었는지 대수롭지 않은 일에도 왈칵 눈물이 나온다.

“언니가 입원한 뒤에 나는 처음에만 병문안을 갔었잖아. 설마 언니가 암일 줄이야. 마지막에는 두 아들이 지켜보는 가운데 눈을 감았으니 분명 행복했을 거야.”

“그렇게 생각해 주면 좋으련만.”

대답하는 순간 구니히코와 눈이 마주쳤다. 그리우면서도 어색한 미소를 짓고 있었다.

왜 할머니의 병을 미리 알려 주지 않았느냐고 평소에 온순했던 다이치가 그 애답지 않게 큰 소리를 냈다.

아이들에게 어머니의 병을 말한 것은 돌아가시기 이틀 전이다. 위독하여 앞으로 며칠밖에 견디지 못할 것이라는 의사의 말을 들은 이후였다. 장례식을 준비해야 하니 다이치에게 집안일을 부탁하고자 처음 밝혔다.

다이치는 할머니가 암이라는 사실을 알았으면 더 자주 만나러 가고, 더 호강시켜 드렸을 거라며 울면서 항의했다. 그런 문제가 아니라고 큰 소리로 꾸짖자 바로 입을 다물었다. 똑같은 말을 다른 친척들에게도 지독하게 들었다. 지금에서야 과거 이야기라며 잊어버린 듯하지만 당시에는 도키 이모도 나를 질책했다.

그 얘기를 계속하고 싶지 않았다. 뒤를 구니히코에게 맡기고 다다미방을 나섰다.

복도로 나와서 가슴 주머니에 넣어둔 핸드폰을 꺼내니 부재중 전화가 와있었다. 03으로 시작하는 번호. 도쿄에서 걸려 올 만한 전화는 하나밖에 없다.

식사를 준비하는 어수선한 복도를 지나 인적 없는 뒷마당으로 나갔다. 남겨진 번호로 전화를 걸자 상대가 바로 받았다. 지난번 만났던 그 녀석의 목소리다.

"여보세요."

"하타다다."

"츠나구입니다. 어머니께서 만나시겠답니다."

녀석의 답변을 듣고 온몸에서 깊은 한숨이 새어 나왔다. 딱히 준비하고 기다린 것도 아닌데 왜 그런지는 나도 잘 모르겠다. 누가 보고 있는 것도 아닌데 허리를 곧게 폈다.

"그런가."

어머니는 장남인 내게만 츠나구에 관해 이야기했다고 했지만 구니히코가 알고 있어도 이상하지 않았다. 어머니를 끔찍하게 생각하는 상냥한 차남을, 어머니는 신뢰하고 자랑스럽게 생각했을 것이다. 정말 구니히코는 듣지 않은 걸까? 아니면 알고 있지만 의뢰하지 않았던 걸까?

"전에도 얘기했던 것처럼 일정은 다음 만월인데 괜찮으신가요? 그날이 가장 길게 면회하실 수 있습니다."

녀석이 말한 구체적인 날짜에 나는 상관없다고 대답했다. 면회 장소라고 알려 준 호텔은 처음 들어 보는 이름이었다. 호텔 이름을 따라 중얼거리자 녀석이 물었다.

"괜찮으십니까? 모르는 장소라면 조금 더 상세하게…."

"이름만 알면 조사할 수 있으니 문제없어. 인터넷에도 나와 있잖아?"

"네, 아마도."

"그럼 됐어."

나는 잘 사용하지 않지만 아내와 다이치는 컴퓨터를 자주 한다. 아무 핑계나 대며 조사해 달라고 하면 된다.

"그날 6시 30분에 그 호텔 로비에서 뵙겠습니다. 제가 기다리고 있겠습니다."

"어머니는 뭐라고 말씀하셨어?"

내 물음에 잠시 정적이 흘렀다. 나는 당황하여 말을 덧붙였다.

"지금도 믿는 건 아니야. 단지 혹여나…."

"만났을 때 직접 본인에게 물어보시면 됩니다. 그럼."

녀석은 일방적으로 쏘아붙이듯 말하고 전화를 끊었다. 잠깐 기다리라고 외치려 했지만 이미 늦었다. 혀를 차며 통화 종료 버튼을 누른 순간 뒤에서 나를 부르는 목소리가 들렸다.

"아버지."

심장이 크게 뛰었다. 뒤를 돌아보자 다이치가 서 있었다. 어둠 속의 유령처럼.

"왜?"

나도 모르게 짜증 섞인 목소리가 나왔다. 깜짝 놀라게 하다니.

"놀라셨어요? 죄송해요."

다이치가 평소처럼 의젓한 모습으로 말하며 내게 다가왔다.

"미나 있잖아요."

"미나?"

"아까 아버지랑 약간 큰 소리가 오갔잖아요."

"아아."

가족끼리의 그런 대화는 갈등의 축에도 끼지 않았지만 일단 고개를 끄덕였다. 그러자 다이치가 놀랄 만한 얘기를 꺼냈다.

"아버지, 태도를 조금 고치는 게 어때요?"

"뭐라고?"

"미나한테 당장 사과할 필요는 없어요. 조금씩이라도 괜찮아요. 미나는 정말로 열심히 노력했어요. 아버지께서 잘했다고 인정해 주세요."

"다른 사람 앞에서 어떻게 가족을 칭찬하라는 거야. 꼴사납게."

"그건 아버지의 핑계죠."

다이치가 반박했다.

"'나는 어른이고 너는 아직 아이야'라는 식으로 억압하면 미나도 반항심이 생겨요. 우리가 싫어져서 이제 놀러 오지 않으면 어떡해요. 그러면 할머니가 슬퍼하실 거예요."

어머니가 돌아가신 이후 확실히 구니히코의 아이들은 좀처럼 이 집에 오지 않았다. 오늘 같은 제사는 예외지만 명절에는 바쁘다거나 어떠한 이유를 대서라도 남매 둘이 함께 오는 일은 거의 없었다.

"아버지."

다이치가 대답하지 않고 옆으로 지나가는 나를 다시 불렀지만 나는 못 들은 척했다.

아버지가 여자애들처럼 끈덕지게 물고 늘어지는 다이치를 보면 무슨 생각을 하실까? 큰집의 장남이 이 모양이라니 체면이 서지 않는다. 아버지가 손자를 보지 못하고 눈을 감으신 게 어떤 의미에서는 행운이었을지도 모른다.

어머니의 위패를 모신 방으로 돌아가니 정리가 거의 다 끝나 있었다. 불쾌한 표정의 미나가 히로키와 함께 구석에서 핸드폰을 보고 있었다. 히로키는 내일 도쿄로 돌아간다고 했다.

도키 이모가 이번에는 히로키에게 대학 생활이나 취직 활동에 대해 질문하는 소리가 들렸다. 다이치와 반년 차이로 태어나 나이가 같은 히로키는 외국계 기업에 취업이 이미 결정됐지만, 본인은 대학원 진학을 희망하고 있다고 들었다. 어느 쪽이든 속 편한 이야기다.

"대단하네, 히로키."

"아니에요, 이모할머니."

멋쩍은 듯 고개를 젓는 히로키의 옆모습이 구니히코와 똑 닮았다.

돌아온 다이치가 사촌들에게 다가가 무언가 이야기를 건넨다. 시시한 텔레비전 방송 얘기인 듯했다. 기분이 좋지 않던 미나의 표정이 확 바뀌며 핸드폰에서 눈을 떼고 고개를 들었다. 특별히 사이가 좋다고는 할 수 없지만 나이가 비슷해 편할 것이다. 히로키도 신나서 떠들기 시작했다. 단순하다.

"여보."

아무 생각 없이 아이들을 보고 있는데 아내가 나를 불렀다.

"아까 방석이 부족했는데, 다이치가 가지러 갔나 봐요."

"뭐?"

"제사 시작하기 전에 다이치 어디 갔냐고 화냈잖아요? 다이치가 방석을 가지러 별채까지 갔다 왔대요. 나중에 칭찬해 주는 게 어때요?"

나는 다다미방 구석에 정리되어 쌓인 방석을 바라보았다. 색이 다른 방석이 몇 장 있었다. 평소에는 별채에 있는 방석이다.

칭찬해 주라고?

무슨 말이냐며 눈썹을 찌푸렸다.

"어린애가 아니니 그 정도로 구태여 칭찬할 필요는 없잖아. 바보 같긴. 방석이 없으면 그렇게 하는 게 당연하지."

"그래도."

"그런 일로 나를 부르지 마."

대학 학비를 내주는 대신 다이치가 사무소 일을 돕고 있다고 말하자, 구니히코가 다이치를 칭찬한 적이 있었다. 요즘 학비를 내주는 걸 당연하게 생각하는 아이가 많은데, 다이치 보고 기특하다며 히로키나 미나한테서는 기대할 수 없다고 칭찬했다.

'다이치가 올곧고 착한 아이로 자랐구나'라는 말을 들었을 때와 똑같은 위화감을 느꼈다. 칭찬할 만한 이유가 전혀 없다. 당연한 일을 시켰을 뿐이다.

다이치가 팔을 크게 흔들며 미나와 히로키 앞에서 장난을 쳤다. 둘은 재밌다는 듯 웃고 있었지만 괘씸했다. 너는 웃음거리가 되어도 괜찮냐고 다이치에게 따지고 싶었다.

다이치가 막 초등학교에 올라갔을 때 어머니는 다이치에게 아버지의 만년필을 선물했다. 내게도 주지 않고 오랫동안 아버지의 유품으로 간직하던 만년필이다. 옛날에 아버지가 마을 이장일을 맡았을 때 기념 선물로 받았다는 고가의 만년필이었다.

처음에 다이치가 그 만년필을 들고 있는 모습을 보고 제멋대로 가지고 나왔다며 호되게 꾸짖었었다. 아이가 가질 만한 물건이 아니었기 때문이다.

"내가 준다고 했다."

제대로 설명하지 못하는 다이치를 캐묻자 어머니가 당황하며 끼어들었다.

"내가 준 거야."

어머니의 뒤에 숨어 겁먹은 듯 나를 쳐다보던 다이치는 그래도 손에 쥔 만년필을 놓지 않았다. 다이치는 갓난아이일 때부터 가족 중에 어머니를 제일 잘 따랐다. 아내가 출산 후 회복이 늦어 옆 도시의 대학병원에 잠깐 입원했을 때도 태어난 지 얼마 되지 않은 다이치를 어머니 혼자서 돌봐 주셨다. 그것을 아는지 모르는지 다이치는 어머니 뒤만 졸졸 쫓아다녔다. 어머니도 싫어하진 않았다. 마을 자치회 여행에도 다이치만 데리고 둘이 참가할 정도였다.

하지만 지금 손자들의 모습을 본다면 어머니는 세 명 가운데 누구에게 아버지의 만년필을 건넸을까? 아버지는 누구에게 본가를 맡기고 싶을까?

5

시나가와역에 내리니 츠나구가 알려 준 호텔을 바로 찾을 수 있었다. 굳이 다이치에게 조사를 부탁할 필요까지 없었다. 역 앞 호텔 간판이 가는 길을 알려 주었다.

저녁 시간의 역 앞은 정장 차림의 직장인으로 붐볐다. 놀러 나온 가족들의 모습도 보였다. 지도에는 근처에 수족관이 있다고 했다. 평일인데 다들 아이의 학교는 어떻게 하고 왔을까? 도시에는 한가한 사람이 참 많은 가 보다.

호텔 앞에 도착해 지도를 주머니에 넣고 들어가려는데 택시 한 대가 멈춘다. 그 안에서 연예인처럼 화려하게 꾸민 여자가 내렸다. 유니폼을 입은 젊은 종업원이 문을 열어 주자 그 여자는 당연하다는 표정으로 익숙하게 호텔 안으로 들어갔다. 그리고 엇

갈리듯 기모노 차림의 노부부가 호텔에서 나왔다.

익숙하게 오가는 사람들을 보니 갑자기 정장을 입은 어깨가 시려왔다. 잘 닦인 발밑의 대리석이 그 위에 선 내 모습을 거울처럼 비추고 있다.

'그 어린 녀석은 과연 이곳에 나타날까? 나를 속여 욕보이게 하는 것은 아니겠지?'

옷매무새를 다듬고 호텔 안으로 들어서니 나를 발견한 종업원이 내 쪽을 보고 가볍게 고개를 숙였다. 그 시선이 마치 점수를 매기는 것 같아 내게 신경 쓰지 마라 말하고 싶었다. 나는 고객이다. 확실한 용건이 있어 여기에 왔다. 정장에 넥타이까지 했다.

로비에 들어서니 소파에 앉아 있는 녀석이 보였다. 녀석을 발견하니 어깨에서 힘이 빠진다. 녀석은 어울리지 않는 호텔에 압도당한 기색 없이 자연스럽게 그곳과 융화돼 보인다. 책인지 뭔지를 펼치고 내려다보고 있었다.

"이봐."

내 목소리에 녀석이 고개를 들었다.

"아."

짧게 소리를 낸 녀석이 손목시계를 보며 대답했다.

"일찍 오셨군요."

"그래."

약속 시간 30분 전이니 그렇게 일찍도 아니라는 생각에 미간이 찌푸려졌다.

"뭐 좀 드시겠어요?"

녀석이 물었다. 안쪽에 있는 라운지 카페로 시선이 갔지만 괜찮다며 거절했다. 거대한 꽃병에 가득 담긴 엄청난 꽃. 그 너머로 검게 빛나는 그랜드피아노. 그것을 보니 도저히 그 안에서 차를 마시고 싶은 기분이 들지 않았다. 지난번은 정체를 알 수 없는 한낱 병원의 정원이었는데 대체 이 격차는 뭘까?

너무나 아무렇지 않아 하는 녀석의 모습이 건방져 보였다. 녀석이 이 호텔에 익숙해 보이는 것도 괜히 눈에 거슬렸다.

"이런 곳은 비싸지 않아?"

"그렇지요."

"어머니는 이곳으로 오시는 건가?"

어머니와 닮은꼴이라도 오냐는 의미도 포함한 질문이었다. 녀석이 책을 덮고 가방에 넣었다. 서점 이름이 적힌 종이 커버를 끼고 있어 어떤 책인지는 알 수 없었다.

"여기 9층에 방을 예약해 두었습니다. 조금 있다가 열쇠를 드리겠습니다. 어머니는 이미 와 계십니다."

어머니가 벌써 와 있다고 한다. 새삼스레 내가 지금 무슨 일을 하려고 했는지 이제야 실감이 났다. 천천히 침을 삼켰다.

"벌써 와 있다고?"

"그렇습니다."

"그럼, 이제 올라가도 되나?"

"그건…."

머뭇거리며 말을 멈춘 녀석이 다시 손목시계를 내려봤다. 의외로 당황한 듯한 침묵이 몇 초 흘렀다. 이윽고 고개를 저으며 대답했다.

"지금도 가능은 합니다만 시간을 지켜 주셔야 됩니다. 6시 30분부터 만나기로 되어 있어서요."

"융통성이 없구먼. 공무원이랑 똑같아."

녀석은 무표정으로 일관한 채 대답하지 않았다. 얼마 전, 어머니 2주기 제사에서 나를 노려보던 미나의 눈과 닮았다. 요즘 애들이 너무 귀여움만 받고 자라서 모두 이 모양 이 꼴인가 보다.

"팔자 좋군. 아르바이트 비는 얼마나 받나? 아니면 이게 너희 집 가업이나 뭐 그런 거냐?"

"그와 비슷합니다."

녀석이 고개를 끄덕이며 자리에서 일어났다.

"잠시 확인하고 오겠습니다. 앉아 계세요. 바로 돌아오겠습니다."

'확인이라니, 누구에게'라고 묻고 싶었지만 녀석은 재빠르게 가 버렸다.

프런트 방향으로 향하는 뒷모습을 바라보다가 녀석이 앉아 있던 의자에 걸터앉았다. 핸드폰을 꺼내 시간을 확인했다.

잠시 뒤 녀석이 돌아왔다.

"열쇠를 드리겠습니다."

녀석이 내민 두꺼운 종이에는 호텔 이름과 로고가 새겨져 있었다. 아마도 카드키가 들어있을 것이다. 업무차 떠난 출장길에 머물렀던 호텔에서 이런 카드키를 사용한 적이 있다. 그때 카드를 반대로 끼우는 바람에 몇 번이나 에러가 났고 빨간 불빛만 깜빡이면서 문이 열리지 않았다. 가능하면 평범한 열쇠면 좋으련만, 요즘 이런 곳은 전부 다 카드키를 사용할지도 모른다.

나는 고개를 끄덕이며 카드키를 건네받았다.

"참 오늘 호텔 비용은 어떻게 되나?"

이런 고급 호텔로 와야만 하는 이유가 있었을까? 녀석이 고개를 저었다.

"걱정하지 않으셔도 됩니다. 돈은 일절 받지 않습니다. 약속한 시각보다 조금 이르긴 하지만 가시겠습니까? 확인해 보니 이제 올라가셔도 됩니다."

자리에서 일어나 엘리베이터까지 함께 걸어갔다. 그때 갑자기 녀석이 입을 열었다.

"저기."

"뭔가."

"지난번 물어보신 질문에 대한 대답입니다. 제가 하는 일. 이런 수상한 짓을 하고 다니는 것을 부모님이 알고 있냐는 질문에 대한 대답 말입니다."

"아아."

물어본 것을 잊고 있었는데 생각났다. 학교는 제대로 다니고 있냐고도 물었는데, 그것을 지적하기도 전에 녀석이 먼저 말을 이어 나갔다.

"저는 부모님이 안 계십니다. 어렸을 적에 만난 것이 전부입니다."

매우 차분한 목소리였다. 동정을 유발하거나 감상에 젖는 것처럼은 들리지 않았다.

나는 대답할 말을 고민하며 녀석의 얼굴을 다시 한번 쳐다보았다. 엘리베이터가 1층에 멈추는 '땡' 하는 경쾌한 소리가 적막을 깼다.

"부모님 두 분 모두?"

순간 뜬금없는 질문을 하고 말았다. 녀석이 고개를 끄덕였다. 거짓말처럼 보이지는 않았다.

"네."

"그건."

이번에야말로 말문이 막혀 입을 다물고 있는데 엘리베이터 문이 열렸다. 녀석이 잽싸게 엘리베이터 안으로 들어갔다. 우리 외에는 아무도 타지 않았다. 침묵 속에서 엘리베이터는 한 번도 멈추지 않고 목적지인 9층까지 곧장 올라갔다.

도착했다는 신호음이 울리고 문이 열렸다. 바닥에 깔린 붉은 융단 저편 복도의 막다른 곳에 로비보다는 작지만 꽃이 가득 담긴 꽃병이 놓여있었다.

"907호실입니다. 저는 내려가 아까처럼 로비에서 기다리고 있겠습니다. 면회는 아침까지 하셔도 괜찮습니다만 끝나면 내려오셔서 제게 말해 주세요."

"알았다."

작은 꽃이 흐드러지게 그려진 벽지를 응시했다. 시골 동네에서도 가끔 주부들이 이런 벽지로 바꿔 달라고 의뢰하곤 한다. 그때는 아부로라도 괜찮다고 말할 생각조차 못 했다. 그런데 도쿄의 호텔에서 보니 신기하게도 외국이라도 온 것처럼 세련되게 느껴졌다.

츠나구 녀석의 얼굴을 바라보았다.

나를 기다리며 밤새울 작정인가? 엘리베이터에서 한 걸음 나와 나를 배웅하는 이 녀석은 나보다 키가 컸다. 하지만 코트를 입어도 알 수 있을 정도로 어깨선이 가늘었다. 아직 어른의 체격으로는 보이지 않는다고 생각한 순간 갑자기 어금니가 아픈 듯한 착각이 엄습했다. 고개를 숙이고 걸음을 내디뎠다.

"이봐."

한참을 가다가 뒤돌아 녀석을 불렀다. 녀석이 나를 보며 대답했다.

"네."

"이상한 질문을 해서 미안했네."

녀석이 무표정을 하고 되돌아보았다. 그 얼굴에 약간의 놀라움이 비쳤다. 내가 덧붙였다. 자연스레 말이 빨라졌다.

"사과하네."

"아닙니다."

녀석을 뒤로하고 목적지인 방을 향해 걸었다. 등 뒤로 녀석의 시선이 따라붙는 느낌에 모퉁이를 돌자마자 겨우 숨을 내뱉었다. 907호다.

손에 든 카드키의 두꺼운 종이가 땀으로 축축해지면서 표면에 주름이 갔다. 깊게 숨을 들이켜고 꽂는 방향을 제대로 확인한 다음 카드키를 넣었다. 초록색 불빛이 들어왔다. 문을 여니 방 안은 이미 불이 켜져 있었다.

방으로 한 걸음 들어서자 안에서 발걸음 소리가 들렸다. 빠르지 않고 들어 본 적이 있는 발소리. 사무소와 집 복도나 주방에 가까워지는 이 발걸음 소리를 들었던 기억이 있다.

지금 떠올랐다. 눈을 감자 그리운 향기가 났다. 정작 가까이에 있을 때는 한 번도 의식한 적이 없던 소리와 냄새다. 떨어져 있다가 돌아오니 이렇게 한순간에 기억이 되살아날 줄이야.

"야스히코."

나를 부르는 소리에 눈을 떴다.

앞에는 짙은 주황색의 기모노를 입은 어머니가 서 있었다.

"어머니."

어머니는 입원하기 전의 모습이었다. 애처로울 정도로 야위어 마른 나뭇가지 같았던 손은 살집과 혈색이 돌아와 있었다. 머리카락도 아직 빠지지 않았다. 하얗게 세기 전이라 아직 검은 부분이 남아 있는 머리카락은 일부를 땋아 나머지 머리와 함께 묶고 있었다. 저 스타일은 최신 유행이라며 도키 이모에게 배운 방법이다.

짙은 주황색의 기모노는 아버지가 어머니에게 사 준 유일한 외출용이었다. 유품을 나눌 때 아내가 받았지만 입을 기회가 없어 지금은 옷장에 보관해 두고 있다.

온화한 미소와 깊은 보조개는 아무리 뛰어난 배우라도 재현할 수 없다.

정말 어머니였다.

"어휴, 야스히코, 정말…."

어머니는 기가 막힌다는 듯 눈물을 머금은 눈을 천천히 깜빡였다.

"그리움으로 나를 찾지 말라고 했는데 별수 없구나."

"나도 좋아서 부른 게 아니야."

산의 권리증 얘기를 꺼내려는 순간 어머니가 내 얼굴로 손을 뻗었다. 입관 직전 마지막으로 만진 어머니의 몸은 사후경직이 시작된 탓에 돌처럼 딱딱하고 차가웠다.

이름을 부르며 내 빰을 쓰다듬는 어머니의 손. 어머니의 체온을 느낀 순간 몸이 떨려왔다. 입술을 깨물고 새어 나오려는 소리를 꾹 참았다. 눈물이 차올랐다.

6

"왜 기모노를 입었어?"

내 물음에 어머니는 소매를 펼쳐 보였다.

"왜, 별로니?"

나는 침대 맞은편에 있는 책상 의자를 꺼내 앉았다. 어머니가 호텔에 있던 전기포트로 차를 준비하기 시작했다. 고급 여관과 달리 티백밖에 없다며 어머니가 쓴웃음을 지었다.

"어떤 모습으로도 괜찮냐고 물었더니 아무거나 상관없다고 하더구나. 이쪽 세상에 오는 게 이제 마지막이라고 해서 기모노를 입었지."

"지금까지 어디에 있었어?"

2년 전 눈감는 순간의 모습과 장례식을 치른 것도 똑똑히 기억하고 있다. 어머니가 세상을 떠난 후 사무소와 집의 일상이 어떻게 바뀌었는지도. 가족 모두가 어머니가 없는 새로운 환경에 조금씩 적응해가고 있는데, 이렇게 만나 버리면 역시 어머니는 어딘가에서 몰래 살아계셨던 거라고 생각할 수밖에 없었다.

어머니가 환하게 웃으며 대답했다.

"어디라니. 당연히 저 세상이지."

물을 끓일 준비를 마친 어머니가 방 가운데로 돌아왔다. 책상 앞 커다란 거울 속에 비친 어머니의 모습이 눈에 들어왔다. 유령인데 거울에 비치다니. 의아한 표정으로 내 시선을 좇은 어머니가 거울을 보고 작게 소리 내며 고개를 끄덕였다.

"이런 곳은 대부분 책상 앞에 거울이 있지."

"이런 호텔에 와 본 적 있어?"

몇 번인가 모시고 간 가족 여행과 마을 자치회의 여행에서는 대부분 고급 여관에 머물렀다.

"전에 와 봤지."

어머니가 대답했다.

"나도 츠나구에게 부탁했을 때 여기로 왔어. 그때는 지금과 다른 이름의 호텔이었지. 그 아이에게 물어보니 몇 년 전에 대대적으로 공사를 하긴 했지만 같은 호텔이라고 하더구나."

"그 아이라면 그 남자애?"

"맞아. 너도 만났니?"

어머니가 만족스럽게 웃었다. 단 한 벌뿐인 기모노와 고급 호텔. 말로는 불러내지 마라 했으면서 어머니가 신난 것이 느껴졌다. 살아계실 때 어머니는 이 기모노를 입을 기회가 거의 없었다. 내가 이 기모노를 기억하는 이유는 이렇게 실용성이 떨어지는 옷을 아버지가 사 줬다는 게 의외였기 때문이다. 아버지는 나보다 사치와 유흥을 더 싫어하는 사람이라고 생각했다.

"구니히코가 이미 찾아온 줄 알았어."

어머니를 바라보며 그렇게 말하자 어머니는 어이없다는 듯 얼굴을 굳히며 물었다.

"왜?"

그 표정이 모든 것을 말해 주었다. 오랫동안 장사를 해서 그런지 어머니는 감과 통찰력이 뛰어났다.

"네게만 알려 줬다고 말했을 텐데 의심한 거니? 바보같이."

"마지막으로 다시 한번 대화할 수 있다면 나보다는 구니히코가 더 낫잖아."

"여전히 말이 심하구나. 어쩜 미운 말만 골라 하는 것까지 네 아버지를 똑 닮았구나."

진심으로 어이가 없다는 듯 어머니가 씁쓸한 웃음을 지으며 말했다.

지금까지 나는 어머니와 단둘이 이야기를 나눌 기회가 거의 없었다. 어렸을 때는 아버지와 구니히코가, 결혼한 후에는 아내와 다이치가 항상 어머니 곁에 있었다. 둘이 느긋하게 대화한 기억은 어머니가 세상을 떠나기 직전, 사무소 일과 츠나구에 관해 이야기하려고 병실로 나를 불렀을 때 정도다. 그에 비해 구니히코는 예전부터 어머니를 잘 따랐다. 무슨 일이 있을 때마다 둘이서 자주 얘기했다.

이런 상황에는 나보다 구니히코가 더 익숙했다.

물이 다 끓은 듯했다. 끓어오르는 소리와 함께 수증기가 올라왔다. 어머니가 일어서며 천천히 말했다.

"산의 권리증은 사무소 금고 안에 있단다. 제일 아래 칸에."

츠나구 녀석이 이미 용건을 전달했나 보다.

고개를 들었다. 생각난 김에 하는 말처럼 얘기한 어머니가 티백을 컵에 넣으며 말을 이었다. 뜨거운 물을 따르는 소리가 어머니의 목소리에 더해졌다.

"중요한 것들은 전부 오른쪽 구석에 있단다. 우리 사무소 봉투 안에 들어 있어."

어머니의 손끝에서 차를 우리는 소리만 들렸다. 갑자기 정적이 흘렀다. 옆으로 돌아온 어머니가 내게 컵을 내밀며 말했다.

"이미 알고 있지? 서류가 있는 곳."

어머니가 내 얼굴을 똑바로 바라보았다. 입을 다물고 아무런 대답을 하지 않았지만 몸이 딱딱하게 굳었다. 이렇게 얼굴을 마주 보고 물어볼 줄은 전혀 예상하지 못했다.

순간 말문이 막혀 시선을 피한 나를 향해 어머니는 미묘하게 슬픔이 깃든 표정을 지었다.

"시험한 거니? 내가 구니히코에게 츠나구에 대해 알려 줬는지 아닌지."

"아니야."

확실히 의심은 했다. 어머니가 구니히코에게도 알려 주지 않았을까? 장남인 내게만 알려 준다는 황당무계한 츠나구의 존재. 어머니가 돌아가신 후 상실감에 젖었던 구니히코가 떠올랐다. 이미 구니히코가 아무 말도 하지 않고 몰래 어머니와 만났다고 하더라도 동생을 탓할 생각은 없었다. 게다가 이번에 내가 츠나구를 찾은 것은 구니히코에게 그 기회를 빼앗으려는 속셈도 아니었다.

"하지만 야스히코, 그 산을 판다는 건 거짓말이지? 크게 돈이 되는 것도 아니고, 지금 관리도 다른 사람이 하고 있으니 사무소를 운영하는 데 부담이 되지도 않잖아."

"맞아."

어머니의 말씀이 맞다. 그 산을 팔 계획은 없다. 서류가 있는 곳도 알고 있었다. 그것이 구실이라는 사실을 들켜도 상관없다. 어머니라면 만나고 싶다는 그 이유 하나만으로 나와 만나 줄 것이라고 생각했다.

"그렇다면 왜 만나자고 했어?"

바로 대답할 수 없었다.

어머니가 세상을 떠난 지 2년. 2주기를 준비하면서 어머니가 눈을 감던 순간이 도저히 머릿속을 떠나지 않았다. 검약을 미덕으로 삼았던 어머니는 아버지를 위해, 자식을 위해, 손자를 위해, 사무소를 위해서라고 하며 언제나 본인은 뒤로 물러나 있었다. 수명이 다하는 그 마지막 순간까지.

사실 내가 살아있는 동안 어머니에게 묻고 싶었다. 나는 과연 옳았던 걸까?

"어머니. 혹시 어머니의 병에 대해 알고 있었어?"

어머니의 얼굴에 확연한 놀라움이 번졌다. 눈이 커지고 입술이 반쯤 벌어졌다. 이번에는 어머니가 말이 없었다.

그 당시 망설였기에 어머니에게 물어보고 싶었다. 내가 알리지 않기로 한 암이라는 병을 어머니는 알고 싶었을까? 말했어야 했는지 아니면 말하지 않았어야 했는지. 돌아가시고 나니 확인할 수 없었다. 사실 어머니는 전부 알고 있었던 것이 아닐까? 어머니의 행동과 말 하나하나를 머릿속에 되새기며 억지로 자신을 합리화하려고 했다. 하지만 정말 그게 맞았을까? 의사에게 여명의 기한을 들으면 그건 그거대로 당연히 마지막 순간으로 향하는 불안은 느꼈을 것이다. 그러나 얼마 남지 않았다는 것을 알았다면 어머니는 스스로 그에 맞는 삶을 선택할 수 있었을지도 모른다.

다이치와 미나는 왜 미리 알려 주지 않았냐고 따졌다. 알고 있었다면 더 많이 만나러 가고 더 많이 얘기했을 거라고.

구니히코는 어머니의 병에 대해 아이들과 친척들에게 알려 주는 게 좋다고 내게 말했다. 적어도 이모들에게만이라도 알려야 한다고 했다. 반대한 것은 내 판단이다. 형이고 장남이라는 이유만으로 내 의견을 끝까지 관철한 결과였다.

'그것이 옳은 선택이었을까? 가족들에게 알렸어야 했을까?'

확인할 길이 없었다. 원래라면.

"야스히코, 너는 정말…."

생각해 본 적 없는 질문이었는지 어머니가 동요한 듯 책상에 컵을 내려놓았다. 내게 다가오는 어머니를 보며 크게 심호흡했다. 나는 대답하지 않았다. 주먹을 쥐고 어머니의 얼굴을 가만히 쳐다보았다.

알고 있었냐는 물음에 어머니는 대답이 없었다. 어머니의 얼굴을 보며 나는 입술을 깨물었다. 그 평온한 표정에 답이 쓰여 있는 것 같았다. 이기적인 판단이었다. 내 안일한 생각에 부아가 치밀었지만, 나는 이 얼굴이 보고 싶어 여기에 왔다고 인정하고 말았다.

병에 대해 미리 말하지 않은 것을 사과하고 싶었다. 용서해 주길 바랐고 꾸중을 듣고 싶었다. 내가 틀렸다고 꼬집어도 상관없었다.

나는 장남의 책임을 짊어질 그릇이 아니라는 것은 장례식 때도, 지금도 느끼고 있다. 어머니가 말한 츠나구 이야기를 구니히코에게 알려 줘, 어머니와 만날 기회를 동생에게 양보할 수 있었다. 하지만 나는 그렇게 하지 못했다.

"야스히코는 참 다정한 아이구나. 입이 좀 험하고 고집이 세지만."

어머니가 말했다. 당장이라도 떨어질 듯한 눈가에 고인 눈물은 신기하게도 흐르지 않았다. 기쁜 듯 웃으며 굳게 쥔 내 주먹 위로 어머니가 손을 포갰다.

"구니히코를 걱정한 거지? 이제 슬슬 그만 생각하려무나."

아무 말 없이 고개를 돌려 어머니를 바라보았다. 어머니가 고개를 저었다.

"장남이라는 이유로 사무소를 물려받은 걸 계속 미안하게 생각하고 있었지? 대학을 보내 줬다고 말하면서도 사실은 동생을 쫓아낸 게 아닐지 마음에 두고 있다는 걸 나도, 네 아내도 눈치채고 있었단다. 어쩌면 구니히코도 알고 있을지 몰라."

"딱히 마음에 둔 건 아니야."

공무원은 자영업자처럼 고생하지 않는다. 그래도 토지나 산을 물려받은 사람은 나다. 자동차 역시 내가 더 좋은 차를 탄다.

"구니히코는 그걸로 된 거야. 보면 알잖아? 구니히코는 공무원이 적성에 맞고 사무소는 네가 잘 경영하고 있으니까."

"구니히코가 사무소를 물려받았으면 분명 더 잘 됐을 거야. 나는 공무원은 못 하겠지만."

"참, 말도 억지스럽게 하는구나. 이제 걱정하면서 울지 말거라."

"누가 운다고 그래?"

어머니가 눈을 가늘게 뜨고 밝게 웃었다.

"그럼 빨갛게 충혈된 그 눈 좀 어떻게 좀 해 봐라. 마음 단단히 먹어야지!"

나는 팔짱을 낀 채로 움직일 수 없었다. 얼굴과 등이 나도 모르게 화끈거렸다.

"나는 행복했단다."

어머니가 차를 마시며 말했다. 찻잔이 아닌 컵에 차를 마시는 모습은 처음 본다.

"나는 자식도, 손자도 참 잘 만났지."

"손자 말이야?"

"그럼. 다이치도 훌륭하게 컸잖니. 어렸을 때는 잔병치레로 걱정했지만."

"덩치만 컸지."

그렇게 말하는 나를 어머니가 나무랐다.

"다이치는 착한 아이야. 너처럼 겁이 없고 대담하진 않지만 그만큼 말도 예쁘게 하고 주변을 잘 살필 줄 알아. 다행히 나와 자기 엄마를 닮았단다."

"그러면 좋으련만."

'후계자로서 미덥지 못하다고 생각지 않았어'라는 생각이 들었지만 입 밖으로 꺼내지는 않았다. 스스로 사무소를 물려받기에 맞지 않다고 생각하면, 다이치는 원하는 일을 자유롭게 해도 된다고 생각했다. 다른 하고 싶은 일이 있을까 하며 지켜봤지만 뚜렷한 의사 표현조차 하지 않는 다이치에게 나는 화가 났다.

어머니는 나와 다이치를 격려하기 위해 칭찬하고 있는 것인지도 모른다. 무엇보다 이야기를 할 수 있는 것은 오늘이 진짜로 마지막이다. 그러니 부정적인 말을 할 리 없다.

인상을 찌푸리자 어머니가 웃었다.

"그럼. 자랑스러운 내 손자지."

"아버지는 그쪽에 계셔?"

동틀 무렵, 내 물음에 어머니가 소리 없이 웃었다.

"죽은 뒤의 세계에 대해서는 네가 죽을 때까지 몰라도 돼. 그걸 낙으로 삼거라."

그러더니 무언가 떠오른 듯 말을 계속했다.

"내가 츠나구에게 부탁해 아버지와 만난 이유를 아직도 모르겠니?"

나는 말없이 돌아보았다.

"정말? 어휴."

어머니는 할 말이 없다는 표정을 지었다. 솔직히 깊은 의미는 없을 거라는 생각에 잊고 있었다.

"이유가 있었어?"

"무심한 녀석. 어쩔 수가 없구나."

어머니가 쓴웃음을 지으며 그렇게 말했다.

"스스로 깨달아 보려무나. 언젠가 너도 자연스럽게 알게 될 날이 올 거야. 너도 누군가의 부모니까."

어머니는 가르쳐 줄 마음이 없어 보였다. 내 어머니니까 잘 안다. 한 번 그렇다고 결정하면 바꾸지 않는 완고함은 어머니도 아버지와 똑같았다. 하지만 오늘만큼은 말해 줘도 괜찮지 않느냐고 말하기에는 망설여졌다. 이제 헤어짐의 순간이 다가온다는 것을 깨달아 버렸으니까.

"모두에게 안부 전해 줘."

그것이 어머니가 사라지기 전에 남긴 마지막 말이었다.

꿈에서 깨듯 갑작스럽게 어느새 방에는 나 혼자 남아 있었다.

야위기 전의 손으로 내 얼굴을 쓰다듬던 어머니 손길의 그 감촉은 사라질 것 같지 않았다. 병에 걸리기 전의 건강한 모습으로 나타났다는 사실이 어머니가 사라진 후에야 갑자기 가슴에 사무쳤다. 얼굴에 혈색이 돌고 뺨에는 윤기가 나며 손에는 살이 붙어 있었다. 그 사실에 소리 높여 울고 싶을 만큼 기뻤다는 것을 새삼스레 깨닫고 손으로 이마를 덮었다.

로비로 내려갈 때까지 참아야 한다고 생각했는데 눈물이 차오르고 탄식이 나와 멈출 수 없었다.

7

엘리베이터를 타고 1층에서 내리는데 마침 츠나구 녀석이 자동문을 빠져나와 호텔 안으로 돌아오고 있었다. 누군가를 배웅하고 오는 듯한 모습에 자연스레 유리문 너머로 시선이 향했다. 두툼한 정장을 입은 젊은 여자의 모습이 보였다.

호텔 안으로 내리쬐는 아침 햇살이 하얗게 빛나 눈이 부실 정도였다. 녀석이 나를 발견하고 이쪽을 향해 걸어왔다.

"끝나셨습니까?"

"그래."

녀석은 어디에 있었을까? 한숨도 안 잤을까? 기분 탓인지 왠지 눈이 살짝 풀린 것 같았다. 어제와 같은 코트 차림이다.

"열쇠, 주십시오."

아무 말도 하지 않고 있자 녀석이 손을 내밀었다.

이른 아침에 출발하는지 프런트 앞에는 큰 여행 가방을 끈 회사원 몇 명이 벌써 줄을 서고 있었다.

녀석에게 카드키를 건넸다. 역시 묘하게 달관한 아이였다. 불필요한 말은 하지 않는다. 고개를 든 녀석이 내게 물었다.

"돈은 받지 않습니다만 감상을 듣고 있습니다. 말씀해 주실 수 있습니까?"

"감상?"

그게 전부냐는 생각에 당황스러운데 녀석의 얼굴은 너무 진지했다. 나는 자세를 가다듬고 쓴웃음을 지었다. 그리고 대답했다.

"나도 모르게 진짜라고 속을 뻔했다. 너무 잘 만들었어."

얄밉게 말하는 이 말버릇은 이제 와 어쩔 도리가 없다. 나는 분명 평생 그대로일 것이다. 앞으로도 점점 더 아들이나 조카에게 미움을 받겠다는 예감이 들었다.

여전히 표정 변화가 없는 녀석에게 크게 숨을 내쉬며 말했다.

"고마웠네. 만약."

뒷주머니에서 지갑을 꺼냈다.

"돈은 괜찮습니다."

녀석이 미간을 찌푸렸다.

"그게 아니라."

나는 고개를 저으며 지갑에서 모서리가 둥근 명함을 꺼냈다. 우리 사무소의 명함이다.

"근처에 올 일이 있으면 연락해라. 이번에 큰 신세를 졌으니 만약 내가 도울 수 있는 일이 있다면 얼마든지 말해."

명함을 받아 든 녀석이 눈을 깜빡이며 내 얼굴을 보았다.

"아주 사소한 일이라도 괜찮다. 주제넘은 참견일지도 모르지만 만약 어떤 곤란한 일이 생기면 언제든지 연락해."

나는 최대한 빠른 속도로 말했다. 제대로 전하기가 어려웠다.

그 순간 무표정이었던 녀석의 표정이 갑자기 부드러워졌다.

처음 보는 미소였다. 예상치 못한 앳된 목소리가 들렸다.

"고맙습니다. 아."

말하고 나서 아차 싶었는지 녀석이 다시 입을 뗐다. 내가 그보다 먼저 말했다.

"격식 차린 말은 하지 말거라. 건방져 보이니까."

"아니요, 그럴 순 없습니다. 정말 감사드립니다."

정중하게 허리를 숙인 녀석이 내가 준 명함을 주머니에 넣었다. 아침 햇살 속에서 우리는 헤어졌다.

어머니가 아버지를 만난 이유를 알게 된 건 그로부터 몇 년이 지난 겨울이다.

사무소를 물려받은 다이치가 결혼하여 어머니가 사용하던 방을 신혼부부에 맞춰 개조할 때다. 돌아가신 이후로 그대로 두었던 어머니의 짐을 마침내 정리했다.

어머니가 계속 써오던 일기장들도 그중 하나였다.

문득 생각이 떠올라 일기장을 넘겼다. 내가 츠나구에게 어머니와의 만남을 의뢰하러 갔을 때, 츠나구 녀석은 어머니가 약 20년 전에 의뢰했었다고 말했다.

내가 만나러 갔던 해부터 거슬러 올라가 만지면 눈이 가려울 것 같은 갈색의 낡은 일기장을 펼쳤다.

내가 찾던 글은 바로 발견했다. 11월 23일이라고 적혀 있어 깜짝 놀랐다. 어머니가 매년 빠지지 않고 참가했던 마을 자치회의 여행이 근로 감사의 날 즈음이었다. 여행을 간다고 거짓말을 하고 아버지를 만나러 갔던 걸까?

보름달이 뜨지 않아 만날 수 있는 시간이 짧다고 했지만 그래도 가길 잘했다. 다이치를 데리고 갔다. 무척 기뻐하며 눈물을 흘렸다. 정말 가길 잘했다.

내가 어머니와 만난 해는 다이치가 막 스물한 살이 된 참이었다. 어머니가 츠나구를 통해 아버지를 만난 것이 그보다 약 20년 전. 정확히는 다이치가 두 살일 때니 19년 전이다.

"아직 모르겠니?"

그렇게 말하던 목소리가 마치 어제 들었던 것처럼 또렷하게 되살아나 귓가에 맴돌았다.

그때 어머니가 갑자기 츠나구에게 의뢰하기로 결심한 이유. 그건 바로 다이치가 태어났기 때문이다. 다이치가 걸을 수 있을 때까지 기다렸다가 아버지에게 첫 손자를 보여 주러 간 것이다. 하타다 가문의 뒤를 이을 나의 장남을. 어머니는 아버지의 만년필을 다이치에게 선물했다.

내가 츠나구에 대해 장남에게 말해 줘야 할지 고민이라고 어머니에게 말했을 때, 고개를 갸웃거린 어머니는 '다이치는, 글쎄다'라고 망설였다. 그 진의를 지금 처음 이해했다.

살아있는 동안 망자와 만날 수 있는 기회는 단 한 번뿐. 다이치는 철들지 않았을 때 이미 아버지와 한 번 만났다.

짧은 일기에서도 '가길 잘했다'라는 말이 두 번이나 반복해서 적혀 있었다. 아버지의 눈물은 도저히 상상할 수 없었지만, 햇볕에 그을린 거친 손이 어린 다이치의 작은 머리를 쓰다듬는 모습은 눈앞에 생생하게 그려졌다.

나도 언젠가 그렇게 될까?

주방에서 나를 부르는 아내와 며느리의 목소리에 나는 일기장을 덮었다. 가족이 기다리는 거실로 돌아가는 길, 열려 있던 장지 너머로 난로의 열기가 어깨를 따뜻하게 감싸 안았다.

먼저 나를 배신했으니

광장히 진부한 표현이지만, 미소노가 세상을 떠난 후 몸도 마음도 텅 빈 느낌이다.

12월의 어느 겨울, 몹시도 추웠던 그 날 아침.

미소노가 그 언덕 밑에서 차에 치였다는 소리를 들었다. 그때는 살 수 있는 무슨 방법이 있으리라고 생각했다. 튕겨 올라 머리를 부딪히면서 피를 엄청나게 흘렀다고 했다. 큰 사고라는 말은 들었지만 미소노의 신체가 제 기능을 하지 못하고 의식이 몸에서 빠져나간다고 해도, 무슨 수를 쓰면 그래도 영혼이나 생명이라고 부르는 것이 다시 몸속으로 돌아갈 것이라고 믿어 의심치 않았다. 오늘 아침까지 살아있었으니 온기가 남은 몸이라면 분명 그렇게 될 것으로 생각했다.

'그러니까 빨리. 의사든, 미소노의 부모님이든, 지금 미소노 가까이에 있는 사람들은 빨리, 때를 놓치기 전에 그 주변을 떠도는 미소노의 영혼을 붙잡아 몸에 돌려놔. 어서, 빨리, 빨리. 늦기 전에.'

실감이 나지 않았다. 방금 들은 미소노의 죽음은 잃어버린 물건을 찾을 때와 비슷했다. 학교에 제출해야 하는 서류나 내려야 하는 역에 도착했는데도 주머니에서 찾을 수 없던 승차권처럼, 없으면 난감하겠지만 분명 어딘가에는 있을 것이다. 아직 찾아보지 않은 장소가 있을 것이라고 낙관적으로 생각했다.

더 이상 찾을 장소가 없어 같은 장소를 몇 번이나 둘러본 후에야 더는 방법이 없다는 것을 깨달았다.

미소노의 죽음은 그런 느낌이었다.

'그렇게나 바랐는데.'

그 길에 차가운 물이 흐른다는 사실을 알고 있었을 텐데. 미소노가 깨닫기 전부터 나는 알고 있었다. 자전거 바퀴에 속도가 붙는 언덕길, 그리고 그 옆에 있는 수도에서 물이 새면 어떻게 되는지 전부터 알고 있었다. 그 물이 겨울이 되면 얼어붙는다는 사실을. 우리는 매일 아침 자전거를 타고 그곳을 지나다녔다.

'그러니까 미소노 나쓰는 내가 죽였다. 그것은 아무도 모른다. 세상을 떠난 미소노 이외에는 아무도.'

1

"아라시, 나, 쟤 좋아해."

복도를 걷다가 갑자기 들려오는 소리에 나는 미소노를 향해 고개를 돌렸다.

"방금 지나간 4반 애."

내가 돌아보려고 하자 미소노가 나를 저지했다.

"지금 보면 안 돼!"

하지만 먼저 고개를 돌려버린 탓에 그 아이의 뒷모습은 확인할 수 있었다. 나란히 있는 두 남학생 가운데 누구를 말하는지 바로 알아차렸다. 미소노가 좋아하는 타입은 아마도 오른쪽. 그들은 텔레비전 프로그램 얘기라도 하는 듯 과장된 몸짓으로 "진짜?", "대박!"이라며 아이처럼 떠들고 있었다.

그 애에 대해서는 얼굴과 이름 정도만 알았지 딱히 의식한 적은 없다. 미소노가 그 아이를 보고 있었다는 사실조차 몰랐다.

"오른쪽?"

"멋있잖아, 스타일리시하고. 저번에 아라시에게 빌려 준 만화의 아유미랑 좀 닮지 않았어? 심지어 이름도 똑같이 아유미야. 운명 같지 않아?"

"닮지도 않았고, 딱히 운명 같지도 않은데?"

나는 바로 대답했다.

요즘 미소노와 내가 빠져 있는 보이즈 러브 만화의 주인공인 아유미만큼 단정한 외모는 현실에 존재하지 않는다. 텔레비전에 나오는 연예인이 연기한다면 그나마 괜찮겠지만, 주변에서 흔히 볼 수 있는 남자 고등학생과 똑같이 취급하지 않았으면 좋겠다.

"여전히 엄격하구나, 아라시는."

미소노가 쓴웃음을 지었다. 나는 가슴을 폈다.

"어쩔 수 없어. 나는 정말 잘생긴 사람에게만 반응하거든."

"연예인도 고화질의 선명한 화면에서 예뻐야지만 미인이라고 하잖아."

"뭐, 그렇지."

고개를 끄덕이며 나는 자부심을 느꼈다.

나와 미소노는 종종 스스로 '하이브리드 오타쿠(한 분야에 마니아 이상으로 심취한 사람을 이르는 말)'라고 칭했다. 만화나 애니메이션, 소설, 보이즈 러브 만화는 물론 패션이나 화장품도 빠삭하게 꿰고 있었다. 여러 분야를 자세히 알고 싶었고 욕심이 있었다. 흔히 오타쿠는 의사소통 능력이 부족하다는 이미지가 있지만 우리는 같은 반 친구들과도 친하게 지내고 싶었다. 친구들이 부탁하면 만화책도 흔쾌히 빌려 줬다.

친구들이 나와 미소노를 보며 오타쿠로 보이지 않는다고 말할 때마다 "그래?"라고 고개를 갸웃거렸지만, 사실 기분은 매우 좋았다.

"하지만 괜찮아. 나는 방금 개가 좋아."

아유미가 사라진 방향을 보며 미소노가 말했다.

"흐음."

나는 영혼 없이 대답했다. 미소노가 다시 씁쓸하게 웃었다.

"아라시는 눈이 높다니까."

"나는 연애에 관심이 없어서."

"그래도 좋아하는 사람이 생기면 알려 줘. 귀여운 아라시는 과연 어떤 사람을 좋아할지 궁금해."

미소노가 온화한 미소를 지으며 말했다.

"그런 날은 안 올 거야."

내가 미간을 찌푸리며 대답하자, 미소노가 웃으며 어깨를 으쓱했다. 그러고는 나를 재촉했다.

"얼른 가자. 동아리 늦겠어."

미소노는 항상 나를 칭찬해 주는 친구였다.

고등학교에서 미소노를 만나기 전까지 나는 단짝 친구를 사귈 생각조차 하지 않았다. 동급생과 적당한 거리감을 유지하는 편이 더 멋있고 불편한 일도 생기지 않을 거라고 생각했다.

하지만 연극부 동아리에서 만난 미소노와는 신기할 정도로 죽이 잘 맞았다. 중학교 때까지는 나 말고 아무도 모른다고 생각했던 오타쿠 이야기도 미소노는 다 알고 있었다. 그래서 우리는 금방 친해질 수 있었다. 미소노는 부모님이 엄격하셔서 용돈으로 만화책을 사는 것이 금지라고 했다. 하지만 미소노가 몰래 구매한 만화책은 나보다 훨씬 많았다. 어떻게 그렇게 잘 아냐고 생각할 정도로 미소노는 여러 분야에 빠삭했다.

미소노와 나는 사이 좋은 자매 같다는 말을 자주 들었다. 딱 균형이 좋았다. 친절하고 다른 사람의 이야기도 잘 들어주는 미소노는 그동안 여기저기에서 '고집'이라고 불리던 내 의견을 이해해 주었다.

사촌 형제 가운데 가장 나이가 어린 나는 모든 친척에게 사랑과 귀여움을 듬뿍 받고 자랐다. 덕분에 내가 첫 번째가 아니면 직성이 풀리지 않는 까탈스러운 성격의 소유자가 됐다. 물론 자제할 수는 있다. 하지만 나이 차이가 나는 사촌오빠의 아이가 태어났을 때, 친척들이 그 아이를 예뻐하는 모습을 보고 매우 서운하고 화가 났다는 것도 미소노에게는 모두 털어놓았다.

"아, 뭔지 알아."

미소노는 고개를 끄덕이며 별수 없다는 듯 웃었다.

"그걸 이렇게 직접 말하다니, 역시 아라시야."

"그래?"

"그럼. 보통은 말하지 않지. 정말 넌 부러울 정도로 솔직하구나."

미소노에게 평범하지 않다, 특이하다, 이상하다는 말을 듣는 게 기분이 좋았다. 미소노에게 그렇게 보이는 내가 특별한 존재라고 생각했다. 귀엽다, 부럽다는 말도 많이 들었다.

"그 사람과 아라시가 결혼하면 태어날 아이는 얼굴의 반이 눈일 거야."

내가 귀여운 배우를 좋아했을 때는 그런 말까지 들었다.

"넌 눈빛이 너무 좋아. 아이돌처럼!"

당시 눈이 크고 동그란 그 배우에게 완전히 빠져 있던 나는 미소노의 말이 너무나 기뻤다.

"좋겠다. 아라시 같은 얼굴로 태어나고 싶었어. 봐봐, 내 이 초라한 눈. 쌍꺼풀도 없어."

화장실에 갈 때마다 미소노는 내 선명한 쌍꺼풀을 보고 "부럽다. 나도 그런 눈이 좋은데."라고 칭찬해 주었다.

우리 학교의 연극부는 인근 고등학교 가운데 가장 열정적인 동아리였다.

부원 수도 많았고 문화부인데도 규칙은 거의 운동부 같았다. 체력 단련이라는 명목하에 학교 주변을 달리거나 근처 강가에서 큰 소리로 발성 연습을 했다. 만화《유리 가면》과 비슷했다.

"너희 연극부가 육상부 애들보다 더 잘 뛸걸?"

같은 반 친구들이 농담 반 진담 반으로 그렇게 말한 적도 있다.

선후배 관계도 위계질서가 철저했다. 축제나 정기 공연, 콩쿠르 등의 무대에서 배역은 거의 2, 3학년이 차지했다. 1학년은 외모와 분위기가 역할과 아주 잘 맞거나 연기를 특출나게 잘하는 등 특별한 이유가 없으면 무대에 오를 수 없었다. 선배들의 눈치 때문에 오디션 지원도 암묵적으로 불가능한 분위기였다.

1학년 때, 내게 오디션을 나가보라며 추천해 준 사람 역시 미소노였다.

"넌 얼굴도 예쁘고 목소리도 귀에 쏙쏙 들어오잖아. 무엇보다 연극을 너무 좋아하는 게 보여."

미소노는 고등학생 때 연극을 시작했지만 나는 중학생 때부터 연극부였다.

유치원 크리스마스 학예회에서 '신데렐라'를 연기했을 때부터 연기가 재밌었다. 그때도 나는 스스로 손을 든 것이 아니라 선생님이 역할을 정해 주었다. 신데렐라를 하고 싶어 하는 다른 아이가 있었지만 그 친구는 키가 크다는 이유로 계모 역할을 맡았다. 눈물을 뚝뚝 떨어뜨리는 친구를 본체만체하며 주인공을 연기했다. 재수 없는 말 같지만 나는 내가 그런 운명으로 태어났을지도 모른다는 생각에 혼자 뿌듯하게 웃었다. 다른 아이에게는 없는 행운이 내게는 따른다고 생각했다.

정말로 운이 좋았는지 아닌지는 모르겠지만 그런 믿음이 중요했던 것 같다. 연기는 물론 심지어 국어 시간에 교과서를 읽을 때도 감정을 싣는 것에 거부감이 없어 역할에 몰입할 수 있었다.

연극이 너무 좋았다.

미소노가 먼저 말해 주지 않았더라면 1학년 때 오디션에 지원할 생각은 못 했을 것이다. 선배들에게 곱지 않은 시선을 받으면서도 미소노의 응원에 힘입어 오디션 자리에 섰다. 지도 선생님이 내게 배역을 주셨을 때는 너무나도 기뻤다. 그리고 마음 한편에는 어쩌면 당연한 결과라는 생각도 있었다. 나는 옛날부터 늘 그래왔으니까.

"우리끼리만 하는 얘긴데 네가 다른 선배들보다 훨씬 잘하더라. 우리 반 애도 그렇게 말했어."

미소노가 몰래 귀띔해 주었다. 나에 대한 평가가 그대로 친한 친구인 미소노에 대한 평가로 이어진다고 생각하니, 미소노가 나를 의지하는 것까지도 기분이 좋았다. 미소노라면 그렇게 생각해도 괜찮았다.

"아라시가 실전에 강한 건 타고났나 보다."

"저를 응원해 주는 친구가 있으니까요."

감탄하는 듯한 선생님의 말씀에 대한 내 대답은 거짓말이 아니었다.

"우리 엄마는 뭐든 해 보기도 전에 도망가서는 안 된다고 입버릇처럼 말해. 하지 않고 후회하는 것보다 하고 후회하는 것이 더 낫다면서. 내 생각도 마찬가지야."

미소노는 내게 이렇게 말하면서 용기를 주었다.

나와 미소노는 친해진 이후로 항상 정해진 시간에 만나 함께 자전거를 타고 등교했다. 내가 공연 연습으로 평소보다 빨리 등교해야 하거나 늦게까지 학교에 남는 경우도 많아 모든 등하교를 같이할 순 없었지만, 되도록 함께 자전거를 타려고 했다.

가끔 미소노가 좋아하는 아유미를 마주친 적도 있었다.

아유미는 미소노나 내게 허구 속 등장인물 같았다.

소란스럽게 떠들어대며 즐거워하긴 했지만 미소노는 아유미에게 말을 걸거나 고백하는 등 구체적인 행동으로는 옮기지 않았다.

친구가 좋아하는 사람을 좋아하게 된다는 이야기는 반이나 동아리에서 종종 들은 적이 있다. 그런데 그게 어떤 심리인지 전혀 모르던 나도 미소노가 좋아하는 아유미는 보면 볼수록 그렇게 나쁘지 않다고 생각하게 되었다. 좋아한다는 마음과는 거리가 멀고 이름마저 똑같은 만화책의 '아유미'에게는 상대가 되지 않았다. 하지만 현실에서 남자 친구로는 허용할 수 있는 수준이었다.

스쳐 지나갈 때 보이는 오뚝한 콧날, 매끈한 뺨과 하얗고 깨끗한 피부, 윤기 나게 찰랑이는 머리카락. 연예인처럼 눈에 띄게 잘 생긴 외모는 아니지만 현실 속 남자로서는 그럭저럭 괜찮았다.

"아유미에게서는 우유 향이 나."

다른 남자애들과는 달리 아유미한테서는 땀 냄새가 느껴지지 않았다.

"어머, 정말? 나는 모르겠어!"

내 말에 미소노는 크게 소리를 높였다.

"나는 늘 긴장해서 순간적으로 숨을 쉬지 않나 봐. 그런 생각은 한 번도 한 적이 없어. 아라시만 알고 있다니, 너무해."

"다음에는 한 번 의식해 봐. 아아, 항상 미소노가 바깥쪽에서 달리게 도와 주는데 그것도 모르다니."

아유미의 자전거가 미소노의 바로 옆을 지나가도록 나는 언제나 바깥쪽을 미소노에게 양보했다. 그런데 미소노도 몰랐던 사실을 나는 눈치챘다.

어째서 그때 이겼다는 생각이 들었는지는 나도 잘 모르겠다. 하지만 나는 뭐든지 이기는 것은 나쁘지 않다고 생각했다.

2

한 해가 끝나갈 무렵 우리는 등교할 때 지름길을 발견했다. 다른 학생들이 다 알고 있는 큰길로 다닐 때, 우리는 한 블록 더 안쪽의 주택가로 다녔다. 연극부의 달리기 코스였다.

모두가 다니는 큰길은 도로가 좁아 자전거 두 대가 나란히 달리기에는 적합하지 않았다. 끊임없이 수다를 떨고 싶었던 우리는 자연스럽게 주택가의 길로 다니게 되었다. 길만 기억하면 큰길로 가는 것보다 3분에서 5분 정도 일찍 학교에 도착할 수 있었다. 바쁜 아침에는 그만큼의 시간이라도 단축할 수 있어 좋았다.

다른 친구들과 만나는 경우는 거의 없었지만 시간만 잘 맞추면 큰길과 합류하는 넓은 도로로 나올 때쯤 운 좋게 아유미의 모습도 볼 수 있었다.

가는 도중에 있는 집 한 채를 우리는 '옹달샘'이라고 불렀다. 도로와 마주한 문밖에 수도가 있는 집이었다. 처음부터 있었던 수도가 아니라 집을 지으면서 새로 만든 듯한 작은 수도는 물이 빠지는 배수구도 작았다. 물을 충분히 담아 둘 수 없게 되어 있는지 가끔 그 앞의 도로까지 젖어 있곤 했다.

동아리 활동으로 달리기를 하며 그 앞을 지나다가, 목이 바싹바싹 마를 때 유혹에 이기지 못하고 그 수도를 돌린 게 '옹달샘'의 시작이었다.

여름.

나는 미소노보다 한 걸음 뒤에서 달렸다. 오만한 생각일지도 모르지만 역할을 맡지도 않았는데 열심히 달리며 체력을 관리하는 미소노가 기특하고 사랑스럽게 느껴졌다. 하얀 체육복 아래로 비치는 속옷 끈보다 등에 번진 옅은 땀의 흔적을 보고 있으면 나도 모르게 가슴이 두근거렸다.

"저 물 사용해도 괜찮을까?"

"응. 조금만 쓰는 건데, 뭐."

죄의식을 떨치려는 듯 서로 얼굴을 마주하고 돌린 수도꼭지에서 나온 물이 하얀빛을 내뿜었다.

옛날이야기에 나오는 요로의 폭포(효심이 지극한 아들이 폭포의 물을 길어 담아 부모님께 드렸더니 술맛이 났다는 전설이 전해지는 폭포로 일본 기후현에 있다)처럼 매력적이라고 생각하며 손을 뻗어 얼굴을 씻었다. 찌는 듯한 더위 속에서는 수건이 없어도 얼굴과 젖어버린 머리카락이 금방 마른다.

"이제 좀 살겠다!"

막 씻어 반질반질한 이마를 아낌없이 드러내며 외치는 미소노의 목소리는 태양처럼 밝았다. 우리는 서로를 '물 도둑'이라고 부르며 웃었다.

그해 여름, 손에 페트병을 들고 자유 연습을 하던 우리는 절반으로 줄어든 물을 '옹달샘'에서 보충했다. 그때 문 너머로 보이는 집의 현관문이 열리더니 앞치마 차림의 상냥해 보이는 아주머니가 고개를 내밀었다. 물 도둑이라고 혼나지 않을까 걱정됐다. 우리는 열린 수도꼭지에서 나오는 물도 바로 잠그지 못한 채 움직이지 못했다. 그때 먼저 움직인 것은 내가 아니라 미소노였다.

"죄송합니다!"

자세를 고치고 예의 바르게 외치는 미소노의 큰 목소리에 오히려 아주머니가 놀랐다.

"아, 괜찮아. 신경 쓰지 않아도 돼."

아주머니가 고개를 저으며 웃었다.

"소에이 고등학교 학생들? 동아리 활동 중이니? 이렇게 더운 날씨에 고생하는구나."

"네, 연극부예요. 달리기를 자주 해서 종종 육상부로 오해를 받긴 하지만요."

시원시원하게 겁내지 않고 설명하는 미소노의 말을 나는 난처한 표정으로 가만히 듣고만 있었다.

"나는 나보다 나이 많은 사람들하고도 잘 지낼 수 있어."

나는 평소에 이 말을 미소노에게 여러 번 했었다. 옛날부터 주변 어른들에게 귀여움을 받으며 자랐고, 존댓말도 잘하고 똑 부러진다고 칭찬받았다. 그러니까 선생님과의 대화는 늘 내게 맡기라고 했었다.

그런데 '옹달샘'의 아주머니와 너무나 자연스럽게 얘기하는 미소노의 모습에, 내가 한 자랑이 아무런 쓸모가 없는 것처럼 느껴졌다. 나는 움직일 수 없었는데 미소노가 먼저 사과해 버리니 그 사이에 더 이상 끼어들 수도 없었다.

"저기 수도는 개를 씻기려고 만들었나 봐."

그 집을 뒤로하고 물을 가득 채운 페트병을 손에 들고 다시 뛰려는 순간 미소노가 말했다.

"응?"

"아까 아줌마 뒤로 엄청나게 큰 개가 보였거든. 산책한 후에 그 수도에서 씻기지 않았을까?"

"아, 그럴지도 모르겠네."

고개를 끄덕였지만 사실 깜짝 놀랐다. 개라니, 전혀 눈치채지 못했다. 개를 보고 나는 수도와 연결해 생각할 수 있었을까? 그렇게 생각하면 마음이 진정되지 않았다.

'옹달샘' 집 바로 아래는 언덕이다. 경사가 심해 자전거로 달릴 때는 언제나 등을 떠밀리듯 몸이 앞으로 숙어지며 속도가 붙는다. 발소리가 온몸에 구석구석 스며드는 것처럼 걸을 때마다 한 발 한발에 커다란 진동이 느껴졌다.

언덕을 뛰어 내려가니 손에 든 페트병의 물이 흔들렸다. 너무 무거웠다. 마시고 싶은 마음이 싹 사라졌다. 학교에 도착해서 결국 물을 버리고 말았다.

"아유미가 입은 코트, 준야 와타나베가 디자인한 거래."

11월 하순, 바람이 차가워지기 시작할 무렵 아유미는 소매와 모자가 체크무늬로 된 멋진 더플코트를 입고 왔다. 등하굣길에 그 애 옆을 지나갈 때면 우리는 무의식중에 걸음 속도를 늦추었다. 대화까지 멈추었을 때는 미소노에게 "우리, 너무 보고 있는 것 같아! 보고 있다는 걸 들키겠어."라며 잔소리도 들었다. 아이 같은 이미지의 더플코트는 가죽이 붙은 어깨 부분만 어른스러워 보였다.

미소노가 말을 계속했다.

"나, 꼼데가르송 옷은 가와쿠보 레이의 디자인을 더 좋아하는데, 준야 와타나베 옷도 멋있구나. 둘 다 너무 비싸서 잡지에서 본 게 전부지만. 저런 옷을 입다니 아유미네 집은 부자인가 봐."

"오, 준야 와타나베 디자인이구나."

미소노의 말을 따라 했지만 처음 들어 본 브랜드라 집에 돌아오자마자 바로 인터넷으로 어떤 브랜드인지 검색했다.

미소노는 내가 모르는 것을 어떻게 그렇게 잘 알고 있을까? 연극부의 다른 아이나 선배에게 들은 걸까? 그렇게 생각하면 괜히 초조해졌다. 나를 두고 앞서 나갈 것 같다. 그것도 모른다며 비웃는 것 같아 불쾌함이 몰려왔다. 억지스러운 말이지만 그게 솔직한 심정이었다.

친한 친구에게도 그게 어떤 브랜드냐고 다시 묻지 못하는 이유가 내 성격 때문인지, 아니면 미소노와 나의 관계 때문인지는 알 수 없었다.

생각해 보면 우리는 항상 그랬다.

나와 미소노는 비슷한 수준으로 자주 떠들었다. 둘 다 책도 많이 읽고 만화를 많이 보아서 그런지 다른 동아리 친구들이나 학급 친구들보다 괜찮은 표현도 많이 알고 있었다.

수상한 도시 괴담, 인터넷 소문, 다른 아이들이 모르는 외국 음악과 영화. 그러한 잡다한 지식을 이야기하며 모두를 놀라게 하는 것이 즐거웠다.

1학년 겨울, 동아리에서 배우들이 몸을 풀고 있는데 소도구 제작을 끝낸 미소노가 다가오더니 선배를 포함한 모든 부원에게 이야기를 시작했다.

"그 얘기 알아요? 도시 괴담 같은 건데, 죽은 사람과 딱 한 번 만날 수 있다는 이야기예요. 그걸 할 수 있는 사람이 있어서, 의뢰하면 누구나 받아 주나 봐요. 지금까지 의뢰한 사람 중에는 연예인도 있는데…."

그렇게 하나하나 에피소드를 소개했다.

정계의 유명인이 그 사람을 통해 이미 세상을 떠난 과거의 인물과 만나 조언을 얻어 나라를 위기에서 구했다는 이야기, 어떤 여배우가 옛날에 죽은 동료 여배우를 만나 눈물을 흘렸다는 이야기 등이 이어졌다.

"흥미롭지 않아요? 만약 거짓말이라고 해도 혹시 그게 진짜 가능하다면 엄청난 거예요."

"그건 아무나 부탁할 수 있는 거야?"

연극부 부장인 아사쿠라 선배가 물었다.

"그런가 봐요."

미소노가 대답했다.

"돈도 들지 않는다고 들었어요. 다만 만날 수 있는 상대는 오직 한 명뿐이래요. 한 번 누군가와 만나면 두 번 다시 다른 상대에게는 의뢰할 수 없대요."

어느새 모두 다 스트레칭을 멈추고 미소노의 믿기 어려운 이야기에 집중하고 있었다.

"그리고 한 가지 더. 이게 참 재밌는데요, 망자에게도 만날 수 있는 기회는 딱 한 번뿐이래요. 한 번 의뢰를 수락하면 그 사람 이외의 다른 누군가가 의뢰를 하더라도 더 이상 만날 수가 없는 거죠. 후회하지 않는 선택을 하려면 신중할 수밖에 없는 거예요."

"그런 퀴즈 프로그램이 있었지."

선배 중 한 명이 즐겁다는 듯 웃었다.

"사지선다 문제에서 답의 선택지가 화면에 순서대로 나오는 거야. 정답이라고 생각하는 보기에서 멈추지 않으면 그냥 넘어가 버리는 거지. 고민하다가 지나친 보기 이후에는 절대 아닌 답만 나와서 후회하는 패턴."

"아, 비슷할지도 모르겠네요."

'비슷해? 전혀 다르지 않아?'

나는 그렇게 생각했지만 미소노는 선배들을 향해 고개를 끄덕였다. 그런 면에서 미소노는 다른 사람을 기분 좋게 만드는 재주가 있었다. 그렇게까지 선배들을 띄워 줄 필요는 없는데.

"미소노, 그 얘기 어디서 들었어?"

"그런 얘기까지 알고 있다니!"

모두 고개를 끄덕이며 동의하자 방금까지 이야기에 몰입했을 아사쿠라 선배가 문득 정신을 차린 듯 손뼉을 쳤다.

"자, 스트레칭 계속하자! 그리고 미소노, 동아리 활동 중에는 그런 잡담은 자제해 줘. 네가 얘기하면 모두 빠져들어서 연습에 집중을 못 해."

"선배, 저도 항상 떠드는데요."

나는 웃으면서 장난스럽게 손을 들었다. 언제나 잡담으로 배우들을 떠들썩하게 만드는 것은 나라고 생각했다.

아사쿠라 선배는 나를 보더니 턱 끝을 슬쩍 당겼다.

"아라시는 괜찮아. 확실히 말은 많은데 그냥 혼자 말하게 놔두면 되거든."

순간 얼굴 근육이 굳었다. 볼품없이 구겨진 웃음이 사라질 타이밍을 놓치고 얼굴에 남고 말았다.

"자, 연습 계속하자!"

웃음기 없는 얼굴로 말하고는 내게서 고개를 돌려 모두에게 소리치는 아사쿠라 선배의 태도에서 깨달았다. 방금 그 말이 악의도 무엇도 없는 선배의 무관심한 진심이라는 것을.

앉아서 다리를 벌리고 팔을 쭉 뻗었을 때, 방금 자신이 엄청나게 무례한 소리를 들었다는 생각이 그제야 가슴까지 천천히 복받쳐 올랐다. 뒤에서 똑같이 스트레칭하고 있을 미소노를 돌아볼 수 없었다.

'뭐가 달라?'

입술을 깨물었다. 나 말고는 아무도 아사쿠라 선배의 말을 마음에 담아 두지 않는다는 사실이 지금의 내게 다행인지 아닌지는 알 수 없었다. 누구도 반론하지 않았다.

'내가 미소노와 무엇이 다른 거야?'

확실히 내가 미소노처럼 이야기해도 모두 스트레칭이나 연습을 멈추지는 않는다. 맞장구는 치지만 질문은 하지 않는다. 오늘 미소노는 이야기를 잘 골랐을 뿐이다.

그렇게 자신을 타이르며 더 이상 생각하지 않기로 했다.

2학년 초가을, 방과 후 집으로 돌아가는 길에 언덕을 오르기 직전. 미소노가 "위험해!"라며 자전거를 멈췄다. 나를 향한 그 말은 미소노가 브레이크를 잡는 '끼익' 하는 소리와 동시에 울렸다. 바로 뒤에 있던 나도 자전거를 세웠다.

겨울이 가까워져 오면서 공기가 건조해지기 시작했다. 우리가

'옹달샘'이라고 부르는 집 마당에 있는 이름 모를 키 작은 나무가 붉게 물들어가는 모습이 도로에서도 잘 보였다. 문밖에 있는 수도꼭지가 열려 있어 물이 졸졸 새고 있었다. 바로 앞 아스팔트 도로가 새까맣게 젖었다.

"아."

작게 소리를 낸 미소노가 자전거에서 내렸다.

"개를 씻기고 나서 까먹으셨나?"

미소노는 고개를 갸웃거리며 수도를 꼭 잠갔다. '끼익' 하는 소리가 났다.

"다음에 아줌마를 만나면 꼭 얘기해야겠다. 여기는 언덕이라 미끄러워지면 위험하잖아."

"내가 말할게."

배우들만 참가하는 아침 연습이 있는 날이면 나는 미소노보다 일찍 등교했다. 그때마다 시간이 맞아서 그런지 신문과 우유를 가지러 밖으로 나오는 아주머니와 여러 번 마주쳤다. 가볍게 인사만 하고 미소노처럼 살갑게 말을 건 적은 없었다. 그런데 미소노가 오래전부터 알고 지낸 사이처럼 아줌마라고 부르는 게 곱게 보이지 않았다.

"정말? 그럼 부탁할게."

"응."

초등학생이었을 때 집 근처 언덕길을 내려오다 자전거에서 굴러 팔꿈치 뼈에 금이 간 적이 있다. 그 사건이 떠올랐다. 그때는 탈골까지 됐었다. 넘어진 상태에서 몸을 일으켰을 때 어깨 빠지는 소리가 너무나 또렷하여 소스라치게 놀랐던 적이 있다.

아직은 괜찮지만 본격적으로 겨울이 찾아오면 그대로 내버려 둔 물은 분명 꽁꽁 얼 것이다. 그러면 분명 위험해진다. 미소노는 지금 알아차렸을지도 모르지만 나는 예전부터 알고 있었다. 그 언덕 아래는 자동차가 지나다니는 큰길로 바로 이어진다.

이후로 그 길을 지나다닐 때마다 괜히 신경이 쓰여 수도를 지켜봤다. 하지만 물이 샜던 건 그날 하루뿐이었다. 구태여 아주머니에게 알릴 필요가 없었다. 시간이 흘러 나는 수도에 대해 잊어버렸다. 그 앞을 지나다닐 때도 굳이 수도를 살피지 않게 되었다.

3

그해 가을, 내년 새해 공연의 배역을 정했다.

3학년이 빠지면서 주요 역할은 2학년인 나와 미소노에게 돌아왔다. 선생님이 제안한 연극은 미시마 유키오의 희곡 〈로쿠메이칸鹿鳴館(외교관을 접대하기 위해 메이지 시대에 건축한 로쿠메이칸을 무대로 정치와 사랑, 음모와 애증의 소용돌이 속에 농락당하는 남녀, 부자의 비극을 그린 이야기)〉이었다. 대본을 받은 순간 가슴이 뛰었다. 1

학년 때 미소노가 처음 내게 오디션을 권했던 그 연극이다. 그때는 당연히 주인공인 아사코 역을 맡지 못했다. 하지만 길고 어려운 대사를 잘한다며 모두에게 감탄 섞인 칭찬을 받는 아사쿠라 선배를 보고 언젠간 나도 꼭 도전해 보고 싶었다. 그리고 대사를 암기하며 언젠가 아사쿠라 선배를 대신해 무대에 오를 것이라는 황홀한 꿈을 꿨다.

아사코 역.

우리 학년에서는 당연히 내가 될 것이다. 그렇게 믿어 의심치 않았다.

"자, 우선 주인공 역할을 하고 싶은 사람?"

선생님의 말씀에 나 이외에 올라간 손이 또 하나 있었다. 심지어 그게 친한 친구인 미소노라는 것을 알았을 때의 충격은 도저히 말로 형용할 수 없었다. 배신자. 그게 제일 가까운 심경이었다. 그리고 그런 건방짐에 대한 맹렬한 분노. '왜?'를 생각한 것은 그다음이었다.

"미안해, 아라시."

선생님이 칠판에 우리 둘의 이름이 적자 미소노가 나를 향해 손을 모았다.

나는 눈 하나 깜빡이지 못하고 여유롭지 않은 표정으로 미소노를 돌아보았다. 태연하게 반응해야 더 어른스럽게 보인다는 것을 그때는 미처 깨닫지 못했다.

"3학년이 은퇴하면 나도 배우를 해 보고 싶었어."

"굳이 따지면 미소노는 아사코보다 아키코 역할에 더 어울리지 않아? 지켜 주고 싶은 아가씨, 그런 느낌이니까."

말은 뇌를 거치지 않고 입에서 먼저 튀어나왔다. 사실은 더 쏘아붙이고 싶었다.

'무대에 오른 경험도 없고 무대 뒤에서만 일한 주제에 갑자기 주인공을 할 수 있다고 생각해? 쌍꺼풀 없는 눈이 볼품없다며 싫다고 말했으면서 아사코 역을 맡아도 뒤지지 않는다고 생각하는 거야?'

그런 심한 말들이 수도 없이 떠올랐다. 하지만 가장 하고 싶었지만 삼킨 말, 목구멍까지 나오려는 것을 간신히 억누른 말은 하나였다.

'미소노. 내 상대가 된다고 생각해?'

"일단 오디션을 할 수 있는 만큼 받아보고 싶어. 미안, 아라시. 부족하면 포기할 거야."

내 반응을 예상했다는 듯 정면 대결을 피하는 말이 돌아왔다.

'부족하면?'

어째서 미소노는 자기가 한 말의 오만함을 모르는 걸까?

'부족한 게 당연하잖아.'

하지 않고 후회하는 것보다 하고 후회하는 게 나아. 예전에 엄마가 해 준 말이라며 미소노가 알려 준 적이 있다. 그 태평한 말에 용기를 얻은 미소노가 순진한 마음으로 지금도 생각 없이 행동하고 있다고 생각하니 격한 분노가 치밀어 올랐다.

"그렇구나."

입술을 깨물며 대답했다. 미소를 지으면 그 어색한 시간이 어떻게든 끝나겠다고 생각했지만 그런 식으로 수습해도 이제는 늦었다. 내 험악한 시선은 이미 미소노를 쏘아보고 있었다.

"왜 배우를 하고 싶다고, 주인공에 도전한다고 오늘까지도 알려 주지 않았어?"

"너랑 라이벌이 되는 것이 거북해서."

신중하게 말을 선택하려는 듯 미소노가 천천히 대답했다.

"흐음."

나는 작게 소리를 냈다. 미소노가 불편하다고 느끼길 바랐다. 벌써 마음은 상했고, 심지어 라이벌은 대등한 실력이 있는 관계에서만 성립할 수 있는 단어다. 나는 여전히 불만이었다.

불과 몇 개월 전의 일인데 그때의 일이 매우 멀게 느껴진다.

'라이벌'이 된 이후로도 우리는 함께 등교했다. 자전거를 타고 늘 다니던 주택가를 나란히 달렸다. 무슨 이야기를 했는지, 어떤 식으로 얼굴을 마주하고 있었는지 기억이 가물가물하다. 나는 미소노를 용서할 수 없었고, 내가 용서하지 않는다는 것을 미소노도 알고 있을 것이다.

오디션까지 며칠도 안 남았다.

우리는 방과 후 서로 다른 교실에서 연습을 했다. 평소에도 비상계단이나 옥상 등에 흩어져 연습했기에 그때까지는 특별히 서로 피한다는 의식은 없었다.

미술실 앞을 지나갈 때 우연히, 정말 우연히 그 목소리를 듣고 말았다.

"나한테는 절대 못 이겨."

나도 모르게 걸음이 멈췄다.

속으로 혼자 있어서 다행이라고 생각했다. 사글사글하고 올곧은 평소의 부드러운 목소리로 딱 잘라 말하는 사람은 바로 미소노였다. 내 귀를 의심했다.

"그건 그렇지."

대답하는 다른 동아리 부원들의 목소리에 나는 앞으로 나아갈 수 없었다. 왜 내가 그런 말을 들어야만 해? 나는 무대 경험도 있고, 외모도…. 기분 나쁜 오한이 발끝부터 스멀스멀 올라왔다.

닫힌 문을 뚫어지게 바라보았다.

소리 지르고 싶었다. 믿을 수 없었다. 안으로 뛰어 들어가고 싶은 충동을 필사적으로 억눌렀다. 잘 참았다. 그렇게 생각했다.

그게 무슨 소리야.

입술이 떨렸다.

'그동안 나를 칭찬해 준 사람은 미소노 너 아니야? 네가 띄워 주고, 내가 하는 모든 이야기에 즐겁게 반응해 주니 내가 이렇게 됐잖아. 전부 네 탓 아니야?'

문 안쪽에서 계속 소리가 들려왔다. 미소노의 본심을 조금 더 듣고 싶었다. 하지만 언제 사람이 올지, 언제 우리의 위험한 관계가 무너져 버릴지 몰라 제정신이 아니었다. 내가 계속 미소노와 친구를 하고 싶은 건지 나도 내 마음을 모르겠다.

머릿속이 저릿저릿하게 마비되는 것처럼 화끈거렸다. 저 애는 나를 속이고 있다. 눈물이 날 정도로 분했다.

몇몇 아이들이 나를 '츤데레'라며 놀리듯 소문을 내고 다닌다는 것은 알고 있다.

평소에 퉁명스럽고 차갑고 냉정한 척하지만, 좋아하는 남자 앞에서는 한없이 상냥해진다는 오타쿠 용어. 뜻도 잘 알고 있고, 나도 허구 속 캐릭터를 대상으로 여러 번 사용한 적 있는 단어다. 좋아하는 남자도 없는데 왜 내가 그런 말을 들어야 하냐고 짜증을 내자 한 친구가 미소노를 상대로 하는 말이라고 알려 주었다.

강한 척하며 까칠한 이미지를 유지하려고 필사적으로 노력하지만 미소노를 너무 좋아하는 게 다 보인다는 것이다. 미소노에게 미움받지 않고 응원받으려는 모습이 곁에서 보여 '츤데레'라고 했다. 깊은 뜻이 없는 뉘앙스라 내게 그것을 알려 준 아이도 대단한 일이 아니라는 듯 웃었다.

연인 관계면 몰라도 친구 사이에 한없이 상냥해질 일이 뭐가 있냐며 누군가가 미소노에게 농담처럼 말했던 것 같다. 뭐든 다 맞춰주지도 않는데 자존심 센 아라시는 상대하기 귀찮지 않냐면서. 미소노는 난감한 듯 웃으며 그렇지 않다고 대답했다고 한다.

"아라시는 정말로 귀여워."

캐릭터에게나 할 법한 말을 내게 하다니 어이가 없었다. 무엇보다 다른 사람들이 나를 '강한 척'한다고 생각하다니 그것부터가 모욕적이고 굴욕이었다.

그런 소문을 듣고도 바로 화내지 않은 이유는 그래도 미소노는 나를 좋아하니까 나를 바보로 만들지는 않을 것이라고 믿었기 때문이다. 그런데.

"나한테는 절대 못 이겨."

미소노가 그렇게 말했다.

나는 미소노를 친구라고 생각했다. 그런 말은 절대로 하지 않을 단짝이라고 믿었다.

이제 모든 것이 무너졌다.

처음에 느꼈던 배신감이 역시 맞았다.

미소노가 너무나도 미웠다. 이제 그 아이는 내 친구가 아니다.

4

오디션에서 아사코 역할에 선발된 사람은 내가 아니라 미소노였다. 미소노는 자연스러웠고 나는 너무 힘이 들어갔다는 게 이유였다.

그동안 선배들과 함께 무대에 오른 경험이 있는 나에 비해 이번이 처음인 미소노를 선생님이 우선으로 생각했을 거라며 다른 부원들이 나를 격려했다. 그런 말로 위로받는다는 게 참을 수 없었다. 미소노는 깜짝 놀라면서도 기뻐했다.

"거짓말 같아. 믿을 수 없어."

이번에 미소노는 미안하다며 사과하지 않았다. 당연하다. 그런 말은 나를 비꼬는 것과 다름없다. 지금까지 나를 칭찬하고 내게 상냥했던 미소노다.

'사과해.'

내뱉지는 않았지만 그 말을 몇 번이고 입안에서 반복했다.

'사과해, 사과하라고. 미안하다고 사과하란 말이야!'

미소노의 연기는 상대를 배려하는 연기라고 했다. 미소노의 이야기는 본능적으로 순서를 맞춘 연출의 흐름과 주도면밀한 완급 조절로 듣는 상대를 고려한다.

본인을 위한 이야기가 아니라 상대에게 들려주고 싶고 즐거움을 주는 이야기가 미소노의 연기에는 잘 반영되어 있었다. 그래서 자연스럽고 독선적이지 않다고 했다.

내게 직접 한 말은 아니지만 미소노가 칭찬받을 때마다 그 뒤에 숨은 의미가 날카로운 그림자가 되어 나를 찔렀다.

"아라시도 나쁘지 않았어."

그런 말로 떨어뜨리며 미소노보다 못한 취급을 받는 나는 도대체 무엇이었을까?

무대 뒤에서 일하는 것은 정말 오랜만이었다. 소도구를 만드는데 왜 배우들처럼 달리기까지 시키는 걸까? 작년에 함께 달리던 미소노의 등을 보며 기특하고 사랑스럽다고 생각했던 내가 바보처럼 느껴졌다. 그 애가 나를 어떻게 생각하는지 전혀 알지 못했던 그 시절의 내가, 지금은 비교할 수 없을 정도로 불쌍하고 안타까웠다.

얼마 뒤 본격적인 연습이 시작되자 미소노가 미안한 표정으로 미리 양해를 구했다.

"내일부터 아침 연습이 있어서 같이 등교 못 할 것 같아…."

지금까지 내가 미소노에게 했던 대사였다.

"알았어."

나는 대답했다. 미소노를 이렇게나 증오하고 있는데도 웃을 수 있다는 게 신기했다.

'나를 바보로 만든 주제에.'

미소노의 얼굴을 보며 그렇게 말하면 그건 정말로 비참하고 우스운 꼴이 된다. 지금도 모두의 웃음거리가 되지 않았다고 어떻게 말할 수 있을까? 속마음을 솔직하게 말하지 못해 나는 점점 미소노를 피하게 됐다. 그것을 눈치챈 미소노가 일부러 모르는 척 내게 말을 걸 기회를 살핀다는 것조차 화가 났다. 용서할 수 없었다.

'미소노만 없었다면 주인공은 나였을 텐데.'

'다리고 팔이고 어디든 좋으니 미소노가 다치진 않겠지?'

자질구레한 준비를 하면서 나 없이 연습하는 모습을 흘끔흘끔 보고 있노라면, 자연스럽게 그런 방향으로 마음이 기울었다. 아주 살짝이라도 괜찮다. 뼈가 부러지거나 어깨가 빠지거나. 무대에서 미소노만 사라지면 주인공은 내게 돌아온다.

미소노가 계단을 오르고 내릴 때 여기에서 힘을 실어 그 애의 어깨를 치면 어떻게 될까 상상하곤 했다. 등 뒤로 다가가 발목을 잡으면 어떻게 될까?

초등학교 6학년 때, 언덕길에서 자전거를 타다 미끄러져 팔꿈치 뼈에 금이 간 적이 있다. 엑스레이 촬영을 하고 부상에 대한 설명을 듣는데 의사 선생님이 젊은 사람은 뼈가 금방 붙는다고 말했다. 그때까지 주로 '어린이'라는 말을 많이 들었던 나는 '젊은 사람'이라는 말에 약간의 당혹감과 묘한 부끄러움을 느껴 고개를 떨구었다. 그 '젊은 사람'은 지금의 우리를 가리키는 말이 아닐까?

젊은 사람의 뼈는 금방 붙는다.

12월이 들어서면 본격적인 겨울이 시작된다.

물이 얼어붙는 겨울이 시작된다.

연습 중 휴식 시간에 나를 불러낸 미소노가 의상의 소매를 붙잡고 내게 다가왔다. 작년에 몸집이 작은 아사쿠라 선배가 입었던 아사코의 의상은 키가 큰 미소노에게는 조금 짧았다. 로쿠메이칸의 저녁 연회를 주최하는 여주인공의 드레스가 이렇게나 땅에서 떨어져 있어도 괜찮을까 하는 생각에 나도 모르게 얼굴이 구겨졌다.

"왜?"

"네게 다시 한번 사과하고 싶어서."

다른 부원의 눈을 피하려는 듯 미소노는 나를 복도 구석으로 데리고 갔다. 미소노의 가느다란 눈에서 눈물이 차오르는 것을 보니 기가 막혔다.

"사과한다니, 뭐를?"

그러면 안 된다고 생각했지만 멈출 수 없었다.

"미안하다고 생각지도 않잖아."

미소노가 깜짝 놀란 듯 우두커니 서 있었다. 나는 그것을 무시하고 미소노에게서 등을 돌렸다.

그날 하굣길에 '옹달샘' 집 앞을 지나가면서 문득 걸음을 멈춘 것부터가 잘못이었다.

정말로 가벼운 마음이었다.

배우들은 아직 연습이 남았지만 무대 뒤에서 일하는 스태프는 먼저 돌아가도 괜찮았다. 가장 크고 중요한 로쿠메이칸의 세트를 짓고 있었던 탓에 학교를 나설 때는 이미 주변이 어두워지고 밤이 다가오고 있었다. 조금만 기다리면 미소노도 연습이 끝나 같이 돌아갈 수 있었지만 나는 도망치듯 먼저 학교를 빠져나왔다.

주택가의 밤길에는 지나다니는 사람이 없었다. 거의 모든 집에 불이 켜져 있었다. '옹달샘' 아주머니의 집도 마당으로 난 거실 창문의 커튼 사이로 노란 불빛이 새어 나오고 있었다. 스크린이 된 잔디 마당에 떠오른 희미한 그림자가 조금씩 흔들렸다.

이제는 입김이 하얗게 뿜어지는 그런 계절이 되었다는 것을 새삼스레 깨달았다.

가벼운 장난이었으니 꺼림칙한 마음조차 희미했다. 묘하게 현실감이 없어 그렇게 두근거리지도 않았다. 주문 같다고 생각했다. 실제로 무슨 일이 일어날 거라고 믿지 않았다. 이렇게 한다고 해도 아무 일도 일어나지 않을 것이다.

손에 닿은 수도꼭지가 차가웠다.

잠깐 손을 대었다가 가만히 움직임을 멈추고 있는데 거짓말처럼 집 안에서 큰 소리로 개가 짖었다.

개가.

불현듯 뜨거운 것이 차올라 감정을 제어할 수 없었다. 누군가에게 등을 떠밀린 것처럼 마지막 선을 넘어 버렸다. 팔이 움직였다. 돌린 수도꼭지에서 떨어지는 가느다란 물이 땅을 향해 '쪼르르' 하고 작고 떨리는 듯한 소리를 내며 흐르기 시작했다.

물이 내 발 언저리까지 흘러 신발을 적셨다.

어깨가 기분 나쁜 힘에서 해방된 것처럼 온몸에서 큰 한숨이 새어 나왔다.

미소노에게 지고 나서 며칠 동안 계속 어디에도 드러내지 못했던 씁쓸함이 그 행동으로 갑자기 편해졌다. 처음에만 작은 소리를 낸 물은 이제 조용하고 가늘게 흐를 뿐이었다.

나는 그대로 자전거에 올라타 필사적으로 페달을 밟았다.

저지르고 나니 문득 누군가 전부 봤을 것만 같았다. 수도까지는 굉장히 신중하게 다가갔지만 어딘가 홀린 듯 수도꼭지에 손을 대자마자 주위를 둘러보는 것을 잊어버렸다. 연습을 마친 미소노가 돌아가는 시간이 아닐까? 미소노나 다른 부원들이 봤으면 어떡하지? 그제야 불안감이 몰려왔다. 만약 미소노가 봤다면. 미소노는 내 진의를 단숨에 눈치챌 것이다. 우리는 그 길에 흐르는 물이 위험하다는 얘기도 했었다.

물이 얼어붙을 리 없다.

지나다니는 사람이나 그 집 아주머니가 보고 물을 잠글지도 모른다.

들킬 리 없다.

물이 얼어서 내 생각대로 된다고 해도, 괜찮다. 들킬 리 없다.

물이 얼 것이라는 생각에 한 짓이 아니다.

여러 가지 가능성이 몸속 깊은 곳에서 모락모락 솟아올랐다. 내 안에서 가장 우선순위가 높고 진심이라고 부를 만한 것이 무엇인지 알 수 없었다. 어떤 가능성도 아직 빠져나갈 길은 있었고 나는 그 길을 선택할 수 있는 위치에 있다.

등 뒤로 개가 짖고 있다. 경계하는 듯한 그 소리가 점점 멀어졌다. 그 소리는 내 심장 소리와 쉬지 않고 겨울 길을 내달리는 내 숨결에 파묻혀 이제 들리지 않았다.

누가 내 뒤를 계속 쳐다보는 느낌이 들었다. 뒤를 돌아보고 싶었지만 두려움에 할 수 없었다. 기분 탓인지 아무리 마음을 굳게 먹으려고 해도 마음은 편해지지 않았다.

다음 날 아침. 미소노 나쓰는 가파른 언덕길에서 엄청나게 가속도가 붙은 자전거를 제어하지 못하고 그대로 미끄러져 아래쪽 도로를 달리던 자동차에 치여 사망했다.

학교에 갔더니 난리가 나 있었다. 나는 그날 그 언덕길을 피해 큰길로 등교했던 탓에 학교에 도착하기 전까지 그 사실을 몰랐다.

"아라시, 큰일 났어."

"미소노가 교통사고를 당해서 병원으로 옮겨졌나 봐."

아침 연습이 있어 나보다 이른 시간에 집을 나선 미소노의 자전거가 '웅달샘'의 언덕에서 멈추지 않았다고 한다. 그리고 언덕 아래의 큰길로 갑자기 튀어나와 다가오던 자동차에 부딪혀 튕겨 나갔다고 한다.

자전거 브레이크에 문제가 있었을지도 모른다는 말이 있었지만 미소노의 자전거가 산산조각이 나 검증할 수 없었다.

미소노는 큰길로 미끄러지기 직전에 멈추기 위해 브레이크를 세게 당기며 달리는 자전거에서 몸을 옆으로 던졌던 모양이다. 몸 왼쪽에 언덕과 마찰한 흔적이 있었지만 이미 너무 늦었다.

미소노가 세상을 떠난 그날 아침 비로소 정신이 들었다. 이제 내게 준비된 도주로는 눈앞에 끝없이 잔혹하게 펼쳐져 있다는 것을 깨달았다.

미소노는 병원으로 이동하는 구급차 안에서 구급대원을 향해 헛소리처럼 몇 마디를 중얼거렸다고 한다. 그중 하나가 내 이름이었다.

"아라시, 도대체 왜…."

그게 미소노의 마지막 말이었다.

내 앞에 펼쳐진 도주로는 내 존재를 새까맣게 감추고, 가리고, 감쌌다.

미소노의 어머니가 죽기 직전 미소노가 남긴 말을 내게 전하며 그 의미를 궁금해했다. 나는 엄청난 혼란 속에서 모른다고 대답하는 것이 최선이었다.

"주인공 역할을 두고 싸웠으니까. 그래서인지도 몰라요."

대답이 단숨에 나오지 못하고 머뭇거렸다. 떨림과 함께 눈물이 멈추지 않았다. 미소노의 죽음을 애도하는 걸까, 아니면 예상밖의 사태에 당혹스러운 걸까. 그것도 아니면 단순히 무서워서 견딜 수 없기 때문일까? 목에서 넘쳐흐르는 울음소리의 이유를 나는 알지 못했다.

"아라시, 도대체 왜…."

수도꼭지를 여는 내 모습을 누군가 뒤에서 쳐다보고 있는 듯한 느낌. 등줄기가 서늘했다. 미소노는 알고 있었을까? 미끄러지는 자전거를 필사적으로 멈추려고 하면서 나를 떠올렸을까? 미소노의 어머니가 무릎 위의 앞치마를 꽉 움켜쥐었다.

미소노의 부모님이 운영하는 음식점에 나도 종종 놀러 갔었다. 활기차게 소리 높여 인사하는 부모님을 자진해서 돕는 미소노의 모습도 자주 보았다. 잘난 척하지 않는 언행과 다른 사람에게 호감을 주는 미소노의 성격은 이 집에서 자랐기 때문이라고 수긍할 수 있었던 그런 집. 만화책을 보지 못하게 한다는 말이 믿기지 않을 정도로 서글서글하고 상냥한 미소노의 어머니.

고개 숙인 미소노 어머니의 앞치마에는 짙고 옅은 갈색의 얼룩이 많이 묻어있었다.

며칠이 지나고 '옹달샘'의 집을 찾아가자 아주머니가 알려 주었다. 미소노가 죽기 전날 밤, 밖을 향해 짖는 개가 신경 쓰여 창문을 열자 마침 그곳을 자전거를 탄 미소노가 지나가고 있었다고 했다.

"늦게까지 고생하는구나."

아주머니의 말에 미소노는 아니라며 웃었다고 했다. 평소와 달리 힘이 없어 보였다고도 했다.

"설마 그게 마지막이 되리라고는…."

아주머니는 그렇게 미소노의 죽음을 슬퍼하며 친구를 잃은 나를 안타깝게 바라보았다.

"그게 몇 시 정도였나요?"

나는 매달리는 심정으로 아주머니에게 물었다. 만약 내가 개 짖는 소리를 들었을 때와 비슷한 시간이라면. 내가 느낀 시선은 집 안의 개와 뒤에 있던 미소노의 시선이 아니었을까?

미소노는 분명 수도꼭지를 만지는 나를 봤다.

5

그곳에 나타난 그 애의 얼굴을 보고 심장이 쿵 울렸다.

설마설마하는 사이에 그 애가 점점 가까워졌다. 역 앞길 반대쪽에서 횡단보도를 건너 여기까지.

순간적으로 눈을 피했다. 진짜 그 애라면 도망쳐 모습을 숨기고 싶었다. 하지만 이제 와 내달리면 부자연스러울 정도로 그 애의 모습은 이미 바짝 다가와 있었다.

교복을 괜히 입고 왔다.

위가 꽉 조이는 느낌이다. 지난 두 달 동안 제대로 먹지 못한 탓에 몸에 밴 익숙한 고통이 다시 느껴졌다.

빨리 지나가길 바랐다. 시선을 떨구고 발끝만 쳐다보았다. 저 애는 나를 못 알아볼지도 모른다. 이 교복이 자기 학교 교복이라고 쳐다보지만 않는다면. 코트 사이로 보이는 교복 치마의 체크무늬가 원망스러웠다.

"아라시 미사?"

걸음을 멈춘 그 애가 말을 걸어왔을 때 다시 심장이 크게 뛰었다. 이런 모습을 보이고 싶지는 않은데. 그런 초조한 감정이 대부분을 차지했지만, 그보다 그 애가 나를 알고 있었다는 놀라움이 훨씬 컸다.

고개를 들자 그 애의 얼굴이 바로 가까이에 있다.

친하지도 않고 얘기를 나눈 적도 없다. 하지만 그 애가 같은 반 친구들이나 동아리 친구들과 이야기하는 모습은 몇 번이고 그야말로 끈질길 정도로 눈으로 좇았었다.

기억하는 걸까?

"맞는…데."

어떻게 대답해야 할지 몰라 경계 태세로 퉁명스러운 말투가 나왔다. 평소 내 버릇이 그래서 어쩔 수 없다.

그 애는 관심 없는 것처럼 실눈을 뜨고 관찰하듯 나를 바라보았다. 그럴 거면 부르지를 말지, 그런 생각을 하는데 그 애가 깜짝 놀랄 만한 말을 했다.

"츠나구에게 의뢰했어?"

"으응?"

"놀랐겠지만 학교에서의 나는 잠시 잊어 줄래?"

한숨을 내쉰 그 애가 체념한 듯 단숨에 말했다.

"내가 바로 사자 츠나구야. 살아있는 사람과 세상을 떠난 사람을 만나게 해 주는 창구."

분명 나를 놀리는 것이다. 너무 놀라 소리도 나오지 않았다.

"아니, 그러니까."

한참이 지난 뒤에야 겨우 대답이 목을 비집고 나왔다.

"너, 시부야 아유미 맞지? 우리 학교에 다니잖아."

"맞아."

아유미는 무뚝뚝하게 대답하고는 다시 한숨을 내쉬었다. 내 등 뒤의 하늘을 비스듬한 시선으로 올려다보더니 다시 내게로 시선을 돌렸다.

"따라와. 여기는 너무 눈에 띄어."

그리고 나를 어디론가 안내했다.

"그 코트 준야 와타나베의 디자인이지?"

아유미를 따라 도착한 이름 모를 병원의 정원에서 어색한 분위기가 싫어 생각나는 대로 물었다.

공기가 찬 2월에 왜 이런 야외에서 대화해야 하는지 의문이 들었다. 도중에 지나온 식당에서 얘기하면 안 되냐고 물었지만 아유미는 "미안, 여기로 정해져 있어서."라고 말했다. 그리고 잠깐 기다리라고 하더니 식당의 셀프서비스 코너로 차를 가지러 가 버렸다.

돌아와 건넨 종이컵에서 올라오는 김이 유난히 하얗게 보였다. 아직 뜨거워 보이는 차를 한 모금 마신 아유미가 나를 쳐다보았다. 나를 벤치에 앉게 하고 자기는 서 있었다.

"맞아, 준야 와타나베 코트인데 용케 알았네."

"응. 근데 나, 꼼데가르송은 가와쿠보 레이가 디자인할 때가 더 좋았어."

"흐음."

아유미는 살짝 놀란 눈치였지만 작게 소리를 내며 눈을 내리깔았다. 그리고 종이컵의 차를 식히려는 듯 후후 바람을 불었다. 내가 든 종이컵도 너무 뜨거워 입을 대고 싶은 마음이 생기지 않았다.

"그나저나 네가 츠나구라니, 어떻게 된 거야?"

여기에 오기까지 계속 참고 있던 질문이었다.

역시 사기를 당했나? 전화로 의뢰를 했을 때는 상냥한 목소리의 할머니가 받았다. 그 목소리를 듣고 이런 중개 역할은 역시 할머니가 제격이라고 생각했다. 그런데 같은 학교의 남학생이라니!

아유미의 얼굴이 불쾌한 듯 굳어졌다. 저런 표정도 좋다며 미소노가 요란을 떨었던 얼굴이다.

"조건이 있는데, 괜찮아?"

"조건?"

"츠나구에게 의뢰할지 아니면 하지 않을지. 만약 의뢰한다면 나도 평소처럼 규칙에 따라 책임감을 갖고 일을 맡을 거야. 하지만 그 이상 나에 대해서는 아무것도 묻지 말아 줘. 만약 그게 궁금하다면 의뢰는 받을 수 없어."

"그럼, 의뢰하지 않고 너에 관해 물어보면 알려 줄 거야?"

아유미가 입을 다물었다. 내가 반문할 것이라고는 생각 못 한 눈치다.

"그래도 역시 말하고 싶지 않은데."

이윽고 무미건조한 목소리가 들렸다.

"그보다 의뢰는 안 해도 괜찮아? 여기까지 오는 데 시간과 노력이 꽤 들었을 텐데. 어떻게 할래?"

맞는 말이었다. 하지만 그렇기에 이 자리에 아는 사람이 나올 줄은 전혀 몰랐다. 전부 미소노가 꾸민 연극이 아닐까? 순간 진심으로 그렇게 생각했다. 미소노는 더 이상 이 세상에 없는데.

츠나구에 대한 정보는 인터넷에서 사소한 것까지 하나하나 수집해 진위를 가려냈다.

미소노가 좋아하던 이야기다. 미소노가 전에 얘기한 망자와 만나게 해 주는 특수한 사람들. '使者(사자)'라고 쓰고 '츠나구'라고 읽는다는 것, 그들을 만나기 위해서는 특정한 번호로 전화를 걸어야 한다는 것. 그렇게 가려낸 진짜 정보가 지금 내 손안에 있다.

조사하면서 츠나구는 그 존재를 진심으로 믿는 사람이 아니면 도저히 도달할 수 없는 여정이라는 것과 츠나구를 믿고 진지하게 인내심을 가지면 나 같은 여고생도 찾아낼 수 있다는 것을 실감했다.

내게 츠나구의 존재를 처음 알려 준 미소노는 얼마나 진심이고 어느 정도 흥미가 있었을까? 책과 영화를 좋아하고 무서운 이야기나 도시 괴담도 누구보다 많이 알고 있었다. 미소노는 많은 것들을 알고 있었다.

"아라시, 그거 알아?"

입버릇처럼 한 박자 쉬고 이어지는 다양한 이야기들. 연극부 모두가 귀를 쫑긋 세우고 들었지만 나 말고 다른 부원들이 츠나구를 믿었는지는 모르겠다. 다만 평소에 들어 보지 못했을 츠나구의 존재를 미소노가 친구들 앞에서 말해 버렸다는 게 문제였다. 미소노와 내 주변에도 츠나구를 아는 아이들이 이렇게나 많았다.

"의뢰받으면 책임지고 처리할 거야. 지금 말하기도 새삼스럽지만 츠나구는 정말로 존재하니까."

나는 다시 아유미의 얼굴을 쳐다보았다. 미소노는 결국 가까이에서 마주 볼 수도 말도 나눌 수 없었던 시부야 아유미다.

"네가 그렇다는 거야?"

"맞아. 자주 의심받거든. 반신반의하면서 의뢰하러 온 사람들이 정말이냐고 따진 적도 있어."

무심코 혼잣말처럼 중얼거린 아유미가 표정을 가다듬었다.

"네가 나와서 나도 깜짝 놀랐어. 아는 사람이 온다고는 생각지 못했으니까."

"네 친구는 이 사실을 알고 있어?"

"글쎄. 근데 말해도 아마 안 믿을 거야."

예상치 못하게 아유미가 뾰로통한 아이 같은 얼굴로 고개를 저었다. 나는 대화를 하면서도 아유미에게 '아는 사람'이라고 불렀다는 것에 동요했다. 미소노와 나는 이 애의 시야에 있던 사람이었을까? '아는 사람'이라고 불렀다는 것을 미소노에게도 알려주고 싶었지만 그럴 수 없다는 사실이 견디기 힘들었다. 나는 이미 미소노와 그런 식으로 말할 수 있는 자격이나 기회를 모두 잃어버렸다.

"죽은 사람과 만날 수 있다는 게 사실이야?"

"단 한 사람뿐이라면."

마음을 굳히고 질문하자 아유미가 고개를 끄덕였다.

"츠나구에 대해서는 조사하고 왔지?"

"대충은 알아. 만날 수 있는 기회가 한 번뿐이라는 것, 그리고 그건 망자에게도 마찬가지라는 사실까지."

미소노의 말이 사실이었다. 츠나구를 통해 만날 수 있는 것은 망자 또한 한 사람뿐이다. 지명을 받아 의뢰를 수락하면 나중에 다른 누군가로부터 의뢰가 있어도 받아들일 수 없다.

"망자가 수락하지 않을 때도 있는 거지?"

"그럴 가능성도 있어."

종이컵을 쥔 손가락에 자연스럽게 힘이 들어갔다.

"그 사람이 이미 다른 누군가와 만났는지 확인할 수 있어?"

"정식으로 의뢰하면 답변해 줄 수 있지만 지금 단계에서는 규칙상 대답할 수 없어."

"그렇구나."

"만나고 싶은 상대는 정했어?"

아유미가 내 대답을 모를 것 같지 않았다. 하지만 아까부터 아유미가 말하는 '규칙' 때문에 말할 자유가 없는 것일지도 모른다.

"미소노 나쓰."

내 답변에 눈썹 하나 깜빡이지 않는 아유미가 매우 원망스러웠다. 미소노를 모르는 거야? 미소노는 너를 좋아했는데.

"12월에 등교하다 사고로 세상을 떠난 미소노 나쓰. 나랑 같은 연극부. 그 사고 알고 있지?"

돌이킬 수 없는 일 위에 또다시 돌이킬 수 없는 일을 덧칠한다는 자각은 있었다. 하지만 이성이 따라오지 못할 정도로 정신없이 여기까지 오고 말았다.

"만나고 싶은 이유는?"

"단짝 친구니까."

목소리가 커졌다.

'새삼스레 물을 필요는 없잖아. 나와 미소노가 얼마나 친했는지, 우리를 봐왔다면 알잖아!'

진심으로 그렇게 생각했지만 내 불순한 이유가 간파당하기라도 한 듯 격한 분노가 가슴에 차올랐다.

"만날 수 있다면 다시 한번 만나 제대로 이별을 말하고 싶어. 그런 식으로 갑자기 헤어지는 게 아니라. 단짝 친구니까 당연하잖아?"

감정 없이 입을 다문 채 가만히 나를 바라보던 아유미가 고개를 끄덕이며 내 말을 가로막듯 쌀쌀맞게 대답했다.

"알았어."

"아라시, 도대체 왜…."

미소노가 한 마지막 이 말의 의미를 모르겠다. 묻고 싶어도 미소노는 이미 세상을 떠났다. 원래는 누구에게나 동등하게 그것을 물을 기회는 없을 것이다. 원래라면.

하지만 딱 하나, 우리에게는 가능성이 남았다.

미소노가 츠나구를 통해 누군가를 만난다면 아마 그 애는 분명 말할 것이다.

그날 밤, 수도꼭지 앞에서 내 모습을 봤다는 것을.

그 언덕길에 물이 흐르면 위험하다고 나와 얘기했던 것을.

생각만 해도 불안해서 가슴이 터질 것 같았다. 네가 미소노를 죽였다며 꿈속에서 부원들과 미소노의 어머니가 나를 향해 덤벼들어 비명을 지르며 잠에서 깬 밤도 있었다.

미소노가 나보다 먼저 누군가와 만나면 안 된다.

싸우고 멀어진 사이. 사실은 세상에서 만나기 가장 거북한 친구와 만날 자격이 나에게 있다고 생각지 않는다. 하지만 이 방법 말고는 없다.

미소노의 '한 번'을 내가 빼앗는 수밖에. 그 기회를 내가 망가뜨려야 한다.

6

"아라시, 열심히 하는구나."

뒤에서 들리는 아사쿠라 선배의 목소리에 고개를 돌렸다.

지난달부터 선배가 연습을 봐 주러 오는 횟수가 압도적으로 늘었다. 나와 미소노를 아끼던 선배였기에 그 이유는 생각하지 않아도 알고 있다.

나는 저번 주부터 아사코의 드레스를 입었다. 미소노에게는 짧았던 의상이 내게는 약간 길어 허리 부분을 묶었다.

지금 연습실에서는 서로 다른 장면을 연습하고 있다. 제3막의 시작. 모든 편에서 등장하는 아사코가 드물게 등장하지 않는 장면이다. 대사를 잊어버리고 정확한 단어가 나오지 않는 배우들에게 주의를 주는 선생님의 목소리가 들렸다.

그 모습을 보던 내 옆으로 아사쿠라 선배가 다가왔다.

"대사가 완벽하더라. 다른 애들이 안타까울 정도로 너무 잘했어. 집에서도 연습하지?"

"왠지 진정할 수가 없어서요."

고개를 떨구며 대답했다.

"혼자 있으면 자꾸 이런저런 생각이 나요."

"그렇겠지."

나는 대답할 수 없었다. 입을 꾹 다물고 있자 고개를 끄덕인 선배가 더 이상 아무것도 묻지 않았다.

처음에는 주인공을 잃었으니 〈로쿠메이칸〉을 중지하자는 말도 나왔다. 바라고 바라던 역할이었지만 나 역시 중지해도 상관없었다. 의욕이 사라져 동아리 활동을 계속할 수 있을지, 그 열의가 아직 내 안에 있는지 없는지조차 알 수 없었다.

누군가 '추모 공연'이라고 표현했다.

수많은 눈물과 미소노를 그리워하는 목소리가 그 단어로 수렴되는 것 같았다. 미소노의 죽음을 애도하기 때문에 더욱더 중지가 아닌 추모 공연을 거행해야 한다. 그것이야말로 미소노의 뜻이 아닐까? 공연은 중지가 아니라 연기하기로 결정되어 3월의 졸업식이 끝나고 상연하기로 했다.

아사코의 대사라면 나는 1학년 때부터 외우고 있었다. 늘 눈으로 대본을 좇으며 동경했다. 미소노의 제일 친한 친구니까 주인공을 연기할 사람은 아라시밖에 없어. 그렇게 나를 치켜세우는 목소리를 물론 거절할 수는 있었다. 그러나 지금 무대에 오르는 것은 온전히 나의 바람이다. 더 이상 도망칠 수 없다.

잠시 후 선배가 말했다.

"미소노도 기뻐하지 않을까? 미소노는 아라시가 칭찬받으면 마치 자기 일처럼 기뻐했잖아."

"그렇지 않을 거예요."

그렇게 대답하는 내 마음이 복잡했다.

무대 앞에서 선생님이 손을 들어 배우들의 연기를 멈췄다. 왜 그렇게 하는 거야? 묘하게 멀게 느껴지는 그 목소리가 몸속에서 메아리쳤다.

선배가 내 얼굴을 의아하게 보고 있었다. 입고 있던 드레스 소매 사이로 나온 싸구려 레이스가 손목에 닿아 따끔거렸다. 제3막 이후는 서양 드레스지만, 제1막과 제2막에서 입는 기모노는 아사쿠라 선배와 미소노 모두 본인 기모노였다. 각자 부모님께 빌린 기모노. 그런데 지금 내가 입은 의상은 미소노가 입었던 연보랏빛 기모노다.

"혹시 괜찮으면 이 기모노 입어 주겠니?"

미소노의 장례식을 마치고 얼마 후 미소노의 부모님이 학교를 찾아왔다. 연극부 연습을 지켜보던 미소노 어머니가 참기 어려운 듯 계속해서 눈을 깜빡이다가 미소노 아버지의 팔에 기대 눈물을 흘리며 빨개진 눈으로 나를 바라보았다.

미소노 어머니는 미소노가 집에서 가져온 연보랏빛 기모노를 내밀며 말했다.

"주인공이 됐다는 말을 듣고 너무 기뻐서 빌렸단다. 아라시 네가 대신 입어 준다면 그 애도 분명 기뻐할 거야."

그리고 미소노 어머니가 알려 주었다.

자신이 미소노에게 주인공을 해 보라고 권유했다는 것을. 꿈은 크게 가져야 한다며 주인공이 되면 엄마 아빠도 가게를 쉬고 무대를 보러 간다고 했다는 것을.

"불가능해, 아라시와 라이벌이 되잖아."

그렇게 말하며 고개를 젓는 딸에게 "좋은 친구는 좋은 라이벌이기도 하단다."라며 설득했다고 했다. 그리고 하지 않고 후회하는 것보다 일단 하고 후회하는 것이 좋다며 늘 하던 말도 덧붙였다고 했다.

"너희 둘 사이를 나쁘게 만들어서 미안하구나."

미소노 어머니가 흐느끼며 내 손을 잡았다.

연습실 구석에 놓인 아름다운 연보랏빛 기모노를 똑바로 바라볼 수 없었다.

"미소노는 아마도 제가 아사코를 연기하는 걸 바라지 않을 거예요."

내가 한 말에 가슴이 무너질 것처럼 아팠다.

"그렇지 않아."

선배가 나를 위로했다. 그 상냥한 목소리에 기대고 싶었다. 이토록 이기적인 내가 싫어서 눈물이 나올 것 같았다.

"오디션을 보기 전에 미소노가 하는 말을 들었어요. 자기한테는 절대 못 이긴다며 웃으면서 즐거운 듯 말했어요. 그리고 듣고 있는 애들도 맞다면서 웃었어요. 우리는 친한 친구가 아니에요. 저는 미소노와 달리 인맥도 굉장히 좁아요. 이기적인 데다 버릇도 없으니까."

앞만 보고 말하는 나를 쳐다보는 선배의 당황스러운 시선이 느껴졌다.

그렇게까지 말할 생각은 없었는데 내가 상당히 약해졌다는 것을 자각했다. 하지만 모두의 앞에서 하지 않은 말, 절대로 할 수 없는 말이 아직도 많다. 내가 그 아이에게 무슨 짓을 했는지. 미소노를 어떻게 생각하고 있었는지.

그게 알려지면 내가 어떻게 될지 나조차도 알 수 없었다.

7

미소노는 나를 만날 이유가 없다고 생각했다.

의뢰를 받았어도 미소노는 나와 만나고 싶지 않을 테고 만날 필요도 없다. 도저히 방법을 몰라 츠나구에게 의뢰했지만 거절을 각오하고 있었다. 미소노는 나를 만나 주지 않을 것이라고.

처음 만난 날 알려 준 내 핸드폰으로 아유미가 연락을 해 왔다. 핸드폰 번호가 아니라 일반 전화번호였다. 지난번 만났을 때도 일방적으로 내 번호를 알려 주었을 뿐이다. 이건 친구가 된 것이 아니라 어디까지나 자신은 시부야 아유미가 아닌 츠나구라고 선을 긋고 있다는 느낌이 들었다.

"미소노가 만난다고 했어."

같은 학년 친구끼리 하는 스스럼없는 말투였다. 나는 아유미의 답변을 듣고 아무 말도 나오지 않았다. 아유미가 계속 말했다.

"장소는 시나가와에 있는 호텔. 일정은 다음 보름달이 뜨는 밤. 나중에 구체적인 장소를 알려 줄게. 6시에 호텔 로비에서 만나."

"미소노와 만났어?"

전화기 너머로 이번에는 아유미가 숨을 삼키는 기척이 났다. 잠시 후 짧은 대답이 돌아왔다.

"응, 만났어."

정신이 멍해지는 것 같아 눈을 감았다. 내가 무엇을 하려고 하는지, 미소노와 만날 자격이 있는지, 비난을 듣고 미움받을 준비가 되어 있는지 모르겠다. 막상 기회가 주어지자 긴장해 버렸다.

내가 유령을 조금도 무서워하지 않는다는 사실을 호텔로 향하는 지하철 안에서 깨달았다. 물론 망자와 만나게 해 주는 츠나구가 아는 남자애이기 때문도 있지만, 지금은 유령보다 어디까지나 살아있는 몸을 가진 미소노가 더 무서웠다.

사실은 도망치고 싶었다. 미소노는 나를 어떻게 생각하고 있을까? 나를 만나 어떻게 할 작정일까? 생각만으로도 마음이 불편했다.

지난번 처음 만났을 때도 그랬지만, 우리가 사는 주택가는 도심과 떨어져 있어 아유미가 알려 준 장소까지 한 시간 정도 걸린다. 안타까운 이 여정이, 그저 단순한 장난이 아니라는 것을 알려 주고 있었다. 약속 장소가 멀리 떨어져 있으니 같은 학교의 학생들에게 발견되는, 그런 곤란한 일은 없을 것이다.

아유미와는 그 이후로 학교에서 몇 번 스치거나 종종 모습을 발견하기도 했지만, 아유미도 의식하고 있는지 눈조차 마주치지 않았다. 아유미가 알려 준 호텔은 오기 전에 홈페이지에서 확인한 대로 훌륭했다. 몇 년 전 부모님과 하와이 여행을 갔을 때 머물렀던 호텔과 약간 비슷했다.

먼저 와서 기다리고 있던 아유미가 내게 열쇠를 건넸다. 그리고 자신의 손목시계를 보았다.내가 약속 시간에 아슬아슬하게 도착한 탓이다. 시나가와역에 내려서도 갈까 말까 망설이며 몇 번이나 주변을 배회한 것을 들킨 것 같아 얼버무리는 듯 아유미에게 물었다.

"미소노는 벌써 왔어?"

아유미가 고개를 끄덕였다.

"7층, 707호실이야. 엘리베이터로 7층까지는 같이…."

"혼자 갈 수 있어."

미소노와 둘이 만나는 곳에 다른 사람을 들이고 싶지 않았다. 이유미와 어깨를 나란히 하고 걷는 것이 미소노에 대한 배신처럼 느껴졌다.

아유미의 시선이 딱딱한 목소리로 대답한 나를 향했다.

"그럼 마음대로 해."

잠시 말을 멈춘 아유미가 다시 말했다.

"면회 시간은 아침 해가 뜨기 전까지야. 나는 로비에서 기다리고 있을 테니 끝나면 내려와."

"응."

엘리베이터에 타서 7층 버튼을 눌렀지만 아직도 마음이 망설여졌다. 지금이라도 도망치고 싶었다. 만약 그러면 어떻게 될까? 로비로 돌아가면 아유미가 있다. 아유미에게 붙잡혀 혼나는 걸까?

아니면 미소노와 만난 척을 하고 아침까지 이 주변에서 시간을 보내면? 약속을 어기면, 그 '한 번'은 끝나는 걸까? 미소노의 기회를 내가 받은 걸까?

거의 먹지 못한 위의 고통과는 다른 아픔이 온몸을 관통했다.

미소노가 세상을 떠난 뒤, 그 고통은 언제나 가까이에 있었다. 어떻게 표현해야 할지 모르겠지만, 내 이미지 속에 그 고통은 완전히 검은색이었다. 새까맣게, 타이어나 고무를 태울 때 나오는 짙은 연기처럼 아른거리며 내 몸 주변을 빙글빙글 감쌌다. 내가 그 연기에 잡아먹힌 건지, 아니면 내 안에서 연기가 불어오는 건지, 경계가 모호했다.

7층에 도착해 융단이 깔린 복도를 걸어 미소노가 있는 방 앞에 멈춰 섰다.

아주 잠시나마 그 새까만 감정이 씻겨나간 듯 깨끗해지는 순간이 찾아왔다. 불현듯 각오를 다졌다.

미소노가 나를 어떻게 생각했는지 모른다. 하지만 미소노는 본인의 '한 번'을 내게 흔쾌히 내주었다. 하지 않고 후회하는 것보다 하고 후회하는 것이 낫다. 미소노와 미소노 어머니의 말이 최종적으로 내 결의를 굳혔다.

노크를 하고 카드키를 꽂았다. 문을 밀고 들어가려는 순간, 갑자기 안쪽에서 문이 열렸다.

깜짝 놀라 고개를 들었다. 상대도 놀란 표정으로 나를 보고 있었다.

입술을 깨물지 않으면 눈물이 넘쳐흐를 것만 같았다. 아무 말도 못 하는 내게 온화한 표정의 미소노가 말했다.

"아라시, 많이 야위었네."

8

어째서, 어째서, 어째서. 계속 그 생각만 떠올랐다.

어째서 그런 짓을 해 버렸을까?

어째서 츠나구에게 의뢰를 해 버렸을까?

어째서 장례식에서 미소노를 만날 수 없냐고 미소노 어머니에게 매달렸을까?

미소노의 육체가 사라지는 게 싫었고 타 버리는 걸 믿을 수 없었다. 그냥 그대로 두었으면 했다. 할아버지가 돌아가셨을 때, 관 속의 할아버지에게 마지막 인사를 하는 시간이 있었다. 주무시는 듯 두 눈을 감고 있었지만, 결정적으로 피부색이나 눈꺼풀의 주름이 살아있을 때와는 어딘가 달랐다. 할아버지가 너무 딱딱하고 차가워 깜짝 놀랐다. 그제야 할아버지는 이 세상에 없다고 마음을 접을 수 있었다.

미소노는 아직 살아있는 것이 아닐까? 나를 체념하게 할 무언가가 필요했다.

미소노 어머니는 나를 끌어안고 감정에 복받쳐 말했다.

"미안해, 미안하다."

그건 내가 해야 할 말인데 미소노 어머니가 내게 했다.

"미소노는 이제 만날 수 없어. 미안해, 아라시."

그때 나는 미소노 어머니의 슬픔과 눈물이 전염된 것처럼 끊임없이 울었다. 열이 났을 때처럼 정신없이.

자동차에 치인 미소노의 몸은 어떻게 되었을까? 머리에서 피를 흘렸다던데 지면에 얼마나 강하게 부딪혔던 걸까? 사고로 미소노의 머리와 얼굴, 몸의 형체가 어떻게 되었을지 생각하니 떨림이 멈추지 않았다. 미소노 어머니는 내게 미소노의 마지막 모습을 보여 주지 않았다.

하지만, 지금.

호텔의 밝은 조명 아래 미소를 짓고 있는 미소노의 얼굴은 예전과 변함이 없었다.

그렇게 다투고 거리를 두기 전, 가장 사이가 좋았을 때와 똑같이 빛나고 있었다.

"츠나구가 아유미라니, 깜짝 놀랐어!"

미소노는 교복을 입고 있었다. 나를 방 안으로 안내하며 아유미의 이름을 꺼냈다. 옆을 지나갔다, 우유 향기가 난다, 멋있다, 그렇게 재잘거리던 때와 전혀 다를 것이 없는 말투였다.

"얼마나 흥분했다고. 신기하지? 이렇게 된 건 속상하지만 지금이라도 대화할 기회가 있다니. 얼굴을 마주하고 얘기해 보니 다른 남자애들과 대화하는 것보다 어른스럽지 않아? 아라시, 아유미와 전화번호는 교환했어?"

"…했어."

무심코 나온 대답에 당황하여 말을 덧붙였다.

"하지만 내 번호만 알려 주었을 뿐 나는 아유미의 연락처를 몰라."

"그렇구나. 그래도 부러워."

"아유미랑 이야기했어?"

무슨 얘기를 했을까?

입을 막기 위해 미소노의 '한 번'을 원했는데, 미소노가 아유미에게 말해 버리면 끝이다. 오늘까지 그 가능성은 떠올리지 못했다. 초조한 내 맘도 모르고 미소노는 희미하게 웃으며 대답했다.

“조금.”

미소노의 기뻐 보이는 표정에 맥이 풀렸다. 자신이 죽었다는 사실조차 알지 못한다는 생각에 견딜 수 없었다.

자전거를 타다 미끄러져 달린 후, 자동차와 부딪히기까지 얼마나 걸렸을까? 아마 순식간 아니었을까? 그 뒤로 미소노는 지금까지의 시간을 어떻게 인식하고 있을까? 어쩌면 미소노는 자신이 죽었다는 사실도 츠나구인 아유미에게 들은 게 아닐까? 만약 그랬다면 그것보다 잔혹한 일은 없을 것이다.

어째서?

목소리가 떨렸다.

옅은 미소를 짓던 미소노의 얼굴이 진지한 표정으로 돌아왔다. 그 눈빛은 처음에 문을 열며 내게 야위었다고 말했을 때와 같았다.

“미소노, 구급차에 실려 갈 때 내 이름을 불렀다면서. ‘아라시, 도대체 왜…’라고. 기억나?”

“그래서 만나러 온 거야? 잘 기억은 안 나지만, 아마 그랬을 거야. 우리 사이가 틀어진 이후로 나는 항상 너만 생각하고 있었으니까. 화해하고 싶었거든.”

나는 아무 말 없이 숨도 쉬지 못한 채, 미소노의 얼굴을 바라보았다. 그 얼굴에 어떤 감정이 담겨 있을지 너무나 무서웠다. 하지만 그 말을 들었을 때 이미 눈치채고 있었다. 미소노는 내가 한 일을 모르고 있다. 아마 그날 '옹달샘'의 아주머니와 만났을 때조차 물이 샌다는 것을 눈치채지 못했을 것이다. 멀리 도망가는 내 뒷모습을 보지 못한 것이다.

미소노는 내 경솔한 살의를 전혀 모른다. 지금도 분명 생각지도 못할 것이다.

여기까지 오는 동안 굳게 다졌던 결의가 마치 골탕을 먹이듯 허공으로 떠올랐다.

그래도 나는 여전히 미소노의 얼굴에서 눈을 뗄 수 없었다. 미안하다는 말이 나올 뻔했다. 갑자기 모든 것을 털어놓고 싶은 마음이 복받쳤다. 황급히 말을 삼켰다. 이제 와서 사과하는 것이 얼마나 염치없는 짓인가.

고백할 타이밍을 놓친 내 마음, 이제껏 가슴속에 담아 두었던 사정을 지금 여기에서 말한다는 것은 미소노를 위해서가 아니다. 나 스스로가 편해지고 싶은 거다.

내 고백이 미소노의 어깨에 엄청나게 무거운 짐을 지우고 더 큰 슬픔과 절망을 안겨 줄 것이다.

"왜 나를 만나기로 한 거야?"

내 의뢰를 수락한 이유가 무엇인지. 미소노가 고개를 저었다.

"그건 내가 할 말이야. 아유미도 네가 츠나구를 찾기 힘들었을 거라고 말하더라고. 나와 만나려고 그렇게까지 필사적으로 노력할 사람은 아라시 너밖에 없어."

"그렇지 않아."

"동아리 활동 시간에 츠나구 이야기를 했지만 실제로 찾으려고 마음먹은 사람은 너뿐이잖아. 당연히 우리 엄마, 아빠도 츠나구의 존재는 모를 거고. 그러면 너와 만나야지. 부탁할 것도 있고."

"부탁?"

"응."

미소노가 부끄럽다는 듯 슬쩍 웃었다.

"내 만화책 말이야, 네가 정리해 줄 수 있을까?"

미소노의 입에서 나오는 만화책이라는 단어에 나는 멍해지고 말았다.

"미안. 하지만 평생의 소원이야!"

그렇게 말하며 미소노는 손을 모아 부탁하는 자세를 취했다.

"내 방 벽장의 위쪽 공간에 부모님 몰래 숨긴 컬렉션이 엄청 많거든. 보이즈 러브 만화나 잡지 같은 것들. 부모님이 보면 큰일 나는 것도 있어. 발견하기 전에 어떻게든 치우려고 했는데 설마 이렇게 갑자기 죽을지는 상상도 못 했어. 왜, 우리 집은 기본적으로 만화책 사는 것도 금지였잖아. 엄마가 그런 높은 수위의 만화책을 보면 깜짝 놀랄 거야. 부모님에게 들키기 전에 아라시 네가 무슨 방법을 써서라도 처분해 주지 않을래? 이런 부탁은 너에게밖에 못 해."

"부탁이란 게 겨우 그거야?"

"겨우 그거라니! 나한테는 정말 중요한 거야."

욕먹고 비난당할 각오로 철저하게 끝까지 이야기할 생각으로 미소노를 찾아왔는데. 아무 말 없이 우두커니 서 있는 나를 다독이는 듯 밝은 목소리로, 미소노가 뺨을 부풀리며 말했다.

"정말 부탁해, 아라시."

만약 이게 연기라면 미소노는 엄청난 배우다. 내가 오르지 못할 정도로.

미소노는 정말 아무것도 모른다. 내 안에 있던 그 거무칙칙한 감정의 소용돌이를 모르고 지금도 나를 친구라고 생각한다.

숨을 쉬기 어려울 정도로 가슴이 메어왔다. 괴로워서 너무 괴로워서 참으려고 했지만, 오열이 터져 나왔다. 난 울 자격도 없어. 더구나 세상을 떠나 버린 미소노를 무시하고 그럴 수는 없었다. 그래서는 안 되는데 눈물과 울음소리가 끝없이 흘러넘쳤다.

"미안해, 미소노."

아무리 말해도 부족하다. 채울 수 있을 리 없다.

"왜 그래. 무슨 일이야, 아라시."

당황스러운 듯 말하던 미소노도 결국 나보다 더 큰 소리로 울었다. 둘 다 울었다. 나는 사과했다. 이제는 그 방법밖에 없었다.

모두 털어놓을 수는 없었다. 참회하고 고백하는 행위는 가해자의 뻔뻔한 사고방식이다. 그저 미안하다는 말만 속절없이 반복했다. 나는 내가 한 짓을 누구에게도 말하지 않고 평생 끌어안고 살아야 한다. 후련한 마음으로 떠나려는 미소노의 발을 내 이기심이 붙잡는 것은 용서할 수 없다.

9

"아유미에게 전할 말 있냐고 한마디만 물어봐 줄래?"

나를 방에서 내보내며 미소노가 말했다.

"전할 말?"

"나한테?"

내가 되묻자 미소노가 자신을 가리켰다.

"만약 들으면 언젠가 알려 줘."

"알았어."

투명한 빛처럼 옅은 미소를 지은 미소노가 손을 흔들었다.

"내가 사라지는 모습을 보이고 싶지 않아."

미소노의 말을 듣고 몸이 굳었다. 너무 문질러서 따끔거리는 눈꺼풀에 닦아도 닦아도 계속 차오르는 눈물이 또다시 번졌다.

"이대로 함께 도망갈 순 없는 거야?"

내가 물었다. 미소노의 모습은 살아있을 때와 아무것도 달라진 것이 없었다.

"그래도 아침이 오면 나는 사라지나 봐."

미소노가 웃으며 대답했다.

"언젠가 다시 만나."

미소노는 마지막에 그렇게 말했다.

아유미는 로비의 소파에 앉아 있었다. 책을 읽고 있다가 가까이에 다가온 나를 보고 고개를 들었다. 조금 놀란 모양이었다. 손목시계를 보며 일어선 아유미가 물었다.

"아직 시간이 남았잖아?"

"사라지는 모습을 보여 주고 싶지 않대."

그렇게 말하는데 다시 코가 시큰거리고 눈가가 촉촉해졌다. 아까 너무 울었던 탓에 아주 사소한 것에도 바로 눈물이 나왔다. 나는 얼버무리는 듯 시선을 피하며 물었다.

"미소노가 전할 말이 있는지 물어봐 달래. 언젠가 만나면 얘기해 준다고 약속했어."

아유미의 눈에 작은 빛이 떠올랐다. 준비하고 기다렸다는 듯, 이해한다는 듯한 그런 눈빛. 내가 그 이유를 생각하기도 전에 아유미가 대답했다.

"'길은 얼지 않았어'라고 미소노가 그렇게 전해 달래."

여태껏 참아온 눈물이 주르륵 흘렀다.

"아."

혀가 굳은 듯 그 짧은 소리를 내기까지 시간이 걸렸다.

날카로운 바늘에 찔린 고통처럼, 그 목소리의 울림은 점차 선명해졌다.

아유미의 표정에는 아무런 변화가 없었다.

이것은 아유미가 미소노에게 전하는 말이 아닌, 미소노가 아유미에게 맡긴 말이다.

이제 도망칠 곳이 없다는 심정으로 아유미의 목소리를 들었다. 아유미는 말을 대신 전하는 것일 뿐 의미는 모른다. 나의 격한 반응에 아유미는 의아하다는 표정을 지었지만, 태연하게 가만히 서 있었다.

"미소노에게 부탁받았어. 오늘 면회가 끝난 다음, 아라시가 '전할 말'에 관해 물어보면 대신 대답해 달라고. 만약 아라시가 아무것도 묻지 않으면 그냥 잊어 달라고 하면서."

아라시? 입 모양으로 그렇게 보였을 뿐 아유미가 나를 부르는 소리가 멀어서 들리지 않는 듯 선명하지 않다. 무릎에서 힘이 빠져 무너져 내릴 뻔했다. 손으로 입을 가리고 앞으로 쓰러질 것 같은 나를 아유미가 잡아주었다. 아라시. 다시 아유미의 입이 움직였다.

눈가가 따끔거릴 정도로 눈을 크게 뜨고 있는데 마치 다른 사람의 일처럼 느껴졌다. 바로 되돌아 엘리베이터 쪽으로 뛰어가려는 나를 아유미의 손이 가로막았다.

이거 놔. 나는 아유미의 손을 뿌리쳤다.

이거 놔! 미소노를 다시 만나게 해 줘!

"아라시!"

아유미의 목소리가 귓가에 흩어졌다. 아까와는 다르게 바늘에 찔린 듯 몸이 움찔했다. 하지만 나는 다시 아유미의 손에서 벗어나기 위해 몸부림을 쳤다. 가늘다고 생각했던 손은 의외로 강한 힘으로 나를 막았다.

"미소노가 있는 곳에 가게 해 줘. 한 번만. 잠깐만이라도 좋으니까."

"그건 안 돼."

아유미가 곤혹스러운 목소리로 말했다. 여러 번 눈물을 닦은 뺨이 경련이 날 것처럼 아팠다.

"부탁이야, 제발!"

나는 울부짖었다.

"그럼 네가 가. 미소노와 함께 있어 줘. 아직 미소노가 그곳에 있다면 그 아이가 사라질 때까지 함께 있어 줘. 츠나구라면 괜찮지? 부탁이니 미소노가 있는 곳에, 제발 가 줘."

"길은 얼지 않았어."

미소노는 알고 있었다.

내가 악의를 품고 있었다는 것을. 그날 밤, 우발적으로 수도꼭지를 돌렸다는 것을.

미소노가 세상을 떠난 후, 나는 무거운 후회와 책임을 끌어안고 필사적으로 사고 정황을 물었다. 선생님에게, 담당 경찰관에게, '옹달샘'의 아주머니에게.

'그날 길에 물이 얼어있었기 때문에 미소노가 죽은 게 아닐까? 그 수도꼭지에서 물이 샜기 때문은 아닐까?'

물은 흐르지 않았고, 길도 얼지 않았다. 그게 대답이었다. 분명 그 사고의 원인은 브레이크 고장이지 물과 얼음은 전혀 관계가 없었다. 내가 틀어놓은 수도꼭지는 누가 잠가 놓은 듯했다. 아침에 물의 흔적은 전혀 없었다.

미소노의 사고는 불행한 우연이었다. 내가 악의를 품은 그곳에서 내가 그렇게 조작한 것처럼 미소노는 목숨을 잃었다.

그래서 더 무서웠다.

"아라시, 도대체 왜…."

그렇게 중얼거린 미소노가 만약 그날 밤 내 행동을 봤다면, 미소노는 나 때문에 자신이 죽었다고 생각했을 것이다. 죽음은 너무나 갑작스럽게 찾아왔고 언덕을 미끄러지던 미소노는 틀림없이 내게 살해당했다고 생각했을 것이다. 하지만 그것은 오해였다. 오해한 미소노가 츠나구를 통해 만나러 온 다른 누군가에게 그것을 말했다면…. 그렇기에 누구보다 먼저 미소노와 만나기 위해 나는 필사적이었다.

내게 우발적인 살의가 있었다고 미소노에게 인정하는 꼴이 됐다. 하지만 그래도 상관없다. 나는 오늘 오해를 풀고 싶어 미소노에게 해명하러 온 것이다.

하지만 곰곰이 생각해 보면, 수도꼭지를 돌린 나를 본 미소노가 그 수도꼭지를 잠그지 않았을 이유가 없다. 수도꼭지의 물은 누가 잠갔을까? '옹달샘'의 아주머니는 단호하게 물이 흐를 리 없다고 말했다. 자기가 잠갔다고도 누가 틀었다고도 말하지 않았다. 개가 짖는 소리에 밖으로 나온 아주머니와 미소노가 마주쳤을 때, 미소노는 도망가는 내 뒷모습과 흐르는 물을 보며 수도꼭지를 원래대로 잠그던 중이 아니었을까? 그렇지 않으면 내가 한 짓을 보고도 다음 날 아침, 평소처럼 그 내리막길을 달렸을 리가 없다. 미소노가 직접 수도를 잠그지 않았다면?

진실이 무엇인지는 모른다.

하지만 미소노는 확실하게 내가 한 짓을 알고 있다. 그런데도 나와 얼굴을 마주하고 대화하기를 거부한 것이다. 거북한 화제를 피하려고 제삼자에게 말을 전하는 형태로 남겼다.

나와 진지하게 마주하기를 포기한 것이다.

그걸 깨달은 내 마음은 이번에야말로 도망칠 곳을 잃었다.

미소노가 말한 벽장 속 책들은 분명 그곳에 없을 것이다. 그런 예감이 들었다. 만약 연기라면 엄청난 배우라고 생각했던 미소노의 자연스러운 몸짓은 이번에야말로 나를 감쪽같이 속였다. 미소노는 마지막에 서먹서먹한 시간을 보내는 것보다 아무 일도 없었다는 듯 행동하는 것을 선택했다. 홀가분한 마음으로 나와 더 이상은 엮이고 싶지 않았던 것이다.

머릿속에서 맞춰진 추론이 옳은지, 옳지 않은지는 알 수 없다.

이제 더 이상 어떤 방법도 없고 나는 미소노와 두 번 다시 만날 수 없다. 앞으로는 미소노와 얘기할 수 없다. 책임 회피라는 생각에 삼켜 버린 사죄는 미소노에게 가 닿을 수 없다.

마지막인 오늘까지, 우리는 정말 필요한 말은 하지 않고 영양가 없는 얘기들만 계속했다. 내가 말을 꺼내지 않는 바람에.

내 행동에는 미소노가 죽은 직접적인 요인은 없었다. 하지만 왜 미소노는 그 언덕 아래에서 목숨을 잃어야만 했을까? 우연과 필연은 과연 어디까지 이어진 걸까?

미소노 나쓰를 저주한 내 마음이 그 애를 죽인 게 아니라고 누가 단언할 수 있을까? 나는 떳떳하지 못했고, 그래서 죽은 후에도 그 애를 만나고 싶었다. 미소노도 나 때문에 죽었다고 생각하지 않을 수 있었을까?

나와 얘기할 마음이 없었던 미소노는 "길은 얼지 않았어."라는 짧은 사실만 남겼다. 나를 보고 있었는지, 물을 잠갔는지도 분명하지 않고, 어떤 기분으로 남겼는지도 그 말만으로는 알 수 없다.

내가 죽였다고 스스로를 몰아붙이는 내게, 사고의 원인은 내게 없었다고 오해를 풀기 위해 친절하게 남긴 전언일까?

아니면 역시, 내 추악한 감정이 자신을 죽였다고 규탄하는 전언이었을까?

어쩌면 자신의 생사는 내 행위와는 관계없다는 냉정한 의미였을지도 모른다. 이제 더 이상 진상은 알 수 없다.

만약 오늘 내가 한 일을 진심으로 사과했다면 미소노는 아마 전언을 남기지 않았을 것이다. 아유미의 가슴에 그 말을 맡긴 채, 우리는 서로 관계가 서먹해지고 더 나빠져도, 마지막에는 '진정한 친구'끼리 대화를 나눌 수 있었을지도 모른다. 서로의 진의를 명백하게 밝히고, 오해를 풀고 사죄하며 헤어질 수 있었다. 예전처럼 돌아가기는 힘들었을지 모르지만 분명 마지막 짧은 순간만큼은 친구로 돌아갔을 것이다. 나는 어렵게 온 기회를 스스로 포기한 것이다.

미소노는 이제 나를 친구라고 생각하지 않는다. 그리고 그 상태로 두 번 다시 마음을 나눌 수 없는 곳으로 가 버렸다. 미소노는 내게 속죄하는 것조차 허락하지 않았다.

미안해, 미소노.

아까 미소노가 앞에 있었던 그 방에서보다 지금이 더 절실했다. 나는 아무것도 알지 못했다.

미소노가 "나한테는 절대 이길 수 없어."라고 말하는 것을 들었다고 털어놓자, 옆에 있던 아사쿠라 선배가 넋이 나간 얼굴로 나를 돌아보았다.

"그건 아닐걸?"

미간을 찌푸리며 지적했다.

"미소노는 '나(와타시=わたし)'가 아니라 '아라시'라고 말하지 않았을까?"

고개를 끄덕이며 말하는 선배를 보고 나는 흠칫 놀랐다.

"나도 예전에 미소노에게 물어본 적 있어. 근데 미소노는 '아라시에게는 상대가 안 돼요'라고 말하더라고. 아라시, 단짝 친구를 믿어."

나는 미소노에게 무슨 짓을 한 걸까? 나는 형편없는 데다, 내가 보고 싶은 것만 보고 있었다. 미소노를 믿지 않았다.

미소노는 오늘 나와 만나주었다. 되돌릴 수 있었던 기회를 다시 차버린 나는, 미소노를 두 번 죽인 것이나 다름없다. 그리고 이제 정말 미소노는 죽어 버렸다.

"아라시, 괜찮아?"

아유미의 목소리가 들렸다.

"부탁이야, 제발 미소노에게 가 줘."

나는 아유미의 손을 뿌리치며 그 말만 반복했다.

"어서 그 애와 만나 줘."

미소노가 만나고 싶은 사람은 내가 아닐 테니까.

오열이 멈추지 않았고, 그 이후로도 계속 끊임없이 사과했다.

'미안해, 미안해, 미소노. 나는 정말 너를 이길 수 없어.'

버림받은 지금에서야 그런 생각을 하다니, 나는 정말 답도 없다. 하지만 나는 너를 진심으로 좋아했어. 뻔뻔한 소리라는 것은 너무 잘 알지만, 정말 좋아했어. 그래서 분명 어리광을 부리고, 너를 죽이고 만 거야.

아유미의 당혹스러움이 전해졌다.

'미안, 미안해.'

나는 끊임없이 사과하며 서서히 날이 밝아오는 호텔의 입구 쪽을 절망적으로 바라보았다. 겨울밤일지라도 태양은 고요하게, 어김없이 떠오른다. 차가운 공기를 녹이는 아침이 찾아온다.

눈물 젖은 눈이 빛으로 따가웠다. 미소노와의 이별을 온몸으로 느끼며, 나는 내가 한 짓을 떠올렸다. 그리고 그것을 죄로 여기지 않았던 미소노가, 적어도 이제는 나를 잊고 편한 곳으로 갈 수 있도록 염치없이 빌고 또 빌었다.

기다리는 자는 시간의 흐름을 모릅니다

"만나고 싶은 사람이 있는 것 아닌가?"

할머니가 느긋한 말투로 물었을 때, 나는 차마 목소리가 나오지 않았다. 반사적으로 그 침묵이 너무 길었다고 나중에야 반성했다. 그저 스쳐 지나가는 타인과의 대화치고는 충분히 의미심장한 시간이었다.

"역시."

대답도 하지 않았는데 할머니가 싱긋 웃었다.

"왜 그렇게 생각하십니까?"

겨우 뱉어낸 날카로운 답변은 내가 생각해도 별로였다.

할머니는 계속 미소를 지으며 대답했다.

"왠지 그럴 것 같았네."

1

처음에는 목을 삐끗한 정도의 불편함이었다.

근육통 같은 통증은 며칠이 지나도 나아지지 않고 오히려 목부터 등 전체로 퍼졌다. 거슬리긴 했지만 참을 수 없을 정도는 아니었기에 그냥 내버려 두었더니 야근하던 중 갑자기 지금까지와는 비교할 수 없이 뒤틀리는 고통이 엄습했다.

이쯤 되니 두렵다.

아무도 없는 사무실이라 도와 줄 상대도 없는데 아프다는 소리가 계속 나왔다. 숨쉬기가 괴로워 방문객용 작은 소파에 몸을 누이자, 그대로 일어날 수가 없다. 흐릿한 눈으로 올려다본 벽시계는 새벽 1시를 가리키고 있었다.

잠시 망설이다 동기 오하시에게 전화를 전화를 걸었다. 부서는 다르지만, 오하시도 마감 전이라고 했다. 두 층 아래의 사무실에 아직 남아 있을지도 모른다.

회사에서 가끔 마주치긴 했지만 내가 먼저 연락하는 것은 굉장히 오랜만이었다. 오하시는 아직 회사에 있었다. 내 전화에 놀란 기색이었지만, 사정을 설명하니 바로 올라와 주었다.

"헤이!"

소파에 엎드려 겨우 고개만 드는 나를 보고 오하시가 얼굴을 찌푸렸다.

"어떤 느낌이야? 통증은? 걸을 수 있겠어?"

무뚝뚝한 말투로 내 상태를 확인했다.

"요즘 제대로 자기는 해?"

"사흘 동안 여섯 시간."

내 대답에 오하시가 크게 한숨을 쉬었다.

"그렇게 소란 떨 것까지는 없잖아."

오하시는 그렇게 말하는 나를 거들떠보지도 않고 구급차를 불렀다.

오하시는 내 짐을 들고 구급차에 오르는 것을 도와주었다. 인생에서 두 번째 구급차다. 첫 번째는 누군가의 보호자로 탔고 당사자로 탄 것은 오늘이 처음이다.

움직일 수 없는 어깨를 앞으로 숙이고 겨우 앉았다. 아예 말을 못 할 정도는 아니었다. 언제부터 어떤 통증이 있었는지, 증상을 설명하는 오하시의 말투가 너무 논리 정연해 괜히 미안해졌다. 어마어마한 사이렌을 울리며 급하게 달려온 대원들에게도, 119에 연락한 오하시에게도, 더 심각한 증상의 환자로 보이는 게 그나마 나을 것 같다.

구급차는 출발하지 않고 회사 앞에 서 있었다. 차 안에서 내 증상을 들은 대원들이 혈중 산소농도를 측정한 뒤 지병이나 병력을 물었다. 그리고 이건 할 수 있는지, 저건 할 수 있는지 물으며 팔을 굽히거나 펼치는 몇 가지 동작을 해 보라고 했다.

"크게 이상은 없습니다."

아프긴 했지만 구급대원이 시킨 동작은 모두 할 수 있었다. 나는 큰 병을 앓았던 경험도 없다.

"정형외과 진료를 받으셔야 할 것 같습니다. 지금 구급 외래로 병원에 가도 전문의가 있는지 없는지 알 수 없고 아무 처치도 못한 채 돈만 낼 가능성이 있어요. 차라리 내일 아침 일찍 전문 병원을 가 보시는 게 좋을 것 같습니다."

위급하지 않다고 판단했을 테지만, 그의 목소리는 퉁명스럽거나 불쾌한 기색 없이 오히려 성실함이 묻어났다.

"내일 아침에 싸늘해져 있거나 그렇진 않겠죠? 내장에 생긴 문제가 등으로 전이됐을 가능성은 없나요?"

오하시가 안심이 안 된다는 표정으로 질문했다. 내 일이지만 웃음이 나올 뻔했다.

하지만 구급대원도 오하시처럼 웃음기 없는 표정으로 근거를 설명했다.

"그렇진 않을 겁니다."

서류에 서명하고 구급차에서 내려 오하시에게 물었다.

"이것도 비응급 신고로 집계될까?"

만취한 사람이 택시 대신 구급차를 부르거나 아이의 상태를 봐달라고 119에 연락하는 사람이 있다는 텔레비전 광고를 본 적이 있다.

오하시는 기가 막힌다는 듯 나를 쳐다보고는 아무 대답도 하지 않았다. 대신 오하시는 굳이 택시로 집까지 바래다주었다.

"역시, 아직도 이사 안 했구나."

기사에게 말한 주소를 듣고 오하시가 중얼거렸다. 체념한 사람의 메마른 목소리에는 어떠한 감정도 담겨 있지 않았다. 지난 7년 동안 오하시는 몇 번이나 이사를 권유했지만, 나는 그 말을 계속 무시했다.

"방이 세 개나 있는데 집세가 엄청 저렴해. 여간해서는 이사하기 쉽지 않아."

"과로는 하지 마. 네가 그렇게까지 일하지 않아도 되잖아?"

"너야말로 이렇게 늦게까지 회사에 남아 있었잖아. 와이프랑 아이들은 괜찮아?"

"나는 마감 전만 그래. 보통은 정시에 퇴근한다고."

나와 오하시는 오사카에 본사를 둔 영상 관련 기기 회사에 다니고 있었다. 업계 내에서는 늘 일정한 매출을 내고 급여도 괜찮았지만 근무 환경은 열악했다. 직원들 사이에는 삼십 대에 집을 사고 사십 대에 무덤에 들어간다는 웃지 못할 농담까지 있을 정도였다.

오하시는 집 안까지 따라 들어왔다. 전날 벗어 둔 옷이 그대로 있는 소파에 걸터앉았다.

"어질러져 있구먼."

형광등 불빛에 드러난 집 안을 바라보던 오하시가 역시나라는 듯이 중얼거렸다.

"이렇게까지 일하는 이유가 뭐야? 오늘도 너희 부서에서 너만 남았잖아."

"한 시간 전까지는 후배도 같이 있었어."

"얼른 결혼해."

뜬금없었지만 처음 듣는 말은 아니었다. 눈을 껌벅이며 올려다본 오하시의 얼굴이 일그러져 있었다.

"그 뒤로 몇 년이나 지났는지 알아? 7년이야."

"정확하네."

"얼마 전에 다시 세어 봤어. 7년이야, 7년. 기라리 씨는 이제 돌아오지 않아. 여러 번 말하지만 너는 속은 거라고."

오하시의 시선이 텔레비전 리모컨과 전날 먹은 편의점 도시락의 잔해가 널브러진 테이블에 꽂혔다. 나는 눈을 감았다.

내가 기라리와 만났을 때, 오하시도 아직 결혼 전이었다. 함께 대학원을 다니다가 취직하고 3년 정도 되었을 때 정신적으로 여유가 생겼을 무렵이었다.

눈을 떴다. 오하시는 좋은 녀석이다. 중학교 때부터 진지하고 고지식해 다른 사람과 잘 어울리지 못하는 나를 회식이나 여러 모임에 불러준 사람은 오하시뿐이었다. 단정하고 생기 넘치는 얼굴은 그때와 다르지 않지만, 결혼하고 턱 아래에 살도 붙고 웃을 때 입가의 팔자주름은 살짝 진해졌다. 우리는 이제 확실히 나이를 먹었다.

'7년인가?'

곱씹듯 중얼거리다가 괜히 심각한 분위기로 만들고 싶지 않아 내가 먼저 입을 열었다.

"아이가 초등학교에 들어갈 햇수구나."

"그뿐이야? 결혼했다면 남편이 아내를 죽일 수도 있는 햇수라고."

대답할 타이밍을 놓쳤다.

"무시무시하구먼."

내 중얼거림에 오하시의 진지한 목소리가 이어졌다.

"배우자가 실종되고 7년이 지나면 남겨진 사람은 사망 절차도 밟을 수 있어. 법적으로도 새로운 생활을 시작할 수 있다고. 7년은 그 정도의 시간이라는 거야. 심지어 너희는 결혼도 하지 않은데다 그 여자는 거짓말쟁이였잖아."

"딱히 기다리고 있는 건 아니야. 그럴 생각 없어. 단순히 생활에 아무런 변화가 없을 뿐이야. 결혼하지 않는 것도 기라리 때문이 아니야. 내가 인기가 없는 거지."

진심이었다. 하지만 오하시의 시선은 싸늘했다. 입을 꾹 다문 채 문이 닫힌 서재를 바라보았다. 예전에 기라리가 사용했던 방이다.

"병원, 꼭 가 봐."

오하시는 제 말만 하고 돌아갔다. 어깨가 아파 현관까지 배웅도 하지 못했다. 잠은 침대에서 자려고 기어서 소파를 내려왔다.

오하시가 말한 7년의 경계는 나도 알고 있다. 법률 용어로 실종 선고라고 한다. 그리고 그 심판 청구는 배우자를 포함한 이해 당사자만이 할 수 있다.

이해 당사자라면.

그러나 엄밀히 말해 나는 히무카이 기라리의 이해 당사자가 아니다.

2

'과로'라는 흔해 빠진 진찰 결과에 힘이 빠졌다. 바로 회사에 돌아갈 마음이 생기지 않아 병원의 정원에 있는 벤치에 멍하니 앉아 있었다. 의사는 내게 어깨 근육이 딱딱하게 굳어 혈류를 막고 있다고 했다.

"최근 10년 동안 컴퓨터의 보급으로 이런 증상을 가진 환자들이 갑자기 증가했어요. 약과 파스를 처방해드리겠습니다. 안쪽 방에서 물리치료와 마사지를 받고 돌아가세요."

알겠다고 했지만 나는 왠지 실망스러웠다. 어젯밤 구급차 안에서 오하시가 목숨을 걱정했을 때 웃음을 터뜨릴 뻔했지만, 사실 더 심각한 병을 기대했는지도 모른다. 아프기를 기대하다니 웃긴 말이다. 왜일까? 멍하니 생각하다가 바로 결론을 내렸다. 질병은 변화이기 때문이다.

쓴웃음을 짓고 말았다.

"이렇게까지 일하는 이유가 뭐야?"

어젯밤 오하시가 던진 질문의 답이 지금 나왔다. 분명 몸을 망가뜨리기 위해서. 그리고 강제로 어떠한 결단을 내려야만 하는 순간을 만들기 위해서다. 오하시의 걱정대로 역시 내 인생은 제자리걸음을 하고 있었다.

그런데 부서지고 망가져야 할 몸이 고작 과로 증상이었다.

햇볕이 있어도 공기는 쌀쌀했다. 유달리 화창한 날씨를 온몸으로 느꼈다. 단정하게 매고 있던 넥타이를 마침내 느슨하게 풀었다. 안경을 벗고 두 눈 사이를 손가락으로 꾹꾹 누르자 무슨 신호처럼 등이 다시 뻐근하게 아파 왔다. 흐릿한 시야는 햇빛 탓에 아지랑이처럼 일렁거렸다. 차가운 겨울 하늘, 작열하는 사막을 보는 것처럼 현실감이 없다. 나는 안경을 벗으면 두 눈 모두 시력이 0.1도 안 된다.

벤치 앞을 가로지르는 할머니가 휘청거릴 때도 나는 시력이 나쁜 탓이라고 생각했다. 그런데 무의식중에 몸이 강하게 반응했다. 할머니가 한 손으로는 달려든 나를 붙잡고 다른 손으로 목과 가슴 사이를 누르고 있었다. 그리고 딸꾹질하듯 큰 숨을 들이켰다.

"괜찮으십니까?"

"아아…. 미안합니다."

쌀쌀한 날씨 탓인지 정원에는 아무도 보이지 않았다.

할머니의 어깨에 올린 내 손에 안경이 없었다. 허둥지둥 뒤돌아보니 안경은 다리가 펼쳐진 채 벤치 앞 땅바닥에 거꾸로 떨어져 있었다. 할머니를 벤치까지 부축하여 앉게 한 뒤 안경을 주워 올리자 렌즈 표면에 모래가 묻어있다.

"미안하네, 젊은이."

할머니가 다시 사과했다.

"눈앞이 갑자기 캄캄해져서 말이야."

"괜찮으십니까? 사람을 불러올게요."

"빈혈이라 그래. 바로 괜찮아질 거야."

이 병원에 입원한 환자일까? 할머니는 핑크색 카디건을 입고 있었다. 안경을 쓰니 윤곽이 명확해졌다. 지금껏 흐릿하게 보였던 할머니는 다시 보니 야위긴 했지만 그렇게 가녀린 사람은 아니었다. 일흔 정도 됐을까? 지금은 등을 구부리고 있지만, 이 나이대의 여성치고는 키가 큰 편이었다.

할머니의 안색은 좋지 않았다. 머리가 무거운 듯 고개를 숙이고 모르는 사람인 내 손을 세게 움켜쥐었다.

"잠깐만 기다리세요."

병원 안으로 들어가 간호사를 찾았다.

마침 할머니의 얼굴을 알아본 젊은 간호사가 이름을 부르며 다가왔다.

"괜찮으세요? 어떻게 된 일인가요?"

"미안합니다. 잠깐…. 아야…."

빈혈이라고 말했지만, 지금은 가슴을 누르고 앓는 소리를 내고 있다. 그러고 보니 나도 어제 아무도 없는 사무실에서 나도 모르게 아프다는 소리가 나왔다. 상당히 괴로울지도 모른다. 생각이 거기까지 미치자 자연스럽게 말이 나왔다.

"도와 드릴까요?"

"네?"

간호사가 고개를 들었다.

물리치료 덕분인지 등은 어제보다 아프지 않았다.

"일단 따뜻한 곳으로 이동하는 게 어떻습니까? 제가 도와드리겠습니다."

"아, 그렇네요. 부탁드립니다."

도움을 받아 안아 올린 할머니의 몸은 가벼웠다. 정원에서 유리문으로 들어가 식당에 할머니를 앉히자 간호사가 지원을 요청하러 달려갔다.

둘만 남게 되자 할머니가 물었다.

"고맙네, 젊은이. 이름을 물어봐도 되겠나? 답례를…."

"아닙니다. 저는 아무것도 안 했어요."

고개를 저으며 대답했다. 그러고 보니 예전에도 비슷한 일이 있었다. 기라리와 처음 만난 날이었다. 그때도 눈앞에서 갑자기 쓰러진 기라리를 부축해 일으켜 세웠었다.

잠시 후 의사와 함께 돌아온 간호사에게 뒤를 부탁하고 자리를 떠나려는데 할머니가 나를 불러 세웠다.

"다시 여기에 올 일이 있는가?"

"아뇨."

어깨를 진찰한 의사가 일주일 후 경과를 보러 오라고 했지만, 할머니가 답례를 준비할 만큼 대단한 일을 한 게 아니라서 내가 먼저 그 고리를 끊었다.

"그럼 몸조심하세요."

병원 복도를 걸어가면서 안경에 묻은 모래알이 완전히 떨어지지 않았다는 것을 깨달았다. 손가락으로 가볍게 문지르자 렌즈 중앙에 작고 동그란 구멍이 나 있었다.

식당이 보이지 않는 복도 모퉁이에서 뒤를 돌아보았다. 더는 할머니와 의료진의 모습이 보이지 않았다.

저 할머니는 많이 안 좋은 걸까? 그래서 장기간 입원하고 있는 걸 수도 있다. 내게 병원에 올 일이 또 있는지 묻는 목소리는 자신의 퇴원을 전혀 염두에 두고 있지 않은 것이다. 질병을 변화라고 받아들이고 병을 기대했던 조금 전까지의 내 모습을 생각하니 조금 부끄러웠다.

렌즈가 깨져 생긴 하얀 구멍이 오른쪽 시야 중앙에 사라지지 않는 안개처럼 붙어 있었다.

3

히무카이 기라리와는 9년 전 봄, 오하시가 권유한 미팅을 끝내고 돌아가는 길에 처음 만났다. 당시 오하시는 지금의 아내인 구미코 씨와 사귀는 중이었고 내게 여자친구를 만들어 준다며 자주 술자리를 만들었다.

왜 이렇게 나를 챙기는 걸까? 동기라고는 해도 그렇게까지 오하시에게 잘한 기억은 없었다. 오하시는 성실하지만 묘하게 어리숙한 내가 다른 동료들보다 재밌다고 했다.

바람이 강하게 불던 3월의 마지막 금요일 밤이었다.

이른바 봄철에 발생하는 태풍 탓인지 가게에서 계산하고 있을 때부터 이미 밖에서 휘몰아치는 바람 소리와 행인들의 비명이 들려왔다.

"쓰치야, 이 아가씨가 너랑 같은 방향이야. 바래다줘."

눈치 빠른 오하시가 내 옆에 앉아 있던 여성을 가리키며 말했다. 내가 좋아할 청순한 커리어우먼 스타일이라며 식사 내내 나를 놀렸다. 나는 그녀가 귀엽다고 생각하기에 앞서, 사람들은 내가 이런 외모를 좋아한다고 생각한다는 것에 묘하게 놀라면서 오하시가 하는 말을 듣고 있었다.

사실 나는 오하시와 같은 방향이었다. 하지만 그의 마음 씀씀이를 무시하기에도 미안해 알았다며 그 여성을 역까지 바래다주었다. 오하시나 다른 동료들은 헤어질 때 연락처를 묻는 것이 예의라고 했지만 나는 그녀에게 연락처를 물을 수 없었다. 바람에 휘날리는 머리카락을 붙잡고 인사하며 빠른 걸음으로 개찰구 너머로 사라지는 그녀의 뒷모습을 보며 아쉽긴 했지만 그뿐이었다. 그보다 내일 오하시에게 들을 잔소리가 더 걱정됐다.

혼자가 된 나는 다시 번화가를 빠져나와 내가 타야 하는 지하철역 방향으로 발을 내디뎠다.

그 순간 그 어떤 바람보다도 강한 바람이 불어왔다. '휘이잉' 하고 공기가 진동하는 소리가 들렸다. 사람과 네온사인이 가득한 거리에서 부는 바람은 마치 할리우드 영화의 특수 효과 같았다.

그 바람에 술집의 입간판 하나가 날아갔다.

"어어!"

누군가 소리쳤다. 전단지를 나눠 주던 종업원들이 허겁지겁 들고 있던 전단지를 손으로 눌렀다. 차가운 바람에 얼굴이 얼얼

했다. 이마를 손으로 감싸고 실눈을 뜨자 앞에서 걷고 있던 몸집이 작은 소녀의 뒷모습이 눈에 들어왔다. 형광에 가까운 핑크색 코트 아래로 뻗은 늘씬한 다리. 무릎 위까지 올라오는 롱부츠를 신고 있었다. 복장이라든지 회색빛이 섞인 화려한 갈색 머리가 직장인으로 북적이는 이 거리에서는 보기 힘든 모습이었다. 무엇보다 소녀는 혼자였고 커다란 보스턴백을 들고 있었다.

소녀의 뒤를 따라 걷고 있는데 돌연 시야에서 소녀의 모습이 사라졌다.

넘어졌나? 그렇게 생각한 찰나 눈앞에서 몸을 가누지 못한 소녀가 바람에 날아갈 것처럼 오른쪽으로 휘청거렸다. 바로 옆에는 술집 메뉴와 호객 문구가 적힌 입간판이 있었다.

위험하다고 소리치려 했을 땐 이미 늦었다. 소녀의 뒷모습이 기울어지며 간판에 이마를 부딪쳤다.

"꺅!"

비명은 소녀가 아니라 앞에서 걸어오던 여자가 지른 것이었다. '쿵' 하는 소리가 울렸다.

"괜찮으십니까?"

숨을 꿀꺽 삼키고 말을 건 나는 쓰러진 소녀를 안아 일으켰다. 소녀가 고개를 뒤로 젖힌 순간 목 뒤에서 소름이 돋았다. 찢어진 이마 사이로 피가 흐르고 있었다. 검붉은 피를 보니 오히려 내 핏기가 사라지는 기분이었다.

소녀는 눈을 감고 있었다. 찡그린 얼굴에는 짙은 화장이 덮여 있었다. 부자연스러울 정도로 긴 속눈썹이 떨리며 풀을 바른 듯 끈적이는 입술 표면에 반짝거리는 알갱이가 묻어있었다. 그 사이로 신음이 흘러나왔다.

"읏."

"괜찮아요? 일어설 수 있겠어요?"

"아, …읏."

소녀가 두 손을 불끈 쥐었다. 매니큐어를 칠한 손톱이 반짝반짝 빛났다. 눈을 슬며시 뜬다. 위아래로 윤곽이 짙은 아이라인을 그린 눈은 작고 초롱초롱해서 뜨고 있어도 온통 검은색으로 가득 찬 것처럼 보였다.

마침 지나가던 여성이 수건을 빌려주었다. 얼떨결에 수건을 건네받은 나는 소녀의 이마를 눌렀다. 다른 남성이 구급차를 부르겠다며 핸드폰으로 전화를 걸었다. 주변 사람들과 힘을 합쳐 근처 술집 의자로 소녀를 옮겼다. 위를 바라보고 반듯하게 눕히자 처음으로 소녀의 입에서 말다운 말이 나왔다.

"저, 눕지 않고, 앉고 싶어요."

출혈이 더 심해질까 걱정됐지만 아무래도 누워 있는 게 통증을 참을 수 없는 듯했다. 이마를 덮은 수건 아래로 피가 선을 그리며 계속 흘러내렸다. 소녀는 필사적으로 이를 악물었다. 나는 서둘러 내 손수건을 꺼내 소녀의 입가를 닦아 주었다.

"괜찮아요, 곧 구급차가 올 겁니다."

소녀가 말없이 고개를 끄덕였다.

주먹을 쥔 소녀의 손이 수건을 누르던 내 손을 잡았다. 무의식 중에 그런 것 같다. 손은 땀으로 축축했다. 구급차가 도착하고 구급대원이 빠른 속도로 소녀에게 달려왔다. 내가 뒤로 물러나려고 하자 소녀가 내 손을 잡아당겼다.

"일행이십니까?"

구급대원의 물음에 아니라고 대답하려는데 소녀가 처음으로 자기 얼굴에서 수건을 치웠다.

"함께 가 줄 수 있나요?"

가녀린 목소리였다.

피, 그리고 눈물과 땀에 젖은 소녀의 눈가는 창문 너머로 비치는 비 오는 날의 풍경과 닮아있었다. 물감을 풍부하게 풀어놓은 것처럼 색채가 번져 하나로 섞이며, 마치 물속처럼 윤곽이 크게 흔들렸다. 눈동자 주변을 채운 검은 선이 흐르고 화장이 지워지면서 맨얼굴에 드러난 동그란 눈은 아까보다 더 또렷했다.

나는 고개를 끄덕였다. 그 눈에 압도당해 기가 눌려 버렸다. 어쩌면 이 아이는 아직 십 대일지도 모른다.

마침내 도착한 병원에서 나는 소녀의 처치가 끝날 때까지 함께 있어 주었다. 이마에 커다란 거즈를 붙인 소녀가 로비에서 내게 고개를 숙였다.

“감사해요. 죽는 줄 알았어요.”

어딘가 느긋한 말투였다. 게다가 애매하게 지워진 화장이 판다와 너구리를 떠올리게 했다.

“저…. 이름과 연락처 좀 물어봐도 될까요? 답례하고 싶어요.”

여기에 적어 달라며 소녀가 내민 수첩은 입고 있던 코트처럼 화려한 핑크색이었다. 깊게 고민하지 않고 나는 수첩에 내 이름과 전화번호를 적었다. 뭐 별일은 없을 것이라고 생각하면서.

“쓰치야 씨.”

내 이름을 부른 소녀가 자신을 히무카이 기라리라고 소개했다.

“음, 날 일日에 향할 향向을 써서 히무카이. 그리고 한자 없이 기라리예요.”

소녀가 장난스럽게 경례하는 자세를 취했지만 나는 어떻게 반응해야 할지 몰랐다.

“아, 그래?”

대충 얼버무리고 나는 허둥지둥 병원을 빠져나왔다.

4

정말 기라리에게서 전화가 왔다.

그것도 바로 그다음 날 밤에. 기라리는 더듬거리는 말투에 존댓말도 익숙지 않아 보였지만 천천히, 그리고 정중하게 식사 대접을 하고 싶다고 했다.

"저, 그렇게 이상한 사람 아니에요. 제게 식사 대접을 할 기회를 주세요."

내 안에 여성의 유형을 분류하는 표현은 그리 많지 않지만, 히무카이 기라리는 오하시가 말한 청초한 커리어우먼과는 정반대의 타입이다. 나 같은 남자를 상대할 여성은 아니다. 다치는 바람에 어찌할 바를 모르고 불안했던 건지도 모른다. 병원에서 세 바늘이나 꿰맸다. 그것도 여자의 얼굴을.

나도 연애 경험이 없는 건 아니다. 다만 학생 때부터 연애는 언제나 상대에게 맡기는 경우가 많았다. 호감을 느껴 고백하고 마음이 식어 이별 얘기를 꺼내는 건 모두 상대방이었다. 그러니까 이런 우연으로 데이트는 오랜만이었다.

일요일 저녁, 집에서 가까운 터미널 역에서 만났는데 기라리는 그 근처의 가게를 전혀 알지 못했다.

"제가 시골에서 올라온 지 얼마 안 돼서 도쿄를 전혀 몰라요."

기라리는 그저께 입었던 화려한 핑크색 코트 차림이었다. 피가 묻어서 그랬는지 코트의 소매 끝을 여러 번 손빨래한 흔적이 있었다. 하얗게 색이 바랬지만 그래도 지워지지 않은 적갈색의 선들이 정중앙에 희미하게 남아 있었다. 내 시선을 눈치챈 소녀가 민망한 듯 팔을 가슴 쪽으로 끌어당겼다.

"코트가 이것밖에 없어서요."

"시골에서 올라온 지 얼마 안 됐어?"

"네. 그래서 그저께는 정말 고마웠어요. 아직 도쿄에 아는 사람도 별로 없고."

"나이, 물어봐도 되니?"

"스무 살이에요. 도쿄에 취직하려고 올라왔어요."

옆에서 걷는 내 모습과 어울리지 않을 정도로 눈에 띄는 화려한 차림과 화장을 한 기라리는 시골 출신으로는 보이지 않았다.

적당히 골라서 들어간 편안한 분위기의 이탈리안 레스토랑에서 시골에서 갓 상경한 사람 같지 않다고 말하자, 기라리는 기쁜 표정으로 뺨을 긁적거렸다. 머리카락 사이로 이마를 가리듯 붙인 하얀 거즈가 눈길을 끌었다.

"정말요? 하지만 자신 없어요. 고향에 있는 제 친구들은 모두 이렇거든요."

"고향이 어디야?"

"사이타마현이요."

"그럼 그렇게 멀지 않잖아."

"그렇긴 하지만, 그래도…."

대답하는 목소리에 왠지 어색한 억양으로 어딘가의 사투리가 섞여 있는 것 같았다. 직장에 사이타마현 출신 동료가 몇 명 있지만, 그 누구에게서도 듣지 못한 억양이었다.

"쓰치야 씨는 계속 도쿄에서 살았나요?"

"아니, 대학교 입학할 때 왔으니 한 10년 정도 됐겠다."

"대학교!"

기라리가 두 손을 입술 앞에 모으며 작은 눈을 동그랗게 뜨고 있었다.

"쓰치야 씨, 똑똑한가 봐요."

"그래?"

놀기 위해 대학에 가는 현실이니 그렇게 박수를 받을 만한 일도 아니라 당황했다.

차츰 취미나 가족, 친구, 업무에 관해 이야기를 나누었다. 보기에는 수다를 좋아할 것 같았는데 기라리는 오히려 내 변변치 않은 이야기에 하나하나 최선을 다해 호응하고 고개를 끄덕여주었다. 이렇다 할 취미 없이 휴일에는 대부분 영화를 본다고 하자, 예상치 못하게 기라리는 크게 반응했다.

"와, 부러워요. 저는 어렸을 적 가족과 애니메이션 영화관에 가서 본 영화가 마지막이에요. 맞다, 도쿄는 영화관이 많죠?"

"영화 잘 안 봐?"

"네. 최근에는 어떤 영화가 재밌었나요?"

"조금 대중적이지는 않은데, 덴마크 영화가…."

나중에 영화에 흥미가 없는 여성에게 말해 줄 영화는 아니었다고 후회했지만, 기라리는 눈을 반짝이며 "덴마크는 어디인가요?"라며 정말 소박한 반응을 보였다.

나쁘지 않았다. 인간은 모르는 것을 아는 척하기는 쉽지만, 모르는 것을 인정하기란 좀처럼 쉽지 않다.

기라리는 도쿄에 온 지 얼마 되지 않았을 때, 도쿄도청 근처를 의미 없이 걸었던 이야기를 들려주었다. 특별한 용건은 없이 그냥 고층 빌딩을 보고 싶었다고 했다.

"아, 도쿄에 왔다는 생각에 감격해서 눈물이 날 뻔했어요. 바보 같지만 사실이에요. 쓰치야 씨와 식사하는 지금도 믿을 수 없을 만큼 기뻐요. 쓰치야 씨는 딱 봐도 도시 사람이고."

"도시 사람? 내가?"

"네."

고개를 끄덕이는 기라리의 눈빛이 진지했다. 우스갯소리는 아닌 듯 기라리가 대답했다.

"정장, 멋졌었어요."

"정장?"

내가 되묻자 기라리가 힘차게 고개를 끄덕였다.

"정장 입고 일하는 남자, 멋있잖아요."

"그런 말 처음 들었어."

"그래요?"

아이라인 안에 파묻힌 눈이 깜빡였다.

"흐음."

고개를 갸웃거리다 잠시 뒤 말을 계속했다.

"확실히 사람마다 취향은 다르겠지만 전 쓰치야 씨의 얼굴이 좋아요. 도와주실 때 조금 설렜어요."

반응할 수 없었다.

기라리도 격한 반응은 기대하지 않은 듯했다.

"음식이 맛있네요."

기라리는 맛이 진한 파스타를 먹으며 기쁜 듯 다시 환한 미소를 지었다.

계산할 때 비용은 각자 부담하자고 몇 번이나 말했는데 기라리는 안 된다며 물러서지 않았다.

"보답하겠다고 쓰치야 씨를 불러냈는데 그러면 의미가 없어요."

나보다 어린 여자에게 얻어먹는 것이 신경 쓰였다. 그러나 그걸로 기라리의 마음이 만족스럽다면 괜찮다고 생각해 가만히 있었다. 하지만 얼마 뒤, 금방이라도 눈물을 터뜨릴 것 같은 표정으로 기라리가 계산대에서 돌아왔다.

"쓰치야 씨."

기라리의 손에 들린 열린 핑크색 지갑 안으로 동전 몇 개가 보였다.

"죄송해요, 너무 부끄럽지만 300엔만 빌려주실 수 있나요? 그저께 병원에서 보험증이 없어서 보험 혜택 없이 계산했더니 진료비가 많이 나와서…. 나중에 꼭 갚을게요. 내일부터 아르바이트할 곳도 정해졌으니 거기에서 일하면 금방 돈도 갚을 수 있어요."

"상관은 없는데…."

반사적으로 시선이 향한 계산대에는 3,300엔이라는 숫자가 쓰여 있었다. 그러고 보니 처음에 오렌지 주스를 주문한 뒤로 잔이 비어도 추가 주문을 하지 않고 디저트를 물어봐도 메뉴판을 찬찬히 둘러보다가 사양했던 것이 떠올랐다. 지금 생각해 보면 꽤 무리했는지도 모른다.

"돈, 얼마나 가지고 있어?"

실례를 무릅쓰고 그녀에게 물었다. 그러자 기라리가 흠칫하며 대답했다.

"딱 3,000엔이요."

표정을 보니 거짓말을 하는 것처럼 보이지는 않았다.

"됐어, 내가 낼게."

"아뇨, 안 돼요. 300엔만 빌려주시면 되는데…."

"아니, 그래도…."

실랑이 끝에 내가 계산을 끝냈다. 고개를 숙인 기라리가 기어가는 목소리로 말했다.

"죄송해요. 다음에 제가 반드시 갚을게요."

"괜찮아. 그리고 그 돈을 전부 써버리면 돌아갈 때 곤란하잖아."

그 3,000엔이 그녀의 전 재산임을 알고 있다는 말이었다. 역 앞에서 물었다.

"집은 어디야?"

"아, 괜찮아요."

기라리는 미소를 지으며 대답했다.

"오늘은 이 주변에서 조금 더 시간을 보내다가 들어가려고요."

"그래? 그런데 너무 늦었어."

얼마 전에 크게 다친 것이 신경 쓰였다. 기라리가 크게 고개를 저었다.

"정말 괜찮아요. 죄송해요, 먼저 들어가세요."

"그럼."

"고맙습니다!"

개찰구를 통과하는 내게 기라리가 손을 흔들었다. 가다가 뒤를 돌아보니 기라리는 아직도 같은 자리에 서 있었다. 내가 보이지 않을 때까지 서 있을 생각인가? 그렇게 생각하니 왠지 모르게 가슴이 저릿했다. 웃고 있는 기라리의 얼굴은 밝았고 이마에 붙인 거즈조차 위화감 없이 조화로웠다. 가만히 서 있는 기라리는 즐거워 보였다.

기라리의 집이 어디인지 궁금했다. 그러나 내가 먼저 기라리에게 연락해야겠다는 생각은 들지 않았다.

수요일쯤 기라리에게서 문자가 왔다.

'지금까지 이런 영화가 있는 줄 몰랐어요. 쓰치야 씨는 정말 대단해요.'

내가 추천한 덴마크 영화를 보고 눈물이 멈추지 않았다고 했다. 기라리가 전 재산 3,000엔을 쪼개 영화를 대여했을지도 모른다고 생각하니 괜히 기뻤다.

엄청난 고민 끝에 기라리에게 주말에 영화를 보러 가자고 제안했다. 덴마크 영화가 아니라 최근 화제가 되는 일본 영화였다. 좋아하는 감독의 작품인데 관심 있냐고 물어보았다.

약간의 정적이 흐른 뒤, 미안함에 어쩔 줄 몰라 하는 답변이 돌아왔다.

"지난번 빌린 돈을 아직 못 갚을 것 같아요…."

나는 피식 웃음이 나왔다.

그건 상관없으니까 가자. 시간이 지나면 영화관에서 못 볼지도 몰라. 그렇게 설득하는 내게 기라리는 사실 보러 가고 싶다고 말했다.

손에 팝콘과 콜라를 들고 보는 영화는 누가 봐도 데이트 같았다. 자리에 앉아 영화관의 팝콘을 한 움큼 입에 넣은 기라리가 과장된 목소리로 말했다.

"너무 맛있어요! 이렇게 맛있는 팝콘은 처음 먹어봐요."

눈이 반짝거렸다.

한참 영화를 보는데 기라리가 그때까지 정신없이 먹던 팝콘에서 손을 뚝 뗐다. 그리고 넋을 잃고 스크린을 바라보았다. 영화가 막바지에 달했을 때는 작게 코를 훌쩍거리는 소리가 들렸다.

"쓰치야 씨. 감동했어요."

영화가 끝나고 불이 켜진 영화관 안에서 기라리가 말했다. 또 화장이 지워졌지만 이번에는 아이라인만 살짝 번진 정도였다.

"웃을지도 모르지만…."

기라리가 결심한 듯 고개를 번쩍 들었다.

"저 영화관에서 이렇게 영화 보는 게 처음이거든요. 엄청나요. 지금 이 상황이 꼭 드라마 같아요!"

"드라마?"

"네. 드라마나 영화에 나오는 연인들의 데이트 같아서 왠지 떨려요."

영화가 끝난 흥분도 한몫했는지 기라리의 눈가에 눈물이 맺혔다. 민망하다는 듯 웃으며 검지로 눈물을 훔쳤다. 그 동작을 보며 나는 귀엽다고 생각했다.

그것도 진심으로. 깜짝 놀랄 만큼.

"집은 어디야?"

몇 번의 데이트를 하고 나서야 나는 겨우 물어보았다.

그날 기라리는 처음 만난 날처럼 큰 보스턴백을 들고 있었다.

"코인 로커에 넣어 두려고 했는데 빈칸이 하나도 없어서…."

과장되게 변명하는 모습에 마침내 기라리에게 사정을 물어볼 용기가 생겼다.

입을 꾹 다문 기라리에게 사정을 듣기 위해서는 시간과 끈기가 필요했다. 기라리는 눈물을 글썽이며 만화 카페나 노래방을 전전하고 있다고 인정했다. 어느 정도 예상하였기에 나는 크게 놀라지 않았다. 기라리와 처음 만난 그 거리에는 분명 '샤워실 구비'라고 적힌 만화 카페 간판도 있었다.

"그래도 지금 아르바이트하고 있는 술집에서 준비해 주는 숙소 하나가 이번 달 말에 나온다고 하더라고요."

만난 지 두 달쯤 되어가자 기라리의 갈색 머리는 정수리 부분이 조금씩 검게 변하기 시작했다.

"나한테 말했어도 됐는데."

"하지만."

기라리는 몸을 앞으로 내밀고 고개를 숙였다.

"쓰치야 씨는 너무 올곧은 사람이라 말할 수 없었어요. 부끄러워서."

그때 말했어도 바로 우리 집으로 오라고 말할 수 있을 정도로 나는 가벼운 성격도 아니고, 자신도 없긴 했다. 우리 집 거실과 침실 이외에 놀고 있는 서재가 머릿속을 스쳤지만, 얘기를 꺼내지는 못했다. 석 달 후, 순서를 밟고 나서 겨우 우리 집 얘기를 꺼냈다.

정식으로 사귀기 시작하면서 기라리가 우리 집에 종종 놀러오기 시작한 무렵이었다. 성실하게도 기라리는 빌린 돈을 모두 갚았다.

기라리의 수첩에는 '저녁 식사 3,300엔', '영화 티켓 1,800엔', '팝콘 300엔…' 등 처음 식사를 한 날부터 내가 낸 금액이 꼼꼼하게 적혀 있었다. 그 금액을 모두 더한 24,050엔이 든 갈색 봉투를 받은 순간, 말로 표현할 수 없을 정도로 이 아이를 좋아하고 있다는 걸 깨달았다.

"왜냐하면 돈은 소중하니까요."

매우 진지한 표정으로 그렇게 말한 기라리는 어깨의 짐을 내려놓아 마음이 편해진 듯 보였다. 봉투 안에는 처음부터 내가 살 예정이었던 것도 많았다.

"이건 괜찮아. 이건 내가 살 생각이었어."

붉은색으로 봉투에 적힌 내역 가운데 몇 개를 지우고 정산한 나머지 금액만 받았다. 다른 사람에게는 별것 아닌 그런 일을 기라리와 함께하는 게 즐거웠다.

내가 말했다.

"나랑 같이 살자."

나중에 오하시에게 기라리와 있었던 일들을 설명했을 때, 오하시는 내게 속고 있는 거라며 처음부터 끝까지 냉담한 반응을 보였다.

"뭐야, 그런 얘기는 남성용 러브 코미디 만화나 연애 시뮬레이션 게임 같은 설정이네. 하늘에서 여자가 내려왔습니다, 뭐 이런 거냐? 그런 황당무계한 얘기가 현실에 어딨어?"

"기라리는 하늘에서 내려온 게 아니야. 네가 그런 쪽에 흥미가 있는지는 몰랐네."

"딱히 좋아하는 건 아니지만, 일반 상식 수준에서 생각했을 때 그렇다는 것이지."

오하시가 미간을 찌푸렸다.

"애초에 말이야, 그 애 아직 어린 데다가 화장도 짙다면서? 그런 애가 영화관에서 영화 보는 게 처음이라거나 팝콘을 신기하게 생각하는 건 보통 말이 안 되잖아. 분명 뭔가를 꾸미고 있는 거야. 요즘 같은 시대에 그런 여자가 있다고 생각해? 너한테 돈을 뜯어내고 싶은 거 아니야?"

"그야 나도 조금 특이하다고 생각하는데…."

만약 그것이 나를 기쁘게 하기 위한 연기일지라도 나는 그것조차 기특해 보여 용서할 수 있었다. 오하시가 한숨을 내쉬었다.

"어쨌든 한번 만나 보자. 이름이 뭐라고?"

"히무카이 기라리."

"무슨 쌀이나 채소 품종 이름 같네."

늘 도움을 받는 오하시는 내 유일한 친구다. 기라리에게 내 친구 오하시를 소개해 주고 싶다고 하자, 놀랍게도 기라리는 머리카락을 아예 검은색으로 염색했다.

"머리, 어떻게 된 거야?"

"쓰치야 씨의 친구분이면 분명 올곧은 분일 거잖아요?"

기라리는 처음 만났을 때보다 화장도 점점 자연스럽게 바뀌었다. 눈꺼풀 전체를 검게 채워 아이라인과 하나로 보였던 눈동자가 이제는 제대로 보인다.

"고향에서는 친구들이 다들 그렇게 화장해서 저도 그냥 괜찮다고 생각했는데 지금 같이 일하는 사람들은 그렇게 안 하더라고요. 머리 염색도 까맣게 해 봤는데. 이상해요?"

기라리가 머리카락을 만지작거리며 불안한 눈빛으로 나를 올려다보았다.

"기라리는 늘 나한테 올곧은 사람이라고 말하지만, 나 그렇게 올곧은 사람 아니야."

"아니에요. 정말 똑 부러지고 훌륭한 사람이라 저도 그런 사람이 되고 싶어요."

기라리는 변화를 준 헤어스타일이 자꾸 신경 쓰였는지 세면대 거울 앞에서 달라진 자기 모습을 몇 번이고 확인했다. 머리카락만 검게 바꿨을 뿐인데 마치 다른 사람 같았다.

오하시와 그의 여자친구인 구미코에게 기라리를 소개하는 식사 자리를 마련했다.

"쓰치야 씨한테 항상 신세를 지고 있어요."

안타까울 만큼 긴장한 기라리가 아주 작은 목소리로 말하며 고개를 숙였다.

기라리의 첫인상은 나쁘지 않은 모양이었다. 원래 성격이 밝은 구미코가 오하시에게 "뭐야, 괜찮은 애잖아!"라고 말했다.

"기라리 씨, 미안해요. 오하시가 멋대로 걱정한 모양이에요. 요즘 시대에 팝콘을 처음 먹어본다는 그런 순진한 사람이 있을 리가 없다면서."

"앗."

안색이 변한 기라리가 표정을 바꾸고 나를 쳐다봤다.

"어머, 쓰치야 씨, 그런 식으로 말했어요? 너무해…."

감정이 쉽게 드러나는 기라리의 뺨이 붉게 물들어 귀까지 빨개졌다. 우리의 얼굴을 번갈아 보던 기라리가 당황한 듯 입을 열었다.

"캐러멜 맛 팝콘이요."

그 목소리에 세 명 모두 멍해졌다.

"그 캐러멜 맛 팝콘이요. 그렇게 맛있는 팝콘은 먹어본 적이 없거든요."

말이 빨라지다가 결국 마지막에 양손으로 뺨을 감싼 기라리 앞에서 우리는 입을 다물고 말았다. 제일 먼저 웃음을 터뜨린 것은 구미코 씨였다.

"재밌네요, 기라리 씨. 정말 순진하구나!"

구미코의 시원한 웃음에 기라리는 수줍게 어안이 벙벙한 표정을 지었다.

"어이, 구미코."

말리는 오하시의 얼굴에도 웃음이 떠올랐다. 알코올이 들어가 알딸딸하게 취한 구미코 씨와 오하시, 기라리는 그때부터 말이 많아졌다.

"행복해야 해요!"

구미코 씨가 헤어질 때 그렇게 말하며 손을 흔들었다. 기라리도 질 수 없다는 듯 크게 손을 흔들며 대답했다.

"네!"

오하시와 구미코 씨의 모습이 사라지자 기라리가 쑥스럽다는 듯 웃었다.

"행복하게 살라는 말을 들어버렸네요."

오하시 부부와는 그 뒤로도 몇 번 식사를 함께하거나 여행을 가기도 하고, 두 사람의 결혼식에도 함께 초대받았다.

"결혼식 초대는 처음 받아봐요!"라며 결혼식장에서 기라리는 웨딩드레스를 입은 구미코 씨에게 안겨 신부의 친척보다 더 큰 소리로 울었다.

기라리와 사귄 지 2년이 지났다.

기라리와 가족이 되고 싶었다. 앞으로 내 주변 친구나 가족의 행복을 함께 나누며 기뻐하는 사이가 되고 싶었다. 지난 2년을 보내며 나는 그렇게 결심했다.

5

"잘 됐구먼, 다시 만나서."

바로 뒤에서 나는 그 소리가 내게 하는 말인 줄 미처 깨닫지 못했다. 거의 다 나은 어깨의 고통을 그래도 의사에게 보여 주러 온 것은 의무감 때문이었다. 남의 말을 거스르지 않고 순순히 일상을 반복하는 것이 습관처럼 몸에 배어있었다.

누군가 내 팔을 툭 쳤다. 뒤를 돌아보니 일주일 전, 여기 정원에서 만난 할머니였다.

"아."

"옆에 앉아도 괜찮은가?"

할머니의 물음에 자세를 고쳐 앉았다.

"그럼요. 지금은 좀 어떠세요?"

"덕분에. 정말 미안했네. 나도 그때는 깜짝 놀라서."

할머니의 안색은 지난번보다 훨씬 괜찮아 보였다. 할머니는 작은 귤이 담긴 붉은색 망을 오른손에 들고 있었다.

"귤, 먹어볼 텐가? 지난번 도움에 대한 보답이네."

"보답이라뇨."

고개를 저었지만 귤 정도는 보답으로 받아도 괜찮다고 생각했다. 오늘 우리가 만난 것은 우연이 아닐지 모른다. 혹 할머니가 그 뒤로 매일 우리가 만났던 시간대에 여기를 찾았기 때문은 아닐까?

지난주와 마찬가지로 햇볕은 있지만 바람 때문에 기온이 낮았다. 내 옆에 앉으려는 할머니를 식당으로 모시고 들어가 햇볕이 잘 드는 테이블에 마주 앉았다.

"매일 한 번은 걷지 않으면 정말 못 걸을 것 같아서 말이야."

할머니는 귤껍질을 벗겨 알맹이에 달라붙은 하얀색 실을 꼼꼼하게 떼어내더니 내게 건넸다.

"손자가 병문안을 자주 오는데 걔가 보통 눈치가 아니야. 돌아갈 때 내가 어디까지 배웅하는지도 체크를 한다네."

"체크를요?"

"그렇다네. 오늘은 병원 입구까지, 오늘은 복도까지, 오늘은 문 앞까지. 언젠가 한 번은 컨디션이 좋지 않아 침대 위에서 배웅했더니, 나중에 나 몰래 간호사한테 물어보았다는군. 오늘은 배웅하지 못하는 걸 보니 컨디션이 많이 안 좋은가 보다고. 그 말을 듣고 왠지 속상해서 말이야. 그래서 이제는 매번 싫다고 할 정도로 끈질기게 끝까지 배웅한다네."

"아하."

"그래서 걷기 연습을 하는 게야. 젊은이에게는 폐를 끼쳐 미안했네."

"아닙니다."

서른도 중반을 넘었는데 아직도 아저씨가 아니라 젊은이라고 불리다니. 하긴 할머니의 눈에는 어지간하면 다 젊게 보일 것이다. 오랜만에 시간이 천천히 흐르는 것 같았다.

"혹 만나고 싶은 사람이 있는 것 아닌가?"

내가 귤을 절반 정도 먹었을 때 할머니가 물었다.

차마 말이 나오지 않았다. 반사적으로 침묵이 길어졌다. 그저 스쳐 지나가는 타인과의 대화치고는 충분히 의미심장한 시간이었다.

"역시."

대답도 하지 않았는데 할머니가 싱긋 웃었다.

"왜 그렇게 생각하십니까?"

겨우 뱉어낸 날카로운 답변은 내가 생각하기에도 별로였다.

"왠지 그럴 것 같았네."

할머니는 미소를 지으며 대답했다.

“내 나이가 되면 그냥 알 때가 있네. 도움이 될지 모르겠지만 내 이야기를 좀 들어 볼 텐가?”

몸을 움직일 수 없었다. 평상시라면 회사에 있을 시간이다. 여기서 느긋하게 햇볕을 쬐며 귤을 먹고 있다는 사실이 엉뚱하게 느껴졌다. 마치 꿈속에 있는 듯 실감 나지 않는 상황이 내 등을 떠밀었다. 아직 영문도 모르면서 나조차도 깜짝 놀랄 만큼 진지한 목소리로 대답하고 있었다.

“네.”

할머니가 인자하게 웃었다. 그리고 말했다.

“자네는 ‘츠나구’라고 알고 있는가?”

집에 돌아와 나는 할머니에게 건네받은 전화번호를 뚫어지게 보았다.

도쿄 지역번호로 시작하는 전혀 특별하지 않은 번호였다. 오늘 들은 이야기를 되새기며 메모지를 테이블 위에 올려두었다. 소파에 누워 천장을 보니 형광등의 하얀 불빛이 눈을 찔렀다.

‘츠나구?’

처음 듣는 얘기였다. 할머니는 너무나도 황당무계한 이야기를 들려주었다. 츠나구는 죽은 사람과 산 사람을 만나게 해 주는 창구라고 했다.

"츠나구라고 불리는 사람이 창구가 되어, 의뢰인의 부탁을 받고 그가 만나고 싶은 망자와 교섭한다네. 망자에게 만날 생각이 있는지 없는지 의사를 확인하고, 승낙을 얻으면 그와 만날 수 있게 연결시켜 준다네."

할머니가 과장된 표정으로 말했다면 틀림없이 정신 나간 소리라고 했을 거다. 하지만 할머니는 아주 자연스러운 표정으로 귤을 먹고 있었다.

"다만 만날 기회는 단 한 번뿐이라네. 세상을 떠난 누군가를 만난다면 자네가 살아있는 동안 두 번 다시 츠나구에게 다른 의뢰는 할 수 없어."

나는 할머니의 말을 열심히 들었지만, 답변다운 답변은 거의 할 수 없었다. 귤을 든 손이 그대로 굳어버렸다.

귤을 다 먹은 할머니가 환자복 주머니에서 손수건을 꺼냈다. 과즙이 묻은 손가락을 닦더니 작게 접은 메모지를 꺼내 내게 건넸다. 보이지 않는 힘에 이끌리듯 받아 든 메모지에는 전화번호가 적혀 있었다.

"자네에게 필요한지 잘 모르겠지만 그게 츠나구 번호라네. 받게나. 아무리 찾아도 찾지 못하는 사람도 있지만, 정말로 필요하다고 생각하는 사람에게는 어떻게든 닿게 되어 있거든. 자네와 만난 것도 분명 인연이겠지."

나는 자리에서 일어나 나를 두고 걷기 시작한 할머니에게 말을 걸었다.

"저기, 어르신도 여기에 전화하신 적 있으십니까? 츠나구와 만나신 적이…."

할머니가 돌아봤다. 햇살을 받은 하얀 얼굴에 코와 입이 사라져 표정을 정확하게 확인할 수 없었다. 하지만 할머니는 조용한 목소리로 또렷하게 말했다.

"그럼, 있지."

얼굴을 돌리자 문이 닫힌 방의 한쪽 구석에 시선이 머물렀다.

7년. 남편이 아내를 살해할 수 있는 햇수.

어깨 통증으로 쓰러졌던 일주일 전, 똑같이 소파의 이 자리에 앉아 문이 닫힌 그 방을 바라보았다. 기라리가 내 눈앞에서 사라진 지 7년이 지났다.

찾을 수 있는 곳은 전부 찾아봤다. 기라리가 남긴 단서는 모두 다 확인했다. 무슨 일이 있었던 건 아닐까? 사건이나 사고에 휘말린 건 아닐까? 경찰에 신고도 해 보고 처음 1년은 너무 걱정되어 밤에 잠도 자지 못했다.

기라리가 자발적으로 사라졌을 가능성을 생각한 것은, 아니 그보다 그 가능성을 인정하게 된 것은 시간이 꽤 흐른 뒤였다.

고개를 저으며 기라리 생각을 밀어냈다. 그리고 테이블 위로 손을 뻗어 츠나구의 연락처라는 전화번호를 응시했다. 그 할머니가 나를 속일 이유는 없다. 츠나구가 실재하는지는 둘째치고라도, 적어도 그 할머니는 츠나구의 존재를 믿고 있을 뿐만 아니라 만난 적도 있다고 했다.

기라리가 내 앞에서 사라진 이유는 여전히 알 수 없다. 세월이 흘러 냉정하게 생각해 봐도 역시 기라리가 도망쳤다는 생각이 든다.

자기 일처럼 함께 기라리를 찾으며 상담해 주던 오하시는 어느 시점을 기준으로 그만 잊으라고 얘기하기 시작했다. 냉정해지라면서. 날이 갈수록 오하시의 말투는 점점 과격해졌고 기라리를 탓하는 방향으로 변했다. 너는 속고 있었던 거라면서. 그만 잊고 이제 이사하라고 충고했다.

눈을 감았다.

나는 왜 이곳을 떠나지 못하는 걸까? 기라리가 돌아오길 기대하고 있는 것도 아닌데.

하지만 아예 그런 마음이 없다고 딱 잘라 말할 수 있을까.

분명 기라리는 내 곁을 떠났다. 그러나 혹시 불가항력으로 돌아오지 못하고 있다면?

지난 7년 동안 몇 번이고 가슴을 쥐어뜯으며 생각했다. 머리로는 아무리 부정해도 나는 기라리를 믿고 싶었다. 틀림없이 무슨 사정이 있을 것이다. 그렇게 생각하고 싶었다. 거기에는 최악의 시나리오도 포함되어 있다.

기라리가 이 세상에 살아있지 않을 가능성.

"만나고 싶은 사람이 있는 것 아닌가?"

할머니의 목소리가 귓가에 되살아났다.

나는 핸드폰을 집었다.

6

벤치에 앉아 있던 소년 앞에서 발걸음을 멈추었다.

소년은 읽고 있던 책에서 눈을 떼고 나를 올려다보았다. 들은 장소는 여기가 틀림없다. 설마 하는 생각이 떠오르기도 전에 소년이 먼저 일어섰다. 그리고 태연하게 물었다.

"쓰치야 고이치 씨?"

"네."

"제가 전화 받은 사자 츠나구입니다."

키는 나와 비슷해 보였다. 하지만 남색 재킷을 걸친 소년은 군살 없는 마른 체형이었다. 눈썹을 정리하거나 머리를 염색한 흔적도 없다. 깔끔한 턱선과 큰 눈이 돋보이는 외모에서 총기가 느껴졌다. 전화했을 때부터 응대하는 목소리가 상상했던 것보다 젊다고 느껴졌다.

"젊군요."

무심코 중얼거린 목소리에 소년은 자주 듣는 말이라며 고개를 끄덕였다.

만나기로 한 장소는 할머니와 만났던 병원의 정원이었다. 단순한 우연치고는 너무 잘 짜인 느낌에 순간 그 할머니에게 속고 있다는 생각도 들었지만, 이왕 시작했으니 마지막까지 해 보자고 결심했다.

"왜 하필 병원인가요?"

"다른 장소가 좋았을까요?"

"아뇨, 다만 조금 놀라서요. 여기 제가 다니는 병원이거든요. 당신 연락처도 이곳에서 우연히 알게 됐는데."

"그러신가요."

무슨 반응이 있을 줄 알았는데 소년은 관심 없다는 듯 고개만 끄덕였다.

평일과 달리 토요일 오후 병원 정원에는 병문안 온 손님과 함께 나와 있는 환자가 많았다. 오늘은 할머니의 모습이 어디에도 보이지 않는다.

재킷 안에 밝은 녹색의 라운드 넥 셔츠를 입은 소년은 매우 침착했다.

"츠나구의 규칙을 설명해 드리겠습니다. 어느 정도는 알고 계시겠지만, 확인하는 의미에서 다시 한번 말씀드립니다."

소년이 암기한 듯 말하는 내용은 그 할머니에게 어느 정도 들은 내용이었다.

"망자가 거절하는 경우도 있습니까?"

"있습니다. 그 경우에도 쓰치야 씨께 망자의 뜻을 확실하게 전해 드립니다."

"상대가 실종자라도 괜찮습니까?"

내 말에 고개를 든 소년과 눈이 마주쳤다. 숨을 한 번 쉬고 나는 다시 입을 열었다.

"제가 의뢰하고 싶은 사람은 7년 전에 실종된 약혼자입니다. 프러포즈 직후에 친구와 여행을 간다고 말하고 집을 나간 뒤 돌아오지 않았습니다. 아직 생사조차 모릅니다."

기라리는 타고난 밝은 성격 덕분에 도쿄에서 많은 친구를 사귀었다. 기라리가 함께 여행 간다고 말한 친구는 나도 소개받은 적이 있는 아르바이트 동료였다.

겨울에 홋카이도 여행을 간다는 게 너무나도 갑작스러운 얘기였지만 나는 결혼 전 추억을 만드는 정도라고 생각해 조심해서 다녀오라며 배웅했다. 기라리는 이 집에 처음 왔을 때와 마찬가지로 커다란 보스턴백에 짐을 가득 담고 집을 나섰다.

그런데 여행 일정은 2박 3일이었는데 예정일이 지나도 기라리는 돌아오지 않았다. 핸드폰도 연결되지 않았다. 돌아오기로 한 날, 밤 10시가 넘어가자 본격적으로 걱정이 앞섰다. 무슨 일이라도 생긴 게 아닐까? 사고나 사건에 휘말린 건 아닐까? 경찰에 신고까지 할 생각으로 기라리가 아르바이트하는 곳에 연락해 함께 여행 간다는 친구의 연락처를 물었다. 그런데 전화를 받은 사람이 바로 그 친구였다. 그녀는 기라리와 여행을 가지 않았다고 한다. 기라리가 아르바이트를 쉬는 건 알고 있었지만, 여행 얘기는 처음 듣는다고 했다. 망연자실했다.

영문을 알 수 없었다. 왜 그러세요? 기라리에게 무슨 일이 생겼나요? 그렇게 묻는 그녀의 목소리는 진실을 말하고 있었다. 혼란스러운 머리를 감싸 쥔 나는 그날 처음으로 그녀가 사용했던 서재로 들어가 옷장을 열었다. 옷장에는 짐이 얼마 없었다. 남겨진 것은 처음 만난 날 입었던 핑크색 코트와 옷 몇 벌뿐이었다.

내가 건넨 백금 약혼반지는 상자와 함께 사라졌다.

"기라리를 찾으러 다녔습니다."

내 목소리는 점점 메마르고 말이 짧아졌다. 소년이 아무 말 없이 들어주는 게 다행이었다.

"친구들이나 경찰도 상황으로 미루어 보아 기라리가 본인 의지로 나간 거라고 했습니다. 처음부터 우리 집에 들어오는 게 목적이 아니었을까? 나와의 연애는 진심이 아닌데 결혼 이야기가 나오자 겁을 먹고 도망친 것은 아닐까? 실종 신고서를 제출했지만 경찰은 상대해 주지 않았습니다."

이야기하다 보니 숨쉬기가 어려워졌다.

집을 나간 뒤 일주일이 지났지만 기라리는 돌아오지 않았다. 살아도 사는 것 같지 않았다. 매일 뉴스에 민감하게 반응하며 기라리와 관련된 소식은 없는지 살폈다. 기라리가 여행으로 간다던 홋카이도라는 단어가 뉴스에 나오면 인터넷 기사든 TV든 시선을 뗄 수 없었다. 보도에서 나오는 이름과 사진이 기라리가 아니라는 사실에 안도하면서도 동시에 또 다른 불안감으로 몸이 타들어 갔다.

기라리가 여행을 떠났던 날, 외딴섬으로 향하던 페리가 엔진 고장으로 침몰하는 사고가 있었다. 바다에 빠진 승객의 대부분이 사망하고 몇 명은 행방불명되었다. 눈을 크게 뜨고 텔레비전에 달라붙어 탑승객 명단을 살폈다. 기라리의 이름은 없었지만 혹시나 명단에서 놓친 승객이 있다면? 그렇게 생각하면 견딜 수 없었다.

기라리의 고향이라던 사이타마현에서도 비슷한 시기에 낭떠러지에서 버스가 추락하는 사고가 발생했다. 구르는 버스에서 튕겨 나오며 사망한 승객 두 명의 이름이 나왔다. 만약 그 후에 그날 보도되지 않은 세 번째 희생자가 있었다면. 그리고 그게 만약 기라리라면. 그런 불길한 상상은 끝이 없었다.

처음 만난 날 기라리 얼굴에 흐르던 선혈을 떠올리자 등줄기가 오싹해졌다.

여전히 핸드폰은 연결되지 않았다. 집에 남겨진 벽장 속 물건을 들여다봐도 그녀의 행방을 짐작할 만한 흔적은 하나도 발견할 수 없었다. 경찰에 실종 신고서를 제출하기로 마음을 먹고 집을 나서던 순간, 나는 기라리에 대해 아무것도 아는 게 없다는 사실을 깨달았다.

'사이타마현'이라는 불확실한 고향. 기라리는 나와 사귀는 2년 동안 한 번도 고향에 내려간 적이 없었다. 새해에 내가 본가로 돌아갈 때조차 기라리는 아르바이트가 바쁘다는 핑계로 도쿄에 남아 있었다.

기라리가 일하는 곳에 사정을 설명하고 그녀가 제출한 이력서를 받았다. 꾹꾹 눌러쓴 크고 동글동글한 글자는 분명 기라리의 글씨다. 주소란에는 사이타마의 주소가 적혀 있었다. 도쿄에 올라온 지 얼마 되지 않아 거주지가 아직 정해지지 않았던 기라리는 이력서에 본가의 주소를 적은 것이다. 하지만 조사해 보니 그 주소도 엉터리였다.

믿을 수 없었다.

과연 기라리가 내게 한 말 중 어디까지가 진실이고 어디까지가 진심이었을까?

기라리가 사라지고 얼마 지나지 않아 그때까지 통화 연결음이 들리던 그녀의 핸드폰에서 '지금 거신 번호는 사용할 수 없는 번호입니다'라는 싸늘한 멘트가 흘러나왔다.

히무카이 기라리라는 이름도, 고향이라는 사이타마현도, 말투에서 어렴풋이 느껴지던 사투리 억양도, 의심하려면 얼마든지 의심할 수 있었다.

"일반적으로 생각하면 저는 분명 기라리에게 속았는지도 모릅니다. 이게 다른 사람의 이야기라면 저도 그렇게 말했을 거예요. 하지만 혹시라도…."

기라리가 본인의 의지로 나간 게 아니라고 한다면.

반지를 받고 기쁘다며 말을 끝까지 잇지 못하던 기라리의 표정이 아직도 선명하게 남아 있다. 그게 거짓말이나 연기는 아닐 것이다. 어쩌면 집을 나선 기라리에게 무슨 일이….

생각하면 할수록 나는 기라리가 살아있기를 바라는 건지 아닌지 모르겠다. 무사히 살아있기를 바라지만 한편에서는 기라리의 배신을 확인하고 상처받는 것이 두려웠다. 그래서 지난 7년 동안 돌아오리라는 희망을 꿈꾸면서도 돌아올 수 없는 사정을 계속 생각해왔다.

"알겠습니다."

소년이 말을 끊었다.

"의뢰를 받겠습니다. 시간이 조금 걸릴지도 모르겠네요."

"히무카이 기라리라는 이름이 본명이 아닐지도 모릅니다."

나약한 소리가 나왔다.

"지금도 어딘가에서 살아있을 가능성도 있어요. 당신에게 한 의뢰 내용과 다를지도 모릅니다."

"알고 있습니다."

소년이 일어섰다. 달관한 소년의 표정을 보니, 여기까지 와서 흐트러진 모습을 보이는 내가 더 어린애같이 느껴졌다.

7

그날.

프러포즈하며 반지를 건네자 기라리의 얼굴에서 표정이 사라졌다.

무언가 하고 싶은 말이 있는 듯 입술을 옴짝거리다 입을 꾹 다물었다. 손바닥 위에 놓인 파란색 작은 상자를 열기까지 그 짧은 찰나에 기라리의 손이 떨리기 시작했다.

"네 부모님께 인사드리러 가고 싶어. 우리 부모님도 찾아뵙고."

기라리의 눈동자에 촉촉한 막이 드리워지는 것이 보였다.

기라리는 도쿄에 오기 전에 있었던 일에 대해서는 말하고 싶어 하지 않았다. 본가나 가족, 어렸을 적 이야기도 거의 하지 않았다. 그러나 갈 곳이 확실히 정해지지 않았는데도 도쿄에 온 데는 분명 어떠한 이유가 있으리라 막연하게 짐작했다.

지금까지는 기라리를 곤란하게 만들고 싶지 않아 그런 이야기는 한 번도 꺼내지 않았다. 하지만 이제는 확실히 마주할 생각이었다.

어떤 사정이 있든 나는 그것을 받아들일 각오가 되어 있었다.

반지가 든 상자를 열어 본 기라리가 조용하게 호흡을 가다듬었다. 공기가 목을 지나가는 소리가 나더니 기라리가 떨리는 목소리로 말했다.

"기뻐요!"

기라리의 뺨과 머리카락이 단숨에 눈물로 젖었다. 숨과 소리를 삼키고 다시 한번 내 눈을 바라보며 말했다.

"너무 기뻐요!"

기라리는 웃지 않았다. 얼굴 근육을 연신 실룩거리더니 어린아이처럼 '으앙' 하고 울어버렸다.

"아…. 그건 좋다는 거야, 싫다는 거야?"

펑펑 우는 기라리의 얼굴을 끌어당겨 안았다. 작은 반지 상자가 가슴에 닿았다. 기라리는 소리 내어 울면서 중얼거렸다.

"이, 이런 제가, 받아도 괜찮아요?"

겨우 들린 기라리의 목소리에 내가 대답했다.

"그럼."

"고마워요, 정말 고마워요."

그날 기라리는 몇 번이나 내 품에 매달렸다.

기라리가 친구와 여행을 가겠다고 말한 것은 그다음 주였다. 둘이 기라리의 본가에 인사드리러 가자고 말한 직후였다.

츠나구 소년의 전화는 예상보다 훨씬 빨랐다. 업무 중이라 핸드폰을 귀에 대고 통화를 하면서 복도로 나왔다. 비상계단으로 이어지는 문을 열려는 순간 소년이 결과를 알려 주었다.

"만나겠답니다."

뾰족한 고드름이 가슴을 관통하는 것 같았다. 열어젖힌 문 너머로 불어오는 차가운 바람이 내 목을 졸랐다. 소년은 사무적인 목소리로 말을 이었다.

"기라리 씨의 본명은 '구와모토 데루코'입니다. 7년 전, 타고 가던 페리가 사고로 전복되어 사망하였습니다."

소년의 말은 머릿속에 절반도 들어오지 않았다. 핸드폰을 들고 있던 손가락에서 감각이 사라졌다. 처음 듣는 이름에 어떻게 반응해야 할지 알 수 없었다. 죽었냐고 묻는 목소리가 머릿속에서 울렸다. 목관악기의 낮은 소리처럼 자욱하고 아득하게 들렸다. 비상계단에 내디딘 다리에서 힘이 풀렸다.

"만날 날짜를 정하겠습니다."

수화기 너머로 냉정한 소년의 목소리가 들렸다.

이제야 확실히 자각했다. 다른 사람한테 아무리 강한 척했어도 나는 결국 사라진 약혼자를 기다리고 있었다. 어떠한 생활 기반도 바꾸지 않고 시간을 멈춘 채로.

츠나구에게 기라리의 소식을 듣고 싶지 않았다.

기라리가 살아있기를 바라는지, 아닌지 모르겠다고 했던 내가 너무 후회스러웠다. 입술을 꾹 깨물고 눈물을 참았다. 후끈한 한 숨이 코로 뿜어져 나왔다. 그건 참지 못했다.

"기라리는 이 세상에 없는 겁니까?"

결과를 알고도 그런 말을 하다니 나 스스로 어이가 없었다. 하지만 충동적으로 분노가 피어올랐다. 격한 분노는 나 자신을 향해 있었다. 왜 나는 확인해 버린 걸까? 왜 기라리를 가만히 내버려 두지 못했을까? 나는 기라리가 살아있었으면 했다. 혹시나 나를 배신했다고 할지라도. 나를 속였다고 할지라도. 어딘가에서 지금도 살아있기를 바랐다.

"네. 유감이지만."

동정하지 않는 소년의 목소리가 오히려 고마웠다.

8

소년이 알려준 호텔 앞에 약속 시간보다 조금 일찍 도착했다.

공교롭게도 비가 오는 밤이었다. 보름달이 뜨는 날로 정했음에도 구름이 몇 겹으로 쌓인 하늘에는 달은커녕 별조차 보이지 않았다. 시커먼 아스팔트 도로가 거울처럼 빛나며 거리를 지나다니는 사람들의 모습과 각양각색의 우산 색을 반사한다.

집을 나서기 전, 츠나구 소년에게서 전화가 왔었다.

"비가 와서 만날 수 있는 시간이 짧아질 가능성이 있습니다. 어떻게 하시겠습니까? 날짜를 변경하시겠습니까?"

"괜찮습니다."

늦은 밤에 구급차를 부른 사건 이후로 휴가를 받기가 조금 수월해졌다. 기라리가 나간 직후처럼 이런 상황에도 변함없이 일상을 지내는 나 자신이 믿어지지 않았다. 그럼에도 목을 조이는 듯한 이런 시간은 오늘로 끝내고 싶다.

시나가와역 근처 호텔 앞에서 나는 건물을 올려다본 채 안으로 한 발짝도 들어갈 수 없었다.

약속 시간은 7시. 아직 한 시간 가까이나 남아 있었다.

발밑에서 떨리는 고통은 어떤 이론으로도 설명할 수 없다. 두려웠다. 내가 지금 무엇을 하려는 걸까? 이 이상 무엇을 하고 싶은 걸까?

기라리를 만나 그녀를 기다렸던 내 7년의 의미가 확정되는 것이 무서웠다. 만약 소년의 이야기가 사실이라면 오늘 나는 그동안 내 안에 살아있던 기라리의 죽음을 확인하고 내 안에서 그녀를 확실하게 죽이는 것이다.

발끝이 아득해졌다.

고개를 한 번 숙이니 다시 들 수 없었다. 호텔을 뒤로 하고 역의 반대편으로 향했다. 걸으면서 핸드폰의 전원을 꺼버렸다. 퇴근길 인파에 이리저리 밀리듯 횡단보도를 건너는데 나도 모르게 몸이 휘청거리며 눈앞이 흐릿해졌다. 들고 있던 우산을 펴는 것도 잊어버렸다.

조금이라도 더 생각하면 멈춰 설 것 같아 한숨을 쉬듯 모든 것을 순식간에 결정했다.

나는 그렇게 도망쳤다.

뛰어 들어온 곳은 조용한 카페였다. 주문한 커피가 나왔지만 손을 댈 수 없었다. 비에 젖은 것도 한몫하여 계속 체온이 떨어지는 것을 온몸으로 느끼고 있었다. 테이블 앞에서 깍지를 낀 채 고개를 떨구었다. 시간은 느리게만 흘렀다. 카페의 벽시계를 보며 나는 그저 계속 버티고 있었다. 기도하는 것처럼 손깍지를 낀 자세로 움직일 수 없었다.

나는 지금 무엇을 하려는 걸까.

집에 돌아갈 마음이 없는 건 확실했다. 세차게 내리는 빗소리가 카페에 흐르는 조용한 음악과 뒤섞여 점점 크게 들려왔다. 신경이 예민해져 아스팔트 도로를 달리는 자동차의 타이어 소리까지 선명하게 들렸다.

얼마나 시간이 흘렀는지도 모르겠다.

그때 출입문에 달린 방울 소리가 울렸다. 바깥의 빗소리와 바람이 훅 불어오더니 바닥을 딛는 발소리가 한 걸음 한 걸음 천천히 내게 다가왔다.

"쓰치야 씨."

심장이 크게 뛰었다.

천천히 고개를 들자 츠나구 소년이 앞에 서 있다. 오른손에는 빗방울이 잔뜩 달린 빨간 우산을 들고 있었다. 소년도 비에 흠뻑 젖어 있었다.

소년이 어깨로 거친 숨을 몰아쉬었다. 우리는 말 없이 서로를 바라보았다. 변명이 차례로 머릿속에 떠올랐지만, 무엇부터 어떻게 설명해야 할지 알 수 없었다.

도끼눈을 뜬 소년의 뺨이 바짝 굳어져 있었다. 지난번 만났을 때와는 다른 눈빛이었다. 나는 비난받을 각오로 입을 다물었다.

"어서 갑시다."

소년이 말했다.

"기라리 씨가 기다리고 있습니다."

"죄송합니다. 무서워요."

한심한 목소리가 나왔다. 소년의 또렷한 눈동자가 더 커졌다. 시야 끝에 들어온 시곗바늘은 이미 10시가 지나 있었다. 소년의 젖은 몸을 보니 계속 나를 찾아 헤맨 게 분명하다.

"만나야 해요."

그 소리가 소년의 목소리라는 것을 나는 한참 동안 깨닫지 못했다.

"얼른요."

소년이 작정하고 계속 말했다.

"쓸데없는 참견이라고 생각할지도 모르지만 만나는 게 좋아요. 이대로라면 분명 후회할 겁니다."

"이것도 당신 일입니까?"

소년이 멈칫했다. 그러고는 정색하고 다시 말했다.

"아뇨."

줄곧 기계적이었던 목소리에 가면이 벗겨지고 나온 소년의 목소리는 어울리지 않을 정도로 앳되었다.

"하지만 지금까지 봐와서 알아요. 직접 만나도 필요한 말을 전하지 못해 평생 그것을 가슴에 묻어두어야만 하는 사람도 있어요. 그게 얼마나 괴로운 건지 알아요? 그래서 찾으러 온 겁니다."

"그렇지만 나는…."

"어리광 피우지 마세요."

단호한 목소리가 날아왔다. 나보다 어린 사람한테 압도되어 당혹스러웠다. 표정 하나 흐트러뜨리지 않은 소년은 빗방울조차 닦지 않았다.

"아저씨 아직 시간이 있어요. 지금 그 사람이 어떤 기분으로 기다리고 있을지 생각해 봤어요? 기라리 씨에게는 정말 오늘밖에 시간이 없다고요."

그 이름에 숨이 멎는 듯했다. 기라리.

단숨에 내뱉은 소년의 얼굴이 붉게 달아올랐다. 소년은 거친 숨을 내쉬며 말을 이었다.

"…규칙 위반이지만 하나만 알려 줄게요. 그 사람도 당신과 만날지 말지 고민을 많이 했어요. 만약 만나게 되면 쓰치야 씨 안에서 자신은 정말 죽는 게 되니까요. 당신이 자기를 잊지 않고 계속 좋아해 주기를 바랐지만 그래도 만나고 싶다고 했어요. 당신이 자신을 만나고 잊어도 좋으니 만나고 싶다고. 당신이 7년 동안 기다렸다는 이야기를 듣고 그 사람도 그렇게 결정한 거예요. 당신이 앞으로 나아가길 바란다고. 괴로운 건 기라리 씨도 똑같아요."

나는 어금니를 악물었다. 메마른 눈가에 뜨거운 눈물이 차올라 시야를 적셨다.

"꼭 만나야 해요!"

강압적인 어투로 소년이 말했다.

이내 잔뜩 험상궂던 표정을 풀고 이번에는 정중한 목소리로 말했다.

"제발 만나요. 부탁드립니다."

9

열쇠를 건네받고 엘리베이터를 기다리는 동안 고개를 돌려 로비에 선 소년을 보았다. 호텔에서 받은 수건으로 머리카락을 털며 나를 보고 있었다.

"미안하네."

"아닙니다."

사과하자 소년은 겸연쩍은 듯 시선을 떨어뜨렸다.

"저야말로 죄송합니다. 예의 없는 말을 해서."

"아뇨, 덕분에 마음을 굳혔어요."

울다 지친 후처럼 마음이 개운했다.

엘리베이터에 올라타며 손을 들자 소년이 머리카락을 말리던 손을 멈추고 말했다.

"다녀오세요."

소년이 알려 준 917호실 방문을 두드렸다.

숨이 멎었다. 언제부터 거기에 있었는지 문 안쪽에는 기라리가 서 있었다.

7년 전 모습 그대로였다. 입고 있는 옷도 그날 여행을 간다며 입었던 옷과 똑같았다. 달라진 건 왼손 약지에 끼워진 반지 정도일까.

"쓰치야 씨."

나를 부르는 목소리가 들렸다. 눈에서 눈물이 뚝뚝 떨어졌다. 기라리의 눈에서도, 내 눈에서도. 기라리를 끌어안은 손에 힘이 들어갔다.

따뜻하고 그리운 기라리의 감촉과 향기. 시간이 지나도 기억하고 있다.

"기라리. 조심하라고 했잖아."

간신히 말을 꺼내자 기라리가 대답했다.

"미안해요!"

내 어깨에 두른 손에 힘을 실으며 거듭 사과했다.

"미안, 미안해요."

"늦어서 미안해!"

나도 사과했다.

7년 전 기라리가 여행길에 오른 날, 구마모토현 페리 사고에 구와모토 데루코라는 이름은 행방불명자로 기재되어 있었다. 나이는 기라리가 알려 준 것보다 세 살이나 어렸다.

"처음 만났을 때, 저 열일곱 살이었어요."

이제 다른 이름인 기라리가 조용히 이야기를 시작했다.

"제 본가는 구마모토 시골이에요. 부모님은 인쇄소를 했는데 결혼하면 무조건 그 인쇄소를 이어받아야 한다고 했죠. 어렸을 때부터 귀에 딱지가 앉도록 들었어요. 내가 왜 그래야 하냐고 반항도 했지요. 나는 인쇄소 일 따위는 정말 하고 싶지 않았거든요. 저는 정장을 입는 멋진 남자랑 결혼할 거라고 티격태격했어요."

"그랬었군."

"고등학생이 되자 모든 게 다 싫어져서 충동적으로 가출을 했어요. 바보 같은 생각이었지만 도쿄에 가면 뭐라도 달라질 것 같아서. 그때 쓰치야 씨를 만난 거예요."

기라리가 앞머리를 살짝 넘겼다. 희미한 흉터가 여전히 남아 있었다.

"그때 너무 두려웠어요. 사고는 났는데 저는 보험증도 없었고 들고 나온 돈도 예상치 못하게 써 버렸잖아요. 그보다 고향으로 돌려 보내질까 봐 걱정되어 견딜 수가 없었어요."

갑자기 진지한 표정을 지은 기라리가 고개를 숙였다.

"거짓말을 너무 많이 했어요. 정말 죄송해요."

"…이제 됐어."

나는 기라리의 머리를 쓰다듬었다. 잠시라도 어디를 잡고 있지 않으면 그 시간이 녹아 버릴 것 같아 두려웠다. 기라리가 걱정되는 표정으로 눈을 가늘게 떴다.

"곧 전부 얘기할 생각이었어요."

가슴이 찢어질 것 같았다. 내 안에서는 7년이 흘렀다. 그러나 기라리 안에서 시간은 어떻게 축적되고 어떻게 의식되는 걸까?

그것은 정말 문자 그대로 '곧'이었을 것이다.

"정말이에요. 저, 이번에야말로 전부 얘기하고 쓰치야 씨와…."

"그날은 본가로 돌아가 부모님을 만날 생각이었던 거지?"

기라리가 고개를 끄덕였다.

"도쿄에 나온 뒤로 한 번도 부모님과 연락하지 않아 정말 용기를 내서 부모님을 찾아뵙고 싶었어요."

"내가 네 부모님을 만나고 싶다고 해서?"

"네, 저도 나름대로 준비를 해야겠다고 생각했어요. 일단 가출한 것에 대해 용서를 빌어야 했으니까요. 그 후에 결혼 얘기를 꺼낼 생각이었어요."

기라리 눈에 맺혀있던 눈물방울이 또르르 떨어졌다.

"반지를 보여 주고 자랑하고 싶었어요. 쓰치야 씨 같은 멋진 남자와 결혼하게 되었다는 것을."

"나는…, 그런 멋진 남자가 아닌데…."

기라리는 언제나 나를 착실하고 올곧은 사람이라 과대평가했다. 고개를 젓는 나를 보고 기라리가 웃음을 지었다.

"저, 첫눈에 반했었나 봐요."

힘이 빠진 후련한 얼굴이었다.

"저는 꽤 엉망이었거든요. 도쿄로 가는 비행기 안에서 이제 유흥업소에서 일해야 한다고 생각했어요. 무서웠지만 얼른 생활비를 마련하려면 그게 가장 좋은 방법이니까요. 게다가 거부감도 없었거든요. '히무카이 기라리'는 그때 생각한 저의 가명이에요."

내 코를 살짝 어루만진 기라리의 얼굴이 다시 어두워졌다.

"하지만 쓰치야 씨에게 도움을 받으니 이 사람한테는 미움받고 싶지 않다는 생각이 들었어요. 적게 벌어도 좋으니 착실하게 일해야겠다고 작정했지요. 유흥업소 일은 쓰치야 씨에게 차인 후에 해도 된다고 생각했어요. 덕분에 유흥업소에서는 한 번도 일하지 않았네요."

미안한 표정으로 두 손을 모은 기라리가 아까보다 더 깊이 고개를 숙였다.

"나는 네게 아무것도 해 준 게 없어."

"네?"

기라리가 고개를 들었다. 기라리를 볼 면목이 없어 눈을 똑바로 바라볼 수 없었다.

7년 동안 기라리를 기다렸다. 하지만 그동안 나는 기라리를 온전히 신뢰하지 않았다. 기라리의 마음에 나는 어디까지 응했다고 할 수 있을까?

기라리에게 조금 더 빨리 부모님에 관해 물어봤더라면, 기라리가 안심하고 모두 털어놓을 수 있도록 내가 확실히 행동했더라면, 기라리가 혼자 페리에 타는 일은 없었을 것이다. 내가 기라리의 모든 것을 받아들일 수 있다고 더 적극적인 태도를 보여 주었더라면 기라리는 거짓 여행을 가지 않아도 됐다.

"그렇게 행복했던 시간은 없었어요."

기라리다운 솔직한 말이었다. 팔을 뻗어 내 몸을 끌어안았다.

"프러포즈도 물론 기뻤지만 오하시, 구미코 씨에게 저를 소개해 줬을 때도 정말 너무 기뻤어요. 친구에게 나를 여자친구라고 소개시키다니. 어린 마음에도 안 좋은 부분을 보이고 싶지 않았어요. 거짓말을 한 제가 나쁜 거예요. 그리고 그 거짓말도 나중에 얘기하면 분명 쓰치야 씨는 모두 용서해 줄 거라고 제멋대로 믿었어요."

기라리는 그렇게 생각한 자신이 후회된다고 했다.

"페리호 사고 당시, 물에 빠져 괴로웠을 때도 저는 구조될 거라고 믿었어요. 죽는다고는 전혀 생각하지 않았어요. 왜냐하면 저는 쓰치야 씨와 결혼도 해야 하고, 부모님과 화해도 해야 하고, 그리고 앞으로 제 인생에는 좋은 일만 기다리고 있을 거니까요. 아무것도 무섭지 않았거든요. 눈을 뜨면 분명 쓰치야 씨와 함께 있으리라고 생각했어요."

애처로울 정도로 밝은 기라리의 목소리가 듣기 괴로웠다.

"제가 죽었다는 것을 알았을 때는 너무 분하고 믿을 수 없었어요. 무엇보다 쓰치야 씨를 생각하니 너무 슬펐어요. 지금도 울고 싶어요. 하지만…."

걱정을 담은 눈동자가 내 눈을 바라보았다.

“쓰치야 씨가 7년이나 절 기다렸다는 말을 듣고 아무래도 좋았어요. 미안해요. 이제는 저, 너무 행복해요. 아무 말도 못 하고 외로운 기억만 주고 혼자 남겨뒀는데 거짓투성이인 저를 이렇게 사랑했다니 정말 고마워요.”

기라리가 자기 손을 내 손에 포갰다.

“이걸로 충분해요. 이젠 기다리지 말아요. 결혼은 정말 하고 싶었는데….”

“기다리긴 뭘. 그냥 나는 인기가 없었던 거야.”

“거짓말.”

기라리가 화난 표정으로 내 뺨을 톡톡 두드렸다.

“나이는 저보다 많지만 당신은 정말 멋진 외모를 가졌다고 생각해요. 아직 결혼할 수 있어요. 쓰치야 씨는 연봉도 괜찮고 일자리도 확실하잖아요.”

이렇게 말하는 기라리가 우스꽝스러웠다. 우스워서 웃음이 났고, 웃다가 눈물이 나와 기라리에게 미안해졌다.

어느 순간 캄캄한 밤하늘이 희부옇게 새벽으로 바뀌려 하고 있었다. 빗소리와 고요함이 묘하게 또렷이 느껴지는 순간이 찾아왔다. 기라리와 헤어져야 하는 시간이 점점 더 가까워지고 있는 게 두려웠다.

내 얼굴을 어루만지던 기라리가 일어서며 말했다.

"이제 정말 끝인가 봐요."

올려다본 기라리의 얼굴이 푸르스름하게 빛나고 있었다. 달도 보이지 않는 비 내리는 밤, 기라리를 비추는 이 빛은 어디에서 온 걸까? 신기했다.

"제 물건들, 모두 봤어요?"

"응, 미안하지만…. 봤어."

"쿠키 캔은?"

"쿠키?"

어째서인지 기라리가 웃더니 내게 물었다.

"벽장 바닥이 이중으로 되어 있는 거 모르죠?"

내가 아무 말도 못 하자 기라리는 예상했다는 듯 '역시' 하고 중얼거렸다.

"기다려 줬으니 마지막으로 부탁 하나 해도 돼요? 벽장 바닥에 제 '보물 상자' 쿠키 캔이 있어요. 그 안에 섬에서 나올 때 갖고 나온 엄마가 직접 떠 준 모자 같은 물건이 여러 개 들어있어요. 그걸 우리 부모님께 돌려 줄 수 있을까요? 택배라도 괜찮으니…."

"…그래. 꼭!"

사고 후, 기라리의 부모님은 아마 구와모토 데루코의 행방불명 소식을 알리는 연락을 받았을 것이다. 싸우고 집을 나간 딸이 몇 년 만에 돌아오려던 그날, 결국 돌아오지 못했다는 것을 알게 된 부모님의 마음은 도저히 상상도 할 수 없다. 기라리의 부모님도 나와 마찬가지로 아직도 행방을 알 수 없는 기라리를 계속 기다리고 있을지 모른다.

"아, 그런데 참 미안해요. 드라마나 영화를 보면 보물 상자 안에서 주인공에게 보내는 편지 같은 게 나오잖아요. 근데 저는 바로 당신께 돌아갈 생각이어서 쓰치야 씨에게 줄 것은 아무것도 없어요. 미리 말해 둘게요, 실망하면 안 되니까."

"그런 말은 굳이 하지 않아도 돼."

씁쓸하게 웃었다. 하지만 너무나도 기라리다웠다. 그녀는 미안하다는 듯 말을 계속했다.

"아무것도 남기지 않아 미안해요."

동틀 무렵, 밤하늘의 비구름이 서서히 숨는지 주위가 조금씩 밝아졌다. '아침이 온다'고 말하며 뒤를 돌아보는데 기라리는 사라지고 없었다.

기라리는 사라지기 직전까지 내 어깨에 기대 "사랑해요!"라고 말했다.

그 감촉도, 무게도, 향기마저도 어느새 주변에서 깨끗하게 사라져 버렸다.

빗소리가 고요하게 울렸다. 갑자기 어두워진 방은 온도까지 변한 것처럼 쌀쌀했다.

로비로 내려가자 츠나구 소년이 소파에서 기다리고 있었다.

내 모습을 발견하고 일어나 차분한 발걸음으로 다가왔다. 나를 향해 소리 지르던 어제의 모습은 찾아볼 수 없었다.

"정말 고마웠네."

소년이 고개를 저었다.

"아닙니다."

계속 사무적인 말투로 일관할 생각인가 보다. 열쇠를 건네받은 소년이 내게 물었다.

"감상 한마디 부탁드립니다."

츠나구의 보수는 그것으로도 괜찮다고 했다.

"기라리를 만나서 진심으로 다행이라고 생각해요. 이제 미련이 남지 않을 것 같네요."

"그건 정말 다행입니다."

무뚝뚝하게 대답했지만, 소년은 슬며시 웃음을 보였다.

"진심으로 고마웠어요."

끈질기다고 생각하겠지만 다시 한번 감사 인사를 전했다. 소년이 천천히 고개를 저었다.

10

집으로 돌아와, 기라리가 사용했던 벽장을 열고 바닥을 살폈다. 서재 벽장을 여는 건 정말 오랜만이었다. 마루 아래는 정말 이중으로 바닥이 되어 있었다. 자세히 보지 않으면 알 수 없는 위치에 움푹 팬 곳이 있었는데 그게 손잡이였다. 이것을 알아차린 기라리가 신기할 정도로 눈에 띄지 않는 곳이었다.

이중 바닥 아래에 쿠키 캔 하나가 덩그러니 놓여있었다. 마치 보물을 모으는 아이 같다는 생각에 괜히 웃음이 나왔다. 애틋함인지 그리움인지 알 수 없는 감정이 가슴에 휘몰아쳤다.

뚜껑을 열자 기라리의 추억이 담긴 물건이 잔뜩 나왔다. 핑크색과 빨간색의 원색을 사용해 직접 뜬 모자도 있었다. 옛날에 쓰던 학생 수첩이나 친구와 찍은 듯 보이는 스티커사진, 그리고 그 스티커사진을 붙인 앨범도 있었다. 사진 속 기라리는 아이라인을 진하게 그린 갈색 머리 시절의 모습이었다. 수첩에는 '구와모토 데루코'라는 이름이 또박또박 적혀 있었다. 그렇게나 찾아 헤매던 그녀의 신원이었다.

쿠키 캔 바닥에서 커다란 갈색 봉투를 발견했다. 봉투에서 두꺼운 종이와 누렇게 변한 종잇조각이 나왔다. 세 번 접은 두꺼운 종이를 펼치니 사각형 컵이 만들어졌다.

가슴이 철렁했다. 다급하게 누런 종이를 보았다. 이제는 글자를 읽을 수 없게 된 종이를 자세히 살펴보니 희미하게 영화 제목이 보였다. 그 아래에 적힌 날짜는 제목보다 크기가 작아 지워졌지만 나는 그게 언제인지 알고 있다.

사각형 컵은 기라리가 먹었던 캐러멜 팝콘 용기였다. 가장 작은 사이즈. 그리고 같이 들어있던 영화 티켓. 희미하게 기름얼룩이 보이는 용기는 어쩌면 씻어서 건조한 것일지도 모른다. 이렇게 간직하고 있었다니. 그때 기라리는 가진 돈이 많지 않았다. 팝콘을 먹는 영화 데이트가 처음이라며 지나칠 정도로 기뻐하는 모습을 보며 나는 유난스럽다고 생각했다. 분명 내 기분을 좋게 만들려고 일부러 그러는 거라고.

손에 펼쳐진 사각형 컵을 가만히 바라보았다. 움직일 수 없었다. 그 종이를 끌어안고 울고 싶은 충동에 휩싸였다. 호텔 방에서 기라리와 헤어질 때보다, 이 방에서 기라리가 떠났을 때보다 지금 설명할 수 없는 상실감이 온몸으로 덮쳐왔다. 내 앞에서 사라진 존재의 무게가 그 어느 때보다 더 무겁게 나를 짓눌렀다.

기라리는 이 캔을 '보물 상자'라고 불렀다. 설명할 필요도 없이 당연히 안에는 그녀의 소중한 물건으로 가득했다. 사각형 컵을 캔 위에 두고 기라리가 썼던 오래된 학생 수첩을 펼쳤다. 구와모토 데루코의 구마모토현 주소가 적혀 있었다.

기라리의 부모님을 만나러 간다.

제대로 설명은 못 하겠지만 '따님의 남자친구입니다, 결혼하려고 했습니다, 만약 부모님께서 반대하신다면 따님과 함께 맞서 싸울 생각이었습니다' 등등 할 말을 준비했다. 미성년자와 살고 있었으니 비난받고 욕을 먹는 것은 어쩔 수 없다. 하물며 상대는 그들의 소중한 외동딸이다.

기라리의 말을 들어 보면 상당히 엄격한 부모님 같았기에 아마 나도 주눅이 들지도 모른다. 하지만 그래도 괜찮으니 기라리의 부모님이라도 뵙고 싶었다. 나는 기라리의 가족이 되지 못한 사람이지만, 그래도 기라리가 나와 보낸 시간을 어떻게 부모님께 말하려 했는지 전할 사람은 나밖에 없다. 나 또한 그만큼 행복했던 시간은 없었다.

그리고 이제 나는 앞으로 나아가야만 한다. 원하든 원하지 않든, 멈췄던 시간은 흐르고 움직여 분명 나를 바꿔놓을 것이다.

"아무것도 남기지 않아 미안해요."

'도대체 뭐가?'

마음속으로 기라리에게 말하며 다시 물건들을 원래대로 그녀의 '보물 상자'에 넣었다. 뚜껑을 닫은 쿠키 캔을 쓰다듬자 방치한 세월을 말해 주듯 까칠하게 녹슨 감촉이 느껴졌다.

죽음 이후의 만남을 주선해 드립니다

"아유미, 내 후계자가 되어 주렴!"

1

창문을 통해 내리쬐는 느긋한 휴일의 햇살은 어렴풋한 옅은 색을 띠고 있다.

"아유미, 여기다."

병실에는 아버지의 외삼촌인 아키야마 사다유키가 먼저 와있었다. 침대 앞에 놓인 둥근 의자에 앉아 있던 사다유키가 아유미를 보고 손을 들었다.

"아유미, 잘 지냈느냐. 많이 컸구나. 지금 몇이지?"

"열일곱이요."

"이 녀석, 나이는 당연히 알고 있지. 키 말이야."

올해 나이가 여든이라고는 도저히 믿을 수 없는 힘찬 목소리다. 할머니의 머리맡에는 커다란 멜론이 담긴 과일 바구니가 놓여있었다.

"175요."

아유미가 코트를 벗으며 대답하자 사다유키가 자신만만하게 말했다.

"나는 177이었어."

"그러면 제가 이기면 알려 드릴게요. 이제 곧."

"뭐? 이런, 내가 아무리 늙었어도 그건 분한 일이야."

"오라버니, 아유미는 농구를 한대요. 키는 앞으로 더 클 거야."

침대에서 몸을 일으킨 할머니는 아유미가 대견한 듯 바라보며 미소를 지으셨다.

"그렇지? 아유미? 더구나 이제 오라버니는 허리와 등이 굽었으니 키가 컸던 건 옛날얘기 아닌가?"

"한창 젊었을 때의 최고 기록으로 하면 되지. 어때, 괜찮지, 아유미?"

"네. 그래도 상관없어요."

사다유키는 만족한 듯 앉아 있던 의자에서 일어섰다.

"자, 나는 이만 가 보겠네."

사다유키가 할머니를 향해 손을 흔들었다. 푸른색의 굵은 혈관이 여러 줄이나 드러난 팔은 마르긴 했지만 뼈가 굵어 거뭇거뭇한 검버섯마저 그을린 피부와 어우러져 건강해 보였다.

"미안해요, 오라버니."

"괜찮다니까. 누워 있어."

얼굴을 찌푸린 사다유키가 침대에서 내려오려는 할머니를 말리며, 그때까지 무릎에 올려둔 모자를 염색한 것처럼 하얗게 센 머리 위에 썼다.

옛날 영화에서만 보았던 머리 모양이 볼록 올라와 있는 중산모. 사다유키가 침대에 기대어 세워놓았던 지팡이를 손에 들었다. 오늘은 평범한 셔츠에 재킷 차림이지만 사다유키는 몇 번에 한 번꼴로 이 모자에 기모노를 입고 두 겹 망토를 두른 시대착오적인 모습으로 나타난다. 심지어 그 모습이 거짓말처럼 잘 어울리는 탓에 아유미는 가끔 사다유키가 아니라 자기가 시대와 동떨어진 것 같다는 생각마저 한 적도 있다. 사다유키는 언제나 당당했고 아유미는 사다유키의 그런 점이 좋았다.

"네, 작은아버지는 오늘 온다고 하더냐?"

"네, 이따가요. 작은아버지가 병원에 오면 그 차로 저도 함께 돌아갈 예정이에요."

"그렇구나."

학교 동아리 활동이 끝난 아유미만 먼저 온 것이다. 사다유키가 고개를 끄덕였다.

"오라버니도 오늘은 차 타고 왔지요? 조심해서 돌아가요."

"알았다. 오늘은 운전기사와 왔으니 걱정하지 않아도 된다."

사다유키가 자랑스럽게 가슴을 펴더니 아유미를 보며 모자챙을 슬쩍 들어 올렸다.

"난, 지금도 오토바이를 탄다니까. 아직 어디든 혼자서 갈 수 있어."

"오라버니는 예전부터 기운이 너무 넘쳐서 탈이었다니까요."

"뭐, 그렇지."

할머니가 오라버니의 기분을 맞춰 주듯 미소를 지으며 말하자, 사다유키도 할머니를 보며 웃었다.

"아유미, 밖까지 배웅 좀 해다오."

사다유키가 병실을 나서려다 아유미를 불렀다. 함께 복도로 나가자 사다유키의 얼굴에서 미소가 사라졌다. 그리고 진지한 목소리로 질문했다.

"별일 없느냐."

"네, 별일 없어요."

만날 때마다 듣는 사다유키의 걱정 섞인 질문과 격려는 어렸을 적부터 쭉 변하지 않는 습관이었다.

"그렇다면 됐다. 곤란할 때가 있으면 언제든지 망설이지 말고 말하려무나."

아유미 어깨를 토닥이던 사다유키가 말을 이었다.

"그리고 할머니는 큰일이 아니라고 하니 너무 걱정하지 않아도 된다, 아유미."

순간 아유미는 할머니가 입원했을 때부터 가슴부터 목을 압박하는 불안을 간파당한 기분이 들어 말문이 막혔다. 싱긋 웃은 사다유키가 아유미의 어깨를 툭툭 두드리며 말했다.

"그럼, 난 간다. 또 오마."

"네."

간호사실 앞에는 사다유키의 비서들이 기다리고 있었다. 병원과는 어울리지 않는 정장 차림이다. 언젠가 사다유키가 그들을 회사의 사무 겸 영업 겸 홍보 담당자라고 소개했었다. 그들은 사다유키의 뒤를 따라 모퉁이를 돌아 사라졌다.

아유미가 병실로 돌아오자 할머니가 과일 바구니에서 사과를 꺼내 껍질을 깎고 있었다.

"작은아버지 가족은 몇 시에 온다고 하디?"

"4시 정도요. 아카네의 학원이 끝나면 바로 같이 온대요."

"그러니?"

할머니가 손에 든 과도에서 시선을 돌려 텔레비전 옆에 놓인 시계를 흘끗 보았다. 작은아버지 가족이 오기까지는 아직 한 시간 가까이 남아 있었다. 캐릭터가 그려진 자명종 시계는 할머니가 입원하기 위해 집을 나설 때 사촌 여동생인 아카네가 건넨 것이다.

"지바는 어땠니?"

"아직 체육관이랑 학교 주변밖에 못 봐서 도쿄랑 뭐가 다른지 모르겠어요. 그보다 할머니, 몸은 좀 어때요?"

지난주 병원에 왔을 때 지바에 있는 학교에서 농구 연습 시합을 한다는 소식을 전했었다. 할머니가 다 깎은 사과 한 조각을 아유미에게 건넸다.

"매주 묻는구나. 별일 없이 늘 비슷해."

아유미는 올해 할머니에게 심장 지병이 있다는 사실을 처음 들었다. 그전에도 정기적으로 병원을 찾는 사실은 알고 있었다. 다만 그건 고령에 따른 정기검진이라며 마음에 깊이 담아 두지 않았다. 하지만 지난달 가슴이 답답하다고 호소한 할머니가 담당의의 소개로 입원하게 된 것이다. 이 병원은 할머니가 아유미 가족과 함께 살고 있는 집에서 꽤 멀리 떨어진 대학 부속 병원이다. 매번 진료받던 동네 병원이 아니라 멀리 있는 대학병원에 입원했기에 할머니의 병을 걱정하지 않을 수 없었다. 그런데도 작은아버지는 그저 검사라고만 했다.

병실에 놓인 침대 네 개 가운데 두 개는 비어있었다. 다른 환자가 있는 대각선 방향의 침대 하나도 커튼으로 가려져 있다. 텔레비전 소리가 새어 나오고 커튼 틈새로 깜빡깜빡 다채로운 빛만 보일 뿐이다.

사과가 아주 잘 익었다. 할머니가 또 한 조각을 건네며 느닷없이 말했다.

"아유미, 부탁이 있단다."

할머니의 눈동자는 흔들림 없는 짙은 빛이 감돌았다.

"너에게 말이야, 내가 하는 일을 물려주고 싶단다."

"일?"

"그래, 일."

할머니는 대답과 함께 입가에 희미하게 미소를 지었다.

"이미 일로 만나야 할 사람이 있는데, 유감스럽게도 내가 입원하는 바람에 직접 보러 가기가 곤란해졌어."

"만나요?"

올해 일흔다섯이 된 할머니가 누구를 일로 만난다는 것인지 알 수 없었다. 할머니는 뜨거운 음식을 식힐 때처럼 숨을 불며 말했다.

"츠나구라는 일이다. 아무리 생각해도 역시 네가 좋겠어. 아유미, 내 후계자가 되어 주렴."

잠시 깜빡이던 눈을 어디에 두어야 할지 알 수 없었다. 파란색 환자복 사이로 엿보이는 할머니의 손목과 목덜미가 너무 가늘었다. 할머니 입가에는 무언가를 삼키는 듯한 체념과 쓸쓸함 그리고 일종의 각오가 엿보였다.

"무슨 말씀이세요?"

"좀 전에 다녀가신 사다유키 할아버지가 점술사라는 건 알고 있지?"

"네."

어렸을 적부터 아키야마 가문은 그런 집안이라고 듣고 자랐다. 할머니의 친정은 유서 깊은, 마을에서 영향력이 있는 가문으로 점술로 생계를 꾸려나가고 있다. 오랜 세월 단골인 집안도 많고, 이름을 대면 깜짝 놀랄 만한 학자나 예술가, 연예인도 많다고 들었다. 그렇게 부를 축적한 유복한 가문은 부모님을 잃은 아유미를 물심양면으로 도와주고 지원해 주었다.

"아키야마 가문의 일 중에 내가 물려받은 일이 있단다. 너뿐만이 아니라 네 작은아버지나 고모에게도 말하지 않았다만."

"할머니도 점을 볼 수 있다는 건가요?"

아유미가 당황한 목소리로 묻자 할머니가 고개를 저었다.

"점술이 아니다. 죽은 사람을 불러내 살아있는 사람과 만나게 해 주는 일이야."

"네에?"

그 어이없는 말에 웃음이 터지려고 했지만, 할머니는 조금의 웃음기도 없이 진지한 목소리로 말했다.

"농담이 아니란다. 죽은 사람과 산 사람을 만나게 해 주는 일을 '츠나구'라고 하지. 아유미, 네가 그것을 물려받았으면 한다."

아유미의 뺨이 실룩거렸다. 할머니의 진지한 눈빛을 봐서 거짓말이 아니라는 건 알 수 있었다. 무엇보다 할머니가 이런 이야기를 하는 건 처음이었다. 그동안 할머니는 오랜 시간 이어져 내려온 점술가 가문은 자신과 전혀 관계가 없다는 표정을 했었다. 점술은 어디까지나 생업에 불과하고 다른 직업과 별 차이가 없다고 말했다. 그래서 할머니에게는 한 번도 종교적이거나 오컬트적인 느낌을 받은 적이 없다. 언제나 맑고도 밝았다. 그건 지금 아키야마 가문의 당주인 사다유키도 마찬가지였다. 그렇기에 아유미는 눈에 보이지 않는 것에 과도하게 의존하거나 혐오하지 않고 적당한 거리감을 유지할 수 있었다.

"왜 저예요?"

이어서 나온 말은 지극히 당연한 질문이었다. 왜 할머니가 츠나구 역할로 자신을 지정했는지 궁금했다. 작은아버지나 고모에게도 말하지 않았다고 했다. 게다가 할머니의 손자는 아유미만 있는 것이 아니었다.

"아무리 생각해도 네가 제일 좋겠다는 생각이구나."

할머니는 얼굴색 하나 바꾸지 않았다. 대신 아유미의 손에 든 먹다 만 사과를 보고 어쩔 수 없다는 듯 새로 깎은 사과를 내려놓았다. 그리고 미소를 지었다.

"자식이나 손자 중에 병문안을 네가 가장 많이 오기도 했고. 아, 쓸데없이 낭비하는 구석이 있기도 하지만."

"아이, 참, 할머니."

당황한 아유미가 막 벗은 꼼데가르송 코트를 품에 끌어안았다. 영국의 유명 브랜드 글로버올과 준야 와타나베가 함께 디자인한 이 더플코트는 어깨와 모자에 가죽과 체크무늬 천이 덧대어 있다. 스타일리시한 디자인에 반해, 저금과 아르바이트로 번 돈을 모두 투자해 무리하게 산 코트였다. 인생 최고로 작정하고 산 옷에 흥분한 나머지, 할머니가 가격을 물었을 때 그만 솔직하게 말해 버리고 말았다. 할머니는 15만 엔이라는 아유미의 말에 기겁을 했었다. 코트 값은 눈 깜짝할 사이에 함께 사는 작은아버지와 작은어머니, 아카네한테까지 퍼졌다. 지금도 무슨 일이 있을 때마다 "아유미, 그 코트는 평생 입어야 해."라며 잔소리를 듣고 있다. '아유미의 한 벌뿐인 브랜드 옷'이라며 가족들에게 놀림을 받기도 하는 코트다.

할머니는 고개까지 숙이며 정중하게 말했다.

"부탁하마."

2

츠나구는 의뢰인의 부탁을 받고 의뢰인이 만나길 희망하는 망자와 교섭한다.

망자에게 만날 생각이 있는지 없는지 그 의사를 확인하고 승낙하면 망자와 의뢰인을 만나게 해 준다.

아유미는 할머니의 설명을 멍하니 듣고만 있었다. 그러다 문득 이야기의 내용보다 할머니는 이 일을 어떻게 받아들였을까 하는 궁금증이 생겼다. 할머니는 건성으로 귀담아듣지 않는 아유미를 꾸짖었다.

"난 이상해지지 않았어. 내 말을 믿지 않는 게냐? 무례한 녀석."

"그게 아니라…."

점술은 일종의 통계학이라고 들었다. 사다유키가 어떤 점술을 하는지는 잘 모르겠지만, 할머니의 츠나구 얘기는 너무나도 갑작스럽고 근거 없는 명백한 오컬트였다.

"뭐, 됐다."

할머니가 긴 한숨을 내쉬며 말했다.

"싫어도 조만간 알게 될 게야. 어쨌든 츠나구의 임무도 우리 가문에 전해져 내려오는 소중한 힘 중 하나거든. 그 힘은 내가 지니고 있지만 일은 아키야마 가문의 도움을 받고 있어."

"도움요?"

"망자와 산 사람이 만나는 공간을 제공받기도 하고 사무적인 준비를 도와 주지. 업무라고는 해도 이 힘은 사회 공헌이나 다름없어서 의뢰인에게 보수를 받진 않아. 그런 모든 일을 아키야마 가문이 뒤에서 힘을 보태주는 거란다."

"흐음. 그러면 사다유키 할아버지께 부탁하면 되지 않나요?"

"지금까지 쭉 그래 왔어. 젊었을 때는 내가 의뢰인에게 직접 이야기를 듣고 그들의 만남을 지켜봤지. 하지만 요즘에는 몸이 좋지 않아 처음 의뢰인에게 전화를 받고 망자와 교섭하는 것 이외에는 전부 아키야마 가문에 부탁했지."

"사다유키 할아버지께 그 힘을 물려주면 안 되는 건가요?"

당장 할머니에게서 일침이 날아왔다.

"바보구나. 내가 나이를 먹었으니 네게 물려주고 싶다는 얘긴데, 나보다도 여생이 짧은 오라버니에게 부탁하면 어쩌라는 거냐. 의미가 없잖아. 어떻게 할래. 할 거냐, 말 거냐?"

"할게요."

그 대답에 이제까지 쉬지 않고 말을 하던 할머니가 입을 다물고 아유미를 가만히 쳐다보았다. 이번에는 아유미가 할머니에게 말할 차례였다.

"뭐예요, 해 달라고 한 건 할머니잖아요."

"조금 더 고민하지 않아도 괜찮겠니?"

"할머니는 이미 저로 결정하셨잖아요. 제가 잘할 수 있을지도 모르고, 일단 해 보고 안 될 수도 있겠지만 할머니 결정에 따를게요."

"고맙구나."

할머니의 입원 소식을 처음 들었던 날, 순간 머릿속이 새하얘졌다. 그때를 떠올리면 아유미에게 이쯤은 아무것도 아니다.

'할머니, 죄송해요.'

그때 아유미는 그렇게 생각했다. 동아리 활동을 마치고 돌아가는 길, 비가 오는 고가 밑에서 병원으로 가는 택시를 기다리며 지나가는 자동차의 빨갛고 노란 불빛을 눈으로 좇았다. 택시가 잡히지 않아 반쯤 포기한 탓인지 자신이 무엇을 하고 있는지 목적을 잃은 것처럼 머리가 멍해졌다.

그때 생각했다. 갑작스러운 충격에 눈과 코의 안쪽이 뜨거워졌다.

'할머니, 돌아가시면 안 돼요. 아버지나 어머니처럼 떠나면 안 돼!'

이윽고 다가오는 택시를 향해 손을 들었다. 택시가 가까워지는 동안 그때까지 생각하지 않으려고 마음 깊은 곳에 가라앉아 있었던 결의가 불현듯 차올랐다. 그 갑작스러운 느낌에 아유미는 거의 무의식적으로 각오를 다짐했다.

'할머니를 위해서라면 무엇이든 할게요. 지금까지 아무것도 못 해 줘서 미안해요.'

한동안 말이 없던 할머니가 중얼거리듯 말했다.

"한 번에 전부 혼자 할 수는 없으니…, 조금씩 해 보면서 어떻게 하면 좋을지, 츠나구가 되는 데 필요한 본분을 배우거라. 해 보고 나서 안 되겠다 싶으면 거절해도 괜찮아."

"안 된다니요. 전, 아직 불만이나 약한 소리를 하지 않았는데요."

아유미가 인상을 찌푸리며 말했다.

"그리고 할머니, 그렇게 안 좋으신 거예요?"

"뭐가?"

"건강."

그제야 할머니의 시선이 아유미에게로 향했다. 아유미는 할머니의 얼굴을 가만히 쳐다보았다.

"그동안 해 왔던 일을 그만둬야 할 정도로 건강이 나빠진 거예요?"

"아직 못 들었구나? 나는 천성이 건강 체질인 오라버니보다 오래 살 생각이야. 여든이 되어서도 오토바이를 타는 사다유키 오라버니보다도."

할머니가 다부진 표정으로 미소를 지었다.

"하지만 이건 오라버니에게는 비밀이다. 싸우겠다고 덤비면 귀찮으니까."

"알겠어요."

"그냥 입원하면서 마음이 약해져서 그래. 건강할 때 모두 물려줘야겠다는 생각이 들더구나."

이 말은 할머니의 본심이었다. 시선을 떨어뜨린 할머니에게 아유미는 더 이상 물어볼 수 없었다.

"그건 그렇고. 이제 두 건의 의뢰가 들어올 것 같구나. 만나는 날짜만 정했는데 네가 대신 가서 이야기를 듣고 오렴. 츠나구가 할 수 있는 일과 할 수 없는 일에 대한 규칙을 설명한 다음, 의뢰인에게 만나고 싶은 사람의 이름을 물어보면 된단다. 그러면 다음에 할 일을 설명해 주마."

'끄응' 하고 몸을 일으킨 할머니가 아유미에게 침대 옆 테이블 아래에서 가방을 꺼내 달라고 했다. 손잡이가 너덜너덜해진 이 커다란 가방은, 에코백이라는 이름이 없을 때부터 할머니가 외출할 때마다 가지고 다니던 가방이었다.

할머니는 가방에서 손때묻은 낡은 노트 하나를 꺼냈다. 노트는 어디에서나 파는 브랜드의 흔한 디자인이었다. 얼마나 오래 사용했는지 노트 옆면이 갈색으로 변해 있었다.

"가지고 가거라."

할머니가 아유미에게 노트를 건넸다.

"여기에 츠나구의 업무가 적혀 있으니 꼼꼼히 읽고 공부하려무나."

갈색 표지를 넘기자, 글씨가 빼곡하게 적혀 있었다. 첫 페이지를 본 아유미는 당황했다.

안녕하세요. 제가 바로 사자 츠나구입니다.

츠나구는 살아있는 사람에게 의뢰를 받습니다. 물리적으로 다시는 만날 수 없는 세상을 떠나 버린 사람 누구와 만나고 싶은지 의뢰를 받고 돌아가 대상이 된 망자와 교섭합니다.

츠나구가 해야 하는 대사가 구어체로 적혀 있었다. 이것은 아르바이트 근무지에서 흔히 볼 수 있는 매뉴얼인 셈이다. 이 얼마나 친절한 가르침인가. 그런데도 할머니는 나를 못 믿는 건가? 그런 생각에 아유미는 어깨가 축 늘어졌다. 사소한 일도 걱정하는 꼼꼼한 할머니의 성격이니 그럴 만도 했다.

그렇다 해도 정말 세심하게 하나하나 적혀 있었다. 노트를 넘기다 문득 한 페이지에서 손이 멈췄다. 할머니 글자 위에 다른 누군가의 글자가 겹쳐 있었다. 할머니의 글자보다 크고 거친 그 글자는 남성의 필적 같았다.

오소레잔산의 이타코와는 다르다는 것을 처음에 설명할 필요가 있음. (×) 메시지를 전달하는 형식이 아니라는 것을 확실히 할 것. 어디까지나 츠나구는 면회의 중개인이라는 점을 강조.

외래어가 많이 적힌 메모는 할머니보다 젊은 사람의 표현 같았다. 그러고 보니 이 매뉴얼은 아유미를 위해 작성된 것이라고 하기엔 너무 낡았다.

"이거 언제 쓰셨어요?"

"꽤 오래됐지. 내용은 이해가 되니? 잘 읽어 보고 모르는 게 있으면 물어보렴."

할머니는 아유미의 입을 막으려는 듯이 말을 뚝 잘랐다.

"흐음."

할머니를 난처하게 하고 싶지 않아 나도 모르는 척했다.

깔끔한 글자로 또박또박. 노트를 보는 사람이 애를 먹지 않도록 세부적인 부분까지 마음을 쓴 노트는 장난이나 거짓말을 위해 작성되었다고 하기에는 너무 정성스러웠다.

"아유미, 아직도 믿지 못하는 게냐?"

"아뇨, 이제 믿어요. 그런데 이런 노트까지 만들다니. 할머니는 참 세심하세요."

가슴이 크게 오르내릴 정도로 숨을 들이쉬던 할머니가 머리맡의 자명종을 바라보았다. 작은아버지 가족이 오신다는 4시는 벌써 5분이 지났다.

"아까 오라버니에게도 네게 츠나구를 물려준다는 말을 전했단다. 앞으로도 많이 도와 주실 거야. 물론 모르는 부분이 있다면 나도 가르쳐 줄 거고. 너는 아직 새내기니까 어쨌든 주변의 이야기를 많이 들어야 해. 의뢰인과도 많은 대화를 나누는 게 좋아. 모두 절실한 마음으로 연락하는 것이니 예의 바르게 행동하고. 어른스럽게, 츠나구답게 행동해야 한다."

"츠나구라니…."

저도 모르게 쓴웃음을 짓자 할머니가 따끔하게 말했다.

"진지하게 하는 얘기란다. 당분간 실제 망자와의 교섭은 이 할머니가 할 거야. 네게는 주로 의뢰인과의 만남을 부탁하마. 지금 오라버니 가족들에게 부탁하는 일 같은 중개 말이다."

"네."

"그리고 또 하나."

아직도 할 말이 남은 건지 할머니는 입술을 다물고 잠시 말을 머뭇거렸다.

"아까 말했던 것처럼 츠나구의 힘은 사람에게서 사람으로 이어지는 거란다. 내가 너에게 힘을 건네면 나는 힘을 잃게 돼. 그렇게 넘겨지는 거란다."

"한 사람만 사용할 수 있다는 말인가요?"

"그렇지. 네게 다시 방법을 알려 주겠지만, 힘을 사용하는 것은 언제나 한 명뿐이란다. 그리고 츠나구가 된 사람은 자신이 만나고 싶은 망자와 스스로 교섭할 수는 없어."

"그 말은…."

"다른 사람의 소원을 이루어 줄 수는 있지만, 본인을 위한 의뢰는 누구도 이루어 줄 수 없다는 거지. 한 번 츠나구가 되면 다음에 다른 누군가에게 힘을 물려줄 때까지."

"흐음."

"혹시 만나고 싶은 사람이 있니?"

아무렇지 않은 척하는 할머니에게서 드디어 할머니가 말하려는 의도를 알아차렸다. 나는 가만히 입을 다물고 있었다. 병실 구석의 텔레비전에서 들리는 웃음소리가 허공을 떠도는 듯 크게 울렸다. 할머니가 일부러 천천히 잘 알아들을 수 있도록 말을 이었다.

"만약 만나고 싶은 사람이 있다면 내게 힘을 받기 전인 지금 만나야 해. 아직은 내가 네 의뢰를 들어 줄 수 있어."

"…생각할 시간을 줄 수 있나요?"

"그럼."

할머니가 말했다. 아유미는 자신을 바라보는 할머니의 시선이 느껴졌다. 그러나 왠지 할머니를 쳐다볼 수 없어 손에 든 노트만 바라보았다.

작은아버지 가족은 아직도 오지 않고 있다. 아무래도 늦어지는 것 같다. 어색한 침묵이 흘렀다.

"얼른 챙기거라. 그리고 이건 나와 너만의 비밀이니까, 작은아버지 가족에게도 말하면 안 된다."

"알고 있어요."

"의뢰인과의 대화는 저기 병원 정원에서 하렴."

할머니가 미소를 지으며 침대 바로 옆에 있는 창문을 내려다보았다. 색이 없는 초겨울의 잔디밭이 눈 아래 펼쳐져 있었다.

"저기라면 나도 상황을 볼 수 있으니 안심할 수 있단다. 어떠니? 저기 벤치."

"좋아요, 알겠어요."

"아직도 더 해 줄 얘기가 많단다."

할머니의 목소리는 손자에게 하는 말이라기보다 아직 다 말하지 못하는 여운이 있었다.

"너에게는 정말 할 얘기가 많단다."

그때 열려 있던 병실 문 너머로 가벼운 발걸음 소리가 들렸다.

"할머니!"

아카네가 고개를 내밀었다. 그와 동시에 긴장이 풀린 아유미는 숨을 크게 내쉬었다. 그리고 앉아 있던 의자에서 일어났다. 츠나구 매뉴얼 노트는 가방에 넣었다. 손때묻은 노트 표지를 어루만지다가 문득 아유미는 자신이 '만나고 싶은 사람'을 생각했다.

'나는 누구를 만나고 싶은 걸까?'

정확히는 '누구'가 아니라 '어느 쪽'이라고 말해야 한다. 아유미의 주변에서 세상을 떠난 사람은 두 명뿐이다.

11년 전, 자택에서 죽은 어머니. 그리고 엄마를 살해하고 자살했다는 아버지.

3

나에게 아버지와 어머니에 대한 기억은 많지 않다.

밝은 사람들이었다. 어머니에 대한 기억은 소풍 가는 날 싸준 달걀말이 주먹밥 정도다. 다른 집은 김으로 주먹밥을 감쌌지만, 우리 집은 달걀로 감쌌다. 밥에 후리카케(밥에 뿌리는 일본의 조미료)를 섞어 모양을 만들고, 달걀물과 밀가루를 묻혀 한 면씩 프라이팬에 굽는다. 그러면 표면이 달걀로 노랗게 코팅된 주먹밥을 만들 수 있다.

"아유미 주먹밥은 노란색이네."

다른 아이들이 부러워하면 나도 자랑스러웠다. 달걀에서 풍기는 고소한 냄새. 친구들이 부러워했다는 내 말에 어머니는 또 만들어 주겠다며 기뻐했다.

소풍날을 그린 내 그림이 도내 그림 대회에서 입상하여 신문에 실린 적이 있었다. 그림 속 노란 주먹밥을 본 아버지와 어머니는 틀림없이 우리 집 주먹밥이라며 즐겁게 얘기했다.

어머니는 요리를 좋아했다. 유치원 친구를 고등학교에서 다시 만났을 때, 그 친구가 우리 집에서 드라이 카레를 처음 먹어봤다는 말을 해서 나는 깜짝 놀랐다.

"우리 어머니는 항상 일본 음식밖에 안 만들어. 그런데 그때 너희 집에서 먹은 그 카레는 필라프처럼 생기긴 했지만 카레 향이 제대로 났거든. 정말 맛이 감동이었어."

그 말을 듣고 정말 오랜만에 그 시절 살던 집과 마당에 대한 기억이 되살아났다. 정원에는 수선화가 목을 쭉 빼고 나란히 서 있었다. 그 위에 동백나무 한 그루. 작지만 정성스레 가꾼 마당이었다. 창고의 처마 아래, 요리에 사용하는 월계수 잎과 빨간 망에 담긴 호두가 아무렇게나 걸려 있었다.

"오늘 메뉴는 드라이 카레란다."

어머니가 그렇게 말하면 아버지와 나는 망 안에서 호두를 꺼내 마당 옆 주차장의 딱딱한 콘크리트 위에서 망치로 호두를 깼다. 그리고 호두 알맹이를 주방에 있는 어머니에게 가지고 갔다.

아버지는 다정한 사람이었다. 아마도.

망치를 잘 다루지 못하는 내 손을 붙잡고 함께 호두를 깨 주었다. 영화관에도 데려가 주었고 낚시도 함께 갔다. 장거리 드라이브를 할 때면 돌아오기 전에 반드시 자동차나 나무 그늘에서 한 시간 정도 낮잠을 잤다.

어머니는 장시간 운전해야 한다며 아버지가 깨지 않도록 입술에 검지를 갖다 대며 '쉿' 하고 나를 주의시키곤 했다. 그럼 나는 공원의 미끄럼틀이나 그네를 타고 놀면서, 나뭇잎 사이로 비치는 햇빛에 구멍이 송송 뚫린 그림자가 만들어진 아버지의 얼굴을 멀리서 지켜보았다. 어머니는 그런 아버지의 얼굴에 부채로 가볍게 바람을 만들고 있었다.

두 사람이 사랑의 도피를 하여 맺어진 사이라는 것을 나는 한참 후에야 알았다.

부모님이 세상을 떠난 후였다.

할아버지는 너무 엄격한 사람이라 두 사람의 결혼을 허락하지 않았다. 당시 아버지에게는 할아버지가 정해 준 혼담이 오가고 있었지만 아버지는 거절했다. 그때 이미 어머니가 나를 임신하고 있었다는 사실도 나중에 알았다.

오랜 기간 상업계 고등학교의 교장을 지낸 할아버지는 아버지도 안정적인 직장에 다니길 바랐다. 하지만 아버지가 선택한 길은 프리랜서 인테리어 디자이너였다. 아버지는 국립대학 교육학부를 중퇴하고 아무런 의논도 없이 디자인 전문학교에 다시 들어간 것이다. 그때부터 할아버지는 아들이 달갑지 않았다.

결혼 얘기로 불만에 정점을 찍은 할아버지는 결국 아버지를 내쫓았다. 원래는 자식 셋 중에 장남인 아버지에게 특별한 애정이 있었다.

"네 할아버지가 아들에게도, 며느리에게도 몹쓸 짓을 했구나."

할머니는 그렇게 말했다.

"아버지는 왜 진로에 대해 할아버지에게 한마디 상담도 하지 않았을까요?"

"네 할아버지가 완고한 사람이었으니까. 자식이 잘되길 바라는 마음에서 하는 권유를 거절하면, 그건 그동안 할아버지가 살아온 방식을 부정하는 것이니 네 아버지도 괴로웠겠지."

그리고 할아버지는 실제로 그렇게 생각했다. 혼전 임신도 좋게 생각하지 않아서 며느리를 만나 주지도 않았다. 당시 할머니만 우리가 사는 집을 자주 찾았었다. 그래서 나는 친가 쪽 가족은 할머니밖에 없다고 생각했었다.

할아버지는 내가 초등학교에 들어간 해에 뇌경색으로 세상을 떠났다. 아무런 징조도 없이 담담한 마지막이었다고 한다.

그 무렵의 일은 그전에 있었던 일들보다 더 흐릿했다. 다만 아버지가 무척 기운이 없어 보였다. 구체적인 표정이나 상황이 기억나지는 않지만, 그때 어른의 눈물을 처음 보았다는 기억만 있다. 집 안이 무겁고 삐걱거렸으며 어딘가 답답했다. 어머니는 그런 아버지를 걱정스럽게 바라보았다.

사건이 발생한 것은 그로부터 반년 후였다.

"아유미!"

할머니가 내 이름을 큰소리로 외쳤다. 그러더니 어리둥절해하는 나를 힘껏 끌어안았다. 너무 세게 꽉 껴안는 바람에 할머니의 머리카락이 내 입과 코를 눌러 숨을 쉬기가 힘들었다. 거기가 병원이었는지, 경찰서였는지, 아니면 작은아버지 댁이었는지는 잘 기억나지 않는다. 벌벌 떨면서 내 이름을 부르던 할머니와 작은아버지가 오열했다. 열이면 열 모두 나를 끌어안거나 머리를 쓰다듬었다. 나를 위로하고 동정한다기보다 그렇게 함으로써 모두가 나에게 매달려 자신의 감정을 달래려는 것 같았다.

그 뒤로 나는 부모님의 죽음을 어떻게 이해하고 받아들였는지 지금도 잘 모른다. 처음에 누가 말해 주었는지, 자신이 사건 현장인 그 집이나 호두와 월계수가 있는 마당에 돌아갔는지조차 기억나지 않는다.

철이 들었을 때는 이미 지금의 기억이 만들어졌다.

아버지가 어머니를 살해했다고.

최초 발견자는 할머니였다. 할아버지가 돌아가시고 몹시 우울해하는 아버지가 걱정돼, 할머니는 이런저런 이유를 대며 아들네 집에 자주 방문했다. 그날도 나물 반찬을 많이 만들었다며 나눠 주러 왔다고 했다. 현관 초인종을 눌러도 아무런 응답이 없어서 그냥 돌아가려다가 무심결에 창문으로 거실을 보았단다. 그리고 거실에 포개져 쓰러져 있는 아들 부부를 본 할머니는 마당에 놓인 대나무 빗자루로 창문을 깼다. 할머니도 그 순간 제정신이 아니었다. 아버지와 어머니는 이미 숨이 끊어져 있었다.

어머니의 목은 졸린 것처럼 짓눌려 있었다. 하지만 아버지의 손은 어머니의 목이 아닌 손을 쥐고 있었다고 한다. 어딘가 멀리 떠나려는 걸 붙잡으려는 듯한 자세로. 아버지는 어머니 위에서 혀를 깨물고 죽어있었다.

그날 할머니가 집 안으로 들어갈 때까지 현관이나 창문의 자물쇠가 모두 잠겨있었다. 현장을 휩쓸고 간 흔적이나 현금이나 귀중품에도 손을 댄 흔적이 없었다는 점에서 외부인이 침입했을 가능성은 없다는 판결이 나왔다. 아버지가 어머니를 살해한 후 자신도 뒤따라 자살했다고 보고 사건은 피의자 사망으로 처리되었다.

작은아버지와 고모는 그럴 리 없다고 경찰에 호소했다.

그런 짓을 할 사람이 아니다, 아내와도 사이가 좋았다. 아들인 아유미를 혼자 남겨 두고 그럴 리 없다. 혹여나 자살이라고 해도 혀를 깨물고 죽다니 너무 부자연스럽다.

두 사람은 사건을 재조사해 달라며 사정사정했다. 하지만 경찰은 살해 동기는 차치하고 현장 상황이 너무나 명확하다며 상대도 해 주지 않았다.

아유미는 작은아버지에게 맡겨졌다. 다섯 살 어린 사촌 동생 아카네가 있는 환경에서 군식구인 자신을 받아 준 작은아버지에게 나는 어떠한 감사의 인사말로도 부족하다고 생각한다. 심지어 나는 단순히 부모를 잃은 아이가 아니라 살인자의 자식이었다. 그런데 입에 오르내리는 소문이나 다른 사람이 생각 없이 하는 말을 들으면서도 작은아버지 부부는 전혀 내색하지 않았다.

작은아버지 댁은 이후 혼자가 된 할머니의 집으로 이사했기에 나는 앞으로 할머니와 함께 산다는 사실이 그저 기뻤다. 그러나 나를 지켜 주려는 환경 밖에서는 친하지 않은 친척이나 처음부터 아빠를 안 좋게 생각했던 사람들의 수군거림은 끝도 없었다.

"사랑의 도피까지 하면서 결혼한다 한들 아내를 죽이면 다 끝이야. 본전도 못 찾지."

"돌아가신 아버지도 편히 눈을 못 감겠네."

"남겨진 아이만 불쌍하지."

"남편의 바람이 원인이래."

사건 현장인 거실에서 아버지의 가방은 열린 채 발견됐다. 가방 안의 물건들은 바닥에 흩어져 있었다. 핸드폰도 통화하다 만 듯한 상태로 나뒹굴고 있었다고 한다. 하지만 이 모든 것은 상황 증거에 불과하다.

아버지의 바람을 의심한 어머니가 아버지 가방을 몰래 훔쳐본 것일까? 그 모습을 본 아버지가 욱해서 어머니와 말싸움을 하다가 살인까지 저지른 게 아닐까? 이것은 경찰의 견해조차 없는 소문인 상태로 내 귀에 들어온 이야기다.

작은아버지와 고모는 아버지의 억울함을 호소했지만, 나는 무조건 아버지를 감쌀 정도로 내가 아버지를 잘 아는 것인지 알 수 없었다. 그런 어중간하고 애매한 상태로 소문을 들었다.

아니 땐 굴뚝에 연기가 날까. 어느 호텔에서 여성과 둘이 있는 아버지를 보았다는 이야기가 돌았다. 일이라고는 하지만 누가 봐도 수상해 보였다는 소문이었다. 소문은 또 다른 소문을 낳고 군더더기까지 붙어 사람들이 그 이야기에 싫증이 날 때까지 계속 퍼졌다. 그리고 나는 결국 살인 사건 속 피해자와 가해자의 자식이 되었다.

고등학생이 되어서 재회한 유치원 친구에게 드라이 카레의 추억을 들었을 때는 그 집과 마당, 호두의 맛이 떠올라 그저 단순하게 즐거웠던 시간만 반추했었다. 하지만 얼마 뒤 그 친구가 "저기 지난번엔 내가 옛날 일을 꺼내서 미안했어."라고 사과하는 순간 갑자기 머릿속에서 '띵' 하고 차가운 금속음이 울렸다.

"그 뒤로 그런 일이 있었는지 몰랐어."

"괜찮아. 크게 신경 안 써."

다른 사람이 걱정해 주는 게 싫다고는 도저히 말할 수 없었다.

4

의뢰인 히라세 마나미와 헤어진 후 그대로 할머니 병실로 향했다. 예상이라도 한 듯 창가에 있던 할머니는 입구 쪽으로 몸을 돌리고 있었다.

"수고했구나. 첫 업무는 아무래도 잘 끝난 것 같네."

"아직이에요. 이야기를 들은 것뿐인데요."

가방에서 할머니에게 받은 츠나구 매뉴얼 노트와 히라세의 이야기를 받아 적은 리포트 용지를 꺼냈다.

할머니의 병실 창가에 서서 아래를 내려다보면 방금까지 자신과 히라세가 있었던 장소의 벤치가 보인다.

"어땠니? 그 아가씨는 누구와 만나고 싶대?"

"미즈시로 사오리. 연예인이요."

석 달 전 급성 심부전으로 세상을 떠났다는 연예인이다. 다방면으로 활발하게 활약하던 연예인의 갑작스러운 부고에 지금도 기사를 내보내는 곳이 있을 정도다.

할머니가 고개를 끄덕였다.

"그렇구나. 미즈시로 사오리의 죽음은 정말 갑작스러웠지."

"저는 꽤 의외였어요."

"응?"

"보통 츠나구에게 하는 의뢰라면, 가족이나 친구, 그런 가까운 사람을 만나고 싶어 할 거라고 생각했어요. 이런 의뢰도 많나요?"

"많지는 않단다. 하지만 없지도 않지."

의뢰인은 분명 큰 상실감에 망연자실해 슬픔에 잠겨 있거나, 특이한 사연을 가진 특별한 사람이라고만 생각했다. 하지만 오늘 나타난 히라세 마나미는 지극히 평범한 여성이었다. 절박한 사연이 있는 사람처럼은 보이지 않았다.

"다 각자의 사정이 있으니까."

할머니가 말했다. 닫힌 줄 알았던 창문 끝이 조금 열려 있어 그 틈으로 쌀쌀한 바람이 불어왔다.

“어쨌든 알았다. 미즈시로 사오리라는 거지? 답변을 들으면 네가 다시 의뢰인에게 전해 주거라.”

“네, 그럴게요.”

“그런데 아유미. 아까 보니까 내가 준 노트에 너무 의지하더구나. 고개도 들지 않고 내용을 설명하는 시간이 길어서 걱정했단다. 다음부터는 조금 더 의뢰인의 얼굴을 보고 말하렴.”

“처음이라 어쩔 수 없었어요.”

내가 미간을 찌푸리며 대답했다. 그러다 문득 히라세와의 대화를 떠올리고 궁금해졌다.

“망자도 산 사람과 만날 기회가 한 번뿐인 이유는 그 사람이 만나고 싶은 누군가와 만나 미련을 털어버리고 성불하기 때문 아니냐고 묻더라고요.”

내 말에 창밖을 보던 할머니가 고개를 내 쪽으로 돌렸다. 나는 다시 한번 질문했다.

“그런 건가요?”

“글쎄. 단지 규칙이 그렇단다. 만날 수 있는 기회는 망자 한 사람에 한 번, 그리고….”

“그렇군요.”

“나는 망자가 산 사람을 만난다고 해서 열이면 열, 모두가 만족하고 성불할 수 있다고는 생각지 않는단다.”

원래 할머니의 생각인지 아니면 츠나구를 해 온 경험에서 나온 말인지는 알 수 없었다.

"다음 주에 또 한 건 부탁한다. 이번에는 남성이야. 이 사람은 아주 오래전에 그의 어머니가 의뢰하러 온 적이 있단다. 2대에 걸친 의뢰구나."

"그런 사람도 있군요. 그 사람 어머니의 의뢰도 할머니가 받았어요?"

"내가 받았지. 생생하게 기억한단다. 그때는 나도 많이 고민했지만, 손자하고 둘이 함께 만나게 해 줬거든."

"그렇게도 가능한가요?"

면회는 한 번에 한 사람 아닌가?

"아련하구나."

할머니는 즐거운 듯 눈을 가늘게 뜨며 중얼거렸다.

"손자가 아직 어렸거든. 오라버니에게 과거의 사례를 조사해 달라고 했더니 철들지 않은 아기들을 함께 만나게 해 줬다는 사례가 있어서 특별히 허가한 거야."

"흐음."

"그런 식으로 집안 대대로 의뢰하는 집안도 꽤 있단다. 우리 어머니에게 의뢰한 사람의 자녀가 또 의뢰해 내가 일을 맡은 적도 있거든."

"할머니의 어머니라면 증조할머니? 츠나구 일이 정말 오랫동안 이어진 거네요."

"그렇지. 그래서 겁먹은 게냐?"

"그건 아니지만."

나는 고개를 저었다. 리포트 용지 한 장을 찢어 할머니에게 건네고, 매뉴얼 노트와 함께 가방에 넣었다.

한 주가 지나고 두 번째 의뢰인 하타다 야스히코를 만났다.

히라세 마나미 때와 마찬가지로 의뢰인과의 대화가 끝나고 병실로 돌아온 나는 불쾌한 표정을 짓고 있었다.

창밖의 분위기로 알았을 텐데 할머니는 지난번과 똑같이 맑은 표정으로 질문했다.

"어땠니?"

"되게 별로였어요."

"그랬니?"

표현을 고민하지 않고 솔직한 감상을 말하는 손자를 향해 할머니는 즐겁다는 듯 미소를 지었다.

5

문을 열자, 그곳에 미즈시로 사오리가 앉아 있었다.

간이 떨어질 뻔했다. 놀란 정도가 아니다. 닮은꼴 배우로 의심할 여지조차 없었다.

"아, 안녕. 오늘 잘 부탁해."

어딘가 나른하고 높은 목소리에 긴 갈색 머리카락. 연갈색 피부. 눈동자와 입술의 질감을 살린 화려한 화장. 미디어에서 수도 없이 보았던 미즈시로 사오리가 맞다. 진짜다!

"왜 그러니? 멍하니 서서."

"아닙니다…."

살아있었냐는 말이 목 끝까지 차올랐다. 하지만 그럴 리 없다. 그다음 떠오른 생각은 하나였다.

'할머니는 정말 굉장한 분이시구나. 굉장해!'

만약 미즈시로 사오리가 아니라 전혀 모르는 사람이었다면 나는 아직도 의심했을지도 모른다. 진짜인지 아닌지는 의뢰인 본인밖에 모르니 연기일 가능성도 있다. 하지만 이건 정말 할 말이 없었다.

"얘, 나 오늘 이거 마셔도 돼? 호텔 맥주 마셔도 되니?"

"아마도…."

'정말 마실 수 있나?'

그보다 미즈시로 사오리에게 실체가 있는 걸까? 미즈시로 사오리가 물건을 만지거나 살아있는 사람이 그녀를 만질 수 있는 걸까?

의심스러운 마음에 고개를 갸웃거리는 순간, 침대에 미즈시로 사오리가 앉은 부분이 무게 때문에 움푹 들어가 침대 커버가 주름진 모습이 눈에 들어왔다. 정말로 살아있는 사람과 똑같다.

"나, 죽은 지 얼마나 됐니?"

미즈시로 사오리가 갑자기 가라앉은 목소리로 내게 물었다. 나는 어떤 대답도 할 수 없었다.

"내가 죽다니."

방금까지 짓던 미소를 지우고 웃음기 없는 얼굴로 사오리가 중얼거렸다.

"믿을 수가 없고 화가 나서 츠나구 할머니에게 심한 말을 해 버렸어. 그 사람, 네 할머니야?"

"네."

"미안. 대신 사과 좀 부탁해."

"사오리 씨가 세상을 떠난 지는 넉 달이 되었습니다."

"그렇구나."

사오리가 중얼거렸다. 텔레비전에서는 본 적 없는 어둡고 심각한 표정이었다. 사오리가 다시 한번 말했다.

"그렇…구나…."

화장이 지워지겠다며 사오리가 눈가를 지그시 눌렀다. 그 모습을 보니 매우 잔인한 짓을 강요한 것 같아 가슴이 먹먹했다. 아유미가 반사적으로 물었다.

"왜 히라세 마나미 씨와 만나기로 마음먹었나요?"

할머니에게 미즈시로 사오리가 의뢰를 수락했다는 말을 들었을 때 나는 몹시 놀랐다. 일단 부탁은 했지만, 나는 물론이고 의뢰인 히라세 마나미 씨 역시 만남이 이뤄질 희망은 거의 없다고 생각하고 있었던 것이다.

돌아온 대답은 내가 전혀 예상하지 못한 말이었다.

"그 애는 지금 죽을 생각인 거야."

사오리의 단호한 말에 나는 어떤 말도 할 수 없었다.

"그래서 만나기로 했어!"

사오리는 망설임 없이 대답했다.

히라세 마나미와 하타다 야스히코에게 연락을 할 때는 다른 방과 멀리 떨어진 할머니의 방에서 전화했다. 나는 할머니 방에 집 전화와 다른 회선이 있다는 사실을 몰랐었다. 어쩌면 집주인인 작은아버지도 모를 것이다.

정식으로 만날 약속을 잡은 두 건의 면회는 같은 만월의 날, 한꺼번에 하게 됐다. 서로 우연히라도 마주치지 않도록 면회하는 방의 층수와 약속 시간을 겹치지 않게 잡았다. 무엇보다 보름달이 뜨는 날은 한 달에 한 번뿐이니, 이렇게 겹치는 의뢰도 많다고 들었다.

할머니는 내게 처음이지만 익숙해지기 위해 두 건을 동시에

해 보는 것도 좋다고 했다.

호텔 방의 예약이나 절차는 모두 아키야마 가문에서 처리한다. 나는 그저 의뢰인에게 일정을 제안하고 여기서 만남을 주선하면 됐다.

준비한 방은 모두 달이 보이는 높은 층이다.

"의뢰인을 만나 열쇠를 건네주면 된다. 그리고 네 방도 예약해 두었으니 그 방이나 로비에서 기다리면 돼. 잠깐 눈은 붙여도 되지만 새벽에는 의뢰인이 내려올 테니 푹 잠들어 버리면 안 된다."

"의뢰인에게 감상을 물어봐도 괜찮나요?"

호텔로 향하기 전 내가 질문하자 할머니는 떨떠름한 표정을 지었다. 생각에 잠겨 잠시 아무 말이 없다가 대답했다.

"그럼 딱 한마디만, 한마디 감상이면 수습 기간에는 상관없을 거 같구나."

"아, 지금 저 수습이군요."

"당연하지. 연수 중인 거야."

하타다 야스히코가 만나고 싶다고 의뢰한 사람은 그의 어머니였다.

방문을 노크하자 "네에."라는 대답과 함께 수수한 주황색 기모노를 입은 여성이 나타났다. 초로의 경계에 있긴 했지만, 아직 머리카락도 검고 모습도 건강했다. 병으로 세상을 떠났다고 들었기에 깜짝 놀랐다. 내가 상상했던 유령이나 망자의 모습과는 많이 달랐다.

"신세 좀 지겠습니다."

의뢰인 아들과 달리 어머니는 어린 내게도 정중하게 고개를 숙였다.

"기모노는 오랜만이라, 띠를 제대로 묶었는지 모르겠네요."

옅게 미소를 지으며 거울에 비친 자신의 뒷모습을 신경 쓰는 모습에서 어머니가 아들과의 재회를 고대하고 있음이 그대로 전해졌다.

"살아계실 때, 어르신도 츠나구에게 의뢰하셨다고 들었습니다."

아무리 봐도 살아있다고밖에 느껴지지 않았다. '살아계실 때'라는 표현을 사용하고 나서야 나는 혹시나 상당히 실례되는 말을 해 버린 건 아닐까 후회했다.

그러나 하타다 쓰루는 한층 기쁜 얼굴로 대답했다.

"맞아요. 이렇게 부름을 받는 입장이 되리라곤 생각지도 못했지만, 이렇게 죽은 후에도 저를 만나고 싶어 하는 사람이 있다니 제 인생도 아주 불행한 건 아니었구나 싶어요. 자부심을 느끼고 있어요."

"누군가 자신을 만나고 싶어 한다는 게 기쁜 일인가요?"

그 질문에 하타다 쓰루가 순간 진지한 표정으로 나를 바라보았다. 바보 같은 질문일까? 질문을 바꾸려는 순간, 하타다 쓰루가 고개를 끄덕이며 대답했다.

"그럼요. 매우 기쁘답니다."

나는 그들의 만남이 끝날 때까지 밤새 호텔 로비에서 기다리기로 했다.

미즈시로 사오리는 진짜였다. 다른 망자도 속임수는 아니다. 나는 할머니를 믿기로 했다.

하타다 야쓰히코에게 내 부모님의 일을 모두 털어놓은 것은 정말로 욱하는 심정이었다.

과도한 자신감에 고압적인 태도의 이 아저씨는 분명 내가 어리다는 이유만으로 나를 업신여기고 저런 말투를 하는 것이다. 나는 자신의 성장 과정이 곧 무기가 된다는 것을 예전부터 알고 있었다. 하타다 야쓰히코의 입을 다물게 만들고 싶었다.

부모님이 계시지 않는다는 내 말에 그는 생각했던 것보다 더 큰 반응을 보였다. 하타다 야스히코의 말문을 막았다는 것에 만족해하며 엘리베이터에서 내렸을 때, 뜻밖에도 그가 사과를 해서 나는 깜짝 놀랐다.

"이상한 질문을 해서 미안했네."

"아닙니다."

방으로 가는 야스히코를 배웅한 뒤, 갑자기 방금 내가 너무나 어린애 같은 유치한 짓을 했다는 생각이 들어 입술을 깨물며 한

동안 우두커니 서 있었다.

나는 하타다 야스히코보다 먼저 그의 어머니를 만났다. 안하무인 아저씨라도 그의 어머니는 들떠서 아들을 만나는 순간을 기다리고 있었다.

물에 물감을 푼 것처럼 마음속에 자기혐오가 서서히 번졌다.

로비로 돌아가려고 탄 엘리베이터 안으로 하타다 야스히코의 방문 여는 소리가 들려왔다.

호텔 로비에 들어서니 바로 히라세 마나미가 모습을 드러냈다. 얌전한 사람이었다. 성실하고 자기주장도 강하지 않고, 사람도 쉽게 사귀지 못할 것 같은 타입.

하지만 내 눈에는 미즈시로 사오리의 말처럼 심각하게 '죽음'을 생각하고 있는 사람으로는 보이지 않았다.

죽을 생각이라니 어떤 의미일까? 미즈시로 사오리에게 그 이상은 묻지 못했다.

"미즈시로 사오리 씨는 벌써 방에서 기다리고 계십니다."

그녀는 익숙지 않은 힐을 신은 탓인지 약간은 어색한 걸음걸이로 한 걸음 한 걸음 방을 향해 내디뎠다.

나는 그들의 이야기에서 완전한 방관자다. 그것이 할머니가 해 왔다는 츠나구의 역할일지도 모른다.

12시가 지나고 바 라운지도 문을 닫았다. 나는 프런트 가까이에 있는 소파에 앉아 아침을 기다리기로 했다. 할머니와 어디까지 얘기가 되었는지 모르지만, 호텔 직원들은 같은 자리에 계속 앉아 있는 나를 수상하게 여기지 않고 자연스럽게 대해 주었다. 중간중간 책을 손에 든 채로 몇 번이나 꾸벅꾸벅 졸았는지 모른다. 손에서 책이 떨어지는 소리에 놀라 잠에서 깰 때마다 지금 자신이 어디에 와 있는 건지 가물거렸다.

츠나구와 의뢰인, 그리고 망자에 관해 생각했다. 자신이 누구와 만나고 싶은지도 생각했다.

"혹시 만나고 싶은 사람이 있느냐?"

할머니는 질문하면서 분명 머릿속에 내 아버지와 어머니를 떠올렸을 것이다. 살아있는 동안 만날 수 있는 사람은 오직 한 명뿐. 동시에 사라져 버린 부모님의 이해할 수 없는 죽음의 진상은 물론 궁금하다. 하지만 누구와 만나야 한 점의 의구심 없이 그들의 죽음을 이해할 수 있게 될까? 진상을 알기 위해서라면 어머니를 살해한 아버지를 만나 봐야 할 것이다. 하지만 살인자인 아버지를 만나고 싶진 않다. 그보다는 차라리 어머니가….

거기까지 생각하니 같은 자리만 뱅뱅 도는 시곗바늘처럼 생각이 움직이다가 멈추었다. 만나서 어쩔 작정이지? 그런 생각이 가슴 밑바닥에서 치밀어올라 목구멍을 뜨겁게 했다. 더 이상 생각하고 싶지 않았다.

철들기 전에 세상을 떠난 부모님. 그들 사이에 있었던 불길한 사건의 진상을 진심으로 알고 싶은 걸까? 애초에 얼굴도 잘 떠오르지 않는 부모를 만나서 어쩔 셈이지? 나는 정말 그들을 만나고 싶은 걸까?

"무척 기쁘답니다!"

하타다 쓰루의 말은 자명한 이치를 말하듯 부드럽고도 망설임이 없었다. 죽어서도 나를 만나고 싶어 하는 사람이 있다니, 자기 인생도 아주 불행한 건 아니라고 말했다.

창문 밖에는 밤하늘이 부옇게 밝아오며 아침을 맞이할 준비를 시작하고 있었다. 그 모습을 보니 나는 모든 것이 꿈속에서 일어난 일들처럼 느껴졌다.

츠나구도, 부모님의 죽음도, 심지어는 부모님이 이전에 자신과 함께 살았다는 사실마저도. 차라리 꿈이었으면 좋겠다. 밤과 함께 머릿속도 새하얘졌다.

먼저 면회가 끝난 사람은 히라세 마나미였다. 엘리베이터에서 히라세의 모습이 나타난 순간 긴장이 풀어졌다. 히라세가 죽을 생각이라던 사오리의 말이 마음에 걸렸던 것이다.

자칫하면 히라세에게 미즈시로 사오리와 무슨 얘기를 했냐고 물어볼 뻔했다. 코로 길게 숨을 내쉬고 마음을 진정시켰다. 그리고 히라세에게 감상 한마디를 물었다.

"감상은…. 아이돌은 대단해!"

실눈을 뜨며 그렇게 말하는 히라세의 얼굴 위로 창밖의 아침 해가 비춰들었다.

햇빛에 윤곽이 희미해진 히라세의 얼굴을 바라보던 나는, 그녀를 만나 의뢰를 처리하는 과정에서 처음으로 그녀의 미소를 봤다는 것을 떠올렸다.

호텔 밖까지 히라세 마나미를 배웅한 뒤 로비로 돌아오자, 마침 하타다 야스히코가 내려오고 있었다. 하타다의 모습을 본 순간, 그에게 욱하는 마음에 내뱉었던 어린애 같은 말이 떠올라 마음이 무거워졌다.

열쇠를 건네받은 후 하타다 야스히코에게도 감상을 부탁했다.

"감상?"

미간을 찌푸린 그가 또 거친 말을 퍼부을 것이라고 각오했다. 하지만 의외로 담담하게 대답했다.

"그만 진짜라고 속을 뻔했다. 대단해!"

그때까지 팽팽하게 긴장하고 있던 하타다 야스히코가 순식간에 부드러워졌다. 그러더니 인사를 전했다.

"정말 고맙다. 만약 근처에 올 일이 있으면 연락 주렴."

나는 하타다 야스히코의 명함을 건네받았다. 그 순간 무거웠던 마음이 단번에 가벼워졌다. 배웅은 괜찮다고 하는 하타다를 기어코 따라가자, 그가 호텔 앞에서 잘 지내라며 등을 두드렸다. 그 강한 힘에 당황했다. 하지만 그것이 격려하는 하타다만의 방식이라는 것을 깨달았을 때, 하타다는 이미 나에게서 멀어지고 있었다. 허겁지겁 앞길을 서두르는 그의 뒷모습이 횡단보도 너머로 사라졌다.

체크아웃 직전, 그들이 면회했던 방을 둘러보았다. 아무도 없는 방에는 빈 캔과 차를 마신 흔적 정도만 남아 있을 뿐, 특별하지 않은 보통의 밤을 보냈다고 생각할 수밖에 없었다. 나는 천천히 문을 닫았다.

6

병원으로 갔다. 할머니는 나를 정원으로 데리고 갔다.

"어땠니?"

벤치에 앉은 할머니와 마주 보고 선 나는 오늘 셀프서비스의 차가 아닌 캔콜라를 마셨다.

"아직 모두 믿기는 어렵지만 정말 대단해요, 할머니. 진짜였군요!"

"그러니까 내가 말했잖니. 못 말리는 녀석."

할머니가 눈썹을 치켜올렸다.

"도대체 이렇게 추운 날 왜 차가운 음료를 마시는 거야. 그러다가 배탈 난다."

"괜찮아요. 동아리 활동이 끝나면 늘 마시거든요."

말은 그렇게 했지만 역시 방금 뽑아온 차가운 캔은 오래 들고 있을 수 없었다. 나는 할머니 옆에 걸터앉으며 캔을 옆에 내려놓았다.

"깜짝 놀랐어요. 망자들이 너무 아무렇지 않게 나타나니까 무섭다거나 이상하다고는 전혀 못 느끼겠던데요. 의뢰인들도 무척 기뻐하는 모습을 보니 뭔가 뿌듯함이 느껴졌어요."

"그랬니?"

"할머니는 언제부터 츠나구를 하셨어요?"

"젊었을 때부터. 사실은 오라버니가 물려받은 힘인데 시집오면서 내가 받았단다."

"전부 아키야마 가문이 가지고 있었으면 좋았을 텐데. 거긴 그런 집안이니까."

"뭐, 오라버니에겐 오라버니 나름의 생각이 있었겠지. 시집가는 여동생을 걱정했는지도 몰라. 네 할아버지는 워낙 완고하고 까다로운 성격이었으니까. 내가 힘들 때 이 힘을 통해 아키야마 가문과 이어진다면 여동생을 지켜 줄 수 있을 거라는 생각으로 마치 보험을 든 건지도 모르지."

"그렇군요. 그런데 츠나구의 힘을 그렇게 간단히 물려줄 수도 있는 건가요?"

"힘이라고 하니까 거창하지만, 방법을 전수하는 거야. 때가 오면 네게도 알려 주마."

"할머니도 누군가와 만나셨어요?"

곤란한 얘기가 아니길 바라며 내가 태연한 척 물었다.

"만났지."

할머니가 대답했다.

"오라버니가 힘을 물려주기 전에 누구와 만나고 싶은지 먼저 묻더구나. 그래서 세상을 일찍 떠난 어머니를 만나고 싶다고 했지."

"젊으셨을 때인데도 그런 결단을 내리셨네요."

할머니는 앞으로 만나고 싶은 다른 사람이 생길 가능성은 고려하지 않았을까? 남편도, 아들 부부도 할머니보다 먼저 세상을 떠났다.

"그렇긴 하지."

할머니는 당연히 그래야 했다고 보여 주듯 무겁게 고개를 끄덕였다.

"그때 내가 어머니를 만나겠다고 하면 중개하는 오라버니도 어머니를 만날 수가 있잖아. 츠나구의 역할로서이긴 하지만, 나는 오라버니가 끝까지 말하지 못한 소원을 대신 이뤄 준 거지. 그런데 어떻게 된 사람이 그때 고맙다는 말 한마디가 없었어."

할머니는 그런 오라버니가 얄미웠었다는 듯이 말하더니 이내 환한 미소를 지었다.

"그래서 후회는 없단다. 우리 남매 모두 어머니를 만나 건강하게 사는 모습을 보여 줄 수 있었으니까. 부모님에게도 효도했고 오라버니에게도 좋은 일을 했다고 당당하게 말할 수 있단다."

"그렇구나."

선수를 빼앗겼다. 솔직히 물어보고 싶은 게 있었다. 만약 할머니가 젊었을 때 어머니와의 만남에 할머니의 '한 번'을 사용하지 않았다면 나에게 힘을 물려준 후 츠나구의 힘이 없어진 할머니는 누구와 만나고 싶다고 원하게 될 수도 있다. 완고했던 남편이나, 진상을 밝히지 않은 채 사건을 일으키고 세상을 떠난 아들, 그리고 그 옆에서 살해당한 며느리, 지금 만나서 전하고 싶은 말은 없을까? 궁금한 건 없을까?

그때 문득 떠오른 생각에 턱 숨이 막혔다.

츠나구로서이긴 하지만, 오라버니를 어머니와 만나게 해 주었다는 할머니. 지금 나도 똑같이 할 수 있다. 내가 아버지와 만난다고 하면 힘을 물려주기 전인 할머니는 아들을 만날 수 있다.

순간 시선이 할머니에게로 향했다. 따뜻한 초겨울 날씨의 태양 아래 멍하니 잔디밭을 바라보는 온화한 할머니의 얼굴에서 어떠한 꿍꿍이도 찾아볼 수 없었다. 그저 내가 깨달은 생각일 뿐. 할머니는 어쩌면 그런 생각은 해 보지도 않았을지 모른다. 그러나 한 번 머릿속에 떠오른 생각은 좀처럼 지워지지 않았다.

할머니는 내 아버지와도 어머니와도 만나지 않았다. 그것은 내가 아버지나 어머니를 선택할 수 있다는 말이다. 할머니가 말하지 않았지만 아마 다른 누구도 아버지와 어머니를 만나지 않았을 것이다. 부모님의 '한 번'뿐인 면회 기회는 아직 그대로 남아 있다.

"할머니."

"왜 그러니?"

할머니는 손자의 부름에도 고개를 돌리지 않고 대답만 했다. 목까지 차오른 말을 삼킨 내가 말했다.

"이제 들어가요. 바람이 많이 불어서 그런지 역시 춥긴 춥네요."

"그것 봐, 찬 음료를 마시니까 그렇지."

할머니가 그럴 줄 알았다는 듯 웃으며 캔콜라 탓을 했다. 앙상한 나무들에 둘러싸인 고요한 정원 한가운데에서 나도 할머니와 함께 일어섰다.

7

다음 의뢰인이 아라시 미사라는 말을 들었을 때는 너무 깜짝 놀랐다.

연말에 발생한 같은 학년 여자애의 사고가 머릿속을 스쳐 지나갔다. 연극부원이었던 미소노 나쓰는 아침에 자전거를 타고 등교하다가 언덕길에서 미끄러지면서 달려오던 자동차에 치여 세상을 떠났다.

사망한 미소노는 얼굴도 알고 있었고 가끔 등하교할 때 마주친 적도 있었다. 사고를 당한 그 언덕길을 내려오던 미소노의 모습도 여러 번 봤었다. 사고의 원인은 자전거 브레이크의 고장이라고 했다. 학교에서는 학급 조회나 전교생 조회 시간에 그 사고를 언급하며 조심하라고 주의를 줬다.

같은 또래의 죽음은 상상할 수 없었다. 충격을 받긴 했지만, 나는 츠나구로서 접하는 '죽음'과 일상에서 일어난 같은 학년 여학생의 죽음을 연결해 생각해 본 적이 없다. 그런데….

2월이 시작될 무렵 할머니가 물었다.

"아라시 미사라는 학생을 아니?"

사고 후 두 달 동안 소문으로 알게 된 츠나구를 수소문하던 아라시 미사가 할머니의 전화번호를 알아낸 것이다. 그날 할머니는 병원에서 외박 허가를 받고 집에 돌아와 있었다. 오랜만에 모든 가족이 모여 저녁 식사를 한 뒤 할머니는 나를 방으로 불렀다. 그리고 의뢰인에 대해 말해 주었다.

"조금 전에 전화가 왔었어. 소에이 고등학교 2학년이라길래 혹시 네가 아는 사람인가 해서."

"아마 아는 애일 거예요."

1학년 때부터 연극부 무대에 오른 여학생이다. 축제나 신입생 환영회에서 공연한 연극의 출연자 중 유일하게 같은 학년이라 눈에 띄었다. 큰 눈과 단정한 외모 때문에 주변에 아라시를 좋아한다는 남학생도 몇 명 있었다. 항상 미소노 나쓰와 함께 다니던 모습이 떠올랐다. 등교할 때 같이 마주친 적도 여러 번이다. 하지만 사고 이후 아라시는 마주칠 때마다 늘 혼자였다. 등교 시간이 어긋난 건지 아침에 나와 마주치는 일도 거의 없었다.

"어떻게 할 테냐."

할머니가 물었다.

"지난번처럼 네가 중재해 주면 좋겠는데 아는 사람이니?"

"아마 걔도 제 얼굴 정도는 알고 있을 거예요."

귀찮게 되었다는 생각에 내가 다시 물었다.

"못 하겠다고 하면 어떻게 되나요?"

돌아온 할머니의 답변은 정말 담백했다.

"그야…. 그래도 네가 해 주면 좋겠는데."

"그럼 묻지 마세요. 어차피 제게 시킬 생각이잖아요?"

"그럼."

고개를 끄덕이는 할머니의 모습이 얄미워 눈을 마주치지 않고 물었다.

"애초에 할머니가 전화를 받은 것도 우연이었죠? 이번에는 외박을 허락받고 집에 돌아왔지만 그렇지 않으면 의뢰 전화는 받지 않았을 테니까요. 사실 입원하는 동안 못 받은 전화도 많죠?"

"그렇지."

찬장 안쪽에 몰래 숨겨 둔 전화기는 무음으로 해 둔 탓에 어렴풋한 빛으로만 착신을 알 수 있다. 츠나구에 대해 모두 털어놓은 이후에도 할머니가 없는 동안은 전화를 받지 않아도 된다고 했다. 하지만 한 번 의식하니 계속 신경이 쓰였다.

"그런 식으로 할머니가 안 계실 때마다 의뢰를 놓쳐도 되는 거예요?"

"말했잖아. 아키야마 가문의 츠나구 일은 좋든 싫든 사회 공헌이야. 맡은 임무라고 할지 모르지만 의무라고 할 정도로 강제성은 없단다."

나는 알겠다는 의미로 고개를 끄덕였다.

"이런 게 결국 운명인 거지."

지금은 울리지 않고 조용한 전화기를 바라보며 할머니가 설명했다.

"몇 번을 걸어도 연결되지 않는 사람이 있는가 하면, 정말로 절실한 사람은 반드시 츠나구와 닿게 되어 있단다. 내가 없는 동안 전화를 건 사람에게는 미안하지만, 그들과 이어지지 않는 것 또한 운명인 게야. 그러니까 어쩌다 전화를 받게 되었더라도 통화를 한 이 여학생의 이야기는 들어주고 싶은 거지."

할머니가 마치 싸움이라도 거는 듯 눈을 치켜뜨고 나를 바라보았다.

"어떻게 할래? 그래도 네가 싫다고 한다면 이번에는 그냥 오라버니에게 부탁하마. 나는 병원에 돌아가야 하니까."

"할게요."

지금 이 다다미방에 함께 있는 할머니가 퇴원이 아닌 잠깐의 외박을 했다는 사실이 갑자기 가슴이 사무쳤다. 할머니는 그렇게 이 방에서 가족 누구에게도 말하지 못하고 친정의 가업을 이어왔던 걸까? 난감한 상황이 많았을 텐데 어떻게 그 순간들을 넘겼는지도 궁금했다.

아는 사람이기에 아라시 미사의 의뢰는 더 마음이 쓰였다. 이마를 맞대고 언제나 즐거운 듯 웃던 아라시와 미소노.

"할머니, 아유미 오빠! 차 끓였는데 드실래요?"

힘껏 외치는 아카네의 목소리가 들려왔다.

"지금 가마!"

할머니도 소리 높여 대답했다. 환자라고는 생각할 수 없는 매우 씩씩하고 힘찬 목소리였다.

역 앞에 서 있는 아라시 미사는 무언가를 골똘히 생각하는 표정이다.

나는 각오하고 왔지만 쉽게 발걸음이 떨어지지 않았다. 미소노 나쓰와 아라시 미사가 함께 웃으면 그들은 마치 서로의 개성을 지우듯 한 쌍을 이루었다.

연극부의 아라시가 귀엽다는 반 친구의 말에 두 여학생 중 누가 아라시인지 바로 구분하기 어려웠다. 또렷한 이목구비에 자신감 넘치는 사람이 아라시라고 한 번 인식하고 나니, 미소노 나쓰와 얼굴이나 분위기가 전혀 달랐다. 그런데 다음에 다시 보면 두 사람의 인상은 또다시 하나가 되어 있었다.

자전거로 등교하던 내 등 뒤로 여자애들 특유의 애교 넘치는 웃음소리가 들려올 때면 괜히 묘하게 부끄러워진 적도 있었다. 하지만 지금 혼자서 발끝을 바라보며 서 있는 아라시 미사는, 마치 반쪽만 남은 사람처럼 맥이 풀린 채 흐릿해져 있었다.

“아라시 미사?”

휘둥그레진 아라시 미사의 눈에 왠지 모를 비난이 담겨 있는 듯했다. 아라시 미사는 나를 노려보았다.

“맞는…데.”

아까부터 매서운 아라시의 눈빛이 더 날카롭게 느껴졌다. 나는 그녀를 칭찬한 친구가 이유 없이 원망스러웠다. 그 녀석에게는 아라시가 매력적으로 보일지 몰라도 나는 절대 친해지고 싶지 않은 타입이다. 한숨이 나왔다.

“내가 바로 사자 츠나구야. 살아있는 사람과 세상을 떠난 사람을 만나게 해 주는 창구.”

아라시가 입을 다물었다.

"아니, 그러니까…."

한참 뒤 그 소리가 들리기 전까지 나는 끈기 있게 아라시의 눈빛을 견뎌냈다.

"너, 시부야 아유미 맞지? 우리 학교에 다니잖아."

역시 알고 있었다. 체념하고 고개를 끄덕인 나는 언제나처럼 병원의 정원으로 아라시를 안내했다.

아라시는 이 추운 겨울날 병원 벤치에 앉아 얘기를 나누게 된 것이 불만인 듯했다. 나는 규칙이 그렇다며 딱 잘라 말하고 여느 때처럼 셀프서비스 차를 건넸다.

아라시가 이런 건 싫어할지도 모른다. 그녀는 집안도 유복하다고 들었다. 하지만 내 걱정과 달리 아라시는 셀프서비스 차에 대해서 불만을 내비치지는 않았다.

"그 코트, 준야 와타나베의 디자인이지?"

아라시가 피어오르는 종이컵의 수증기 너머로 나를 올려다보며 말했다. 그 말에 나는 적잖이 놀랐다. 패션에 관심이 있다는 친구들도 이렇게 디자이너까지 정확하게 말한 적은 없었다. 그래서 누가 묻기 전까지 자신이 굳이 먼저 얘기를 꺼내진 않았다.

"맞아, 준야 와타나베 코트야. 용케 알았네."

"응. 근데 난 꼼데가르송은 가와쿠보 레이가 디자인할 때가 더 좋았어."

정말 자세하게 안다고 감탄했다. 아라시 미사는 성적도 좋다고 떠들던 친구의 말이 떠올랐다.

아라시 미사가 만나고 싶다는 사람은 역시 사고로 세상을 떠난 미소노 나쓰였다.

만나고 싶은 이유는 '단짝 친구'니까.

"만날 수 있다면 다시 한번 만나 제대로 이별을 말하고 싶어. 그런 식으로 갑자기 헤어지는 게 아니라. 단짝 친구니까 당연하잖아?"

"알았어."

아라시는 뺨이 홀쭉하게 야위었고 안색도 좋지 않았다. 코트 옷자락 사이로 보이는 종아리가 너무 가늘어 깜짝 놀랐다. 연약하게 막대기처럼 쭉 뻗은 다리였다. 지금이라면 두 사람이 함께 있어도 아라시와 미소노를 헷갈리지 않을지도 모른다. 나는 무의식중에 떠오른 '지금이라면'이라는 표현이 가당치 않음을 알고 바로 생각을 접었다.

한창 이야기를 하던 아라시는 무언가를 꾹 참는 듯 코트와 그 사이로 슬쩍 보이는 교복 치마를 움켜쥐고 있었다. 부릅뜬 눈을 깜빡이는 횟수가 극단적으로 줄어들었다.

세상을 떠난 미소노 나쓰와의 교섭은 이전과 마찬가지로 할머니가 했다.

"만난다고 하더구나."

침대에서 몸을 일으킨 할머니가 내게 말했다. 언제, 어떤 방법으로 미소노와 연락이 닿았는지 이번에도 할머니는 알려 주지 않았다.

"미소노 나쓰라는 친구에 관해서는 알고 있니?"

"네. 미소노도 얼굴만 아는 정도지만요."

"젊은 사람의 죽음은 역시 안타깝구나."

"으응."

창밖을 내려다보는 할머니에게 애매하게 답한 내가 병문안 선물로 받았다는 귤을 망에서 꺼냈다. 할머니가 말씀하시는 죽음이 여전히 실감 나지 않았다.

이제 곧 같은 나이에 예기치 못한 죽음을 맞이한 아이와 만나야만 한다. 자신은 여전히 살아있기에 삶이 강제로 도중에 멈춰버린 미소노 나쓰에게 미안한 마음이 들었다. 자신이 매우 오만한 짓을 하는 것 같아 물에 젖은 솜처럼 온몸이 무거워졌다.

"물론 내가 츠나구를 물려받기를 바라지만, 이렇게 매일 병원에 오지 않아도 된단다. 너무 멀잖아."

돌아가려는 내게 침대에서 내려온 할머니가 말했다.

"식사 좀 잘 챙겨 먹으렴. 군것질만 하지 말고."

"아카네가 학원에 다녀서 요즘에는 저녁을 다 같이 늦게 먹어요. 그리고 아무리 늦어져도 작은어머니가 제 식사는 꼭 준비해 주셔서, 군것질을 할 수 있는 환경이 아니에요."

사실이었다. 그날그날 무슨 일이 있었는지 듣기 위해 작은아버지나 작은어머니 중 한 사람은 내가 식사를 끝낼 때까지 옆에 앉아 있을 때가 많다.

나는 그 두 분이 과하게 마음을 쓰고 있다고는 생각지 않는다. 이야기의 절반 이상은 직장이나 이웃에 대한 푸념을 들어주고 있었기 때문이다.

"그러니?"

고개를 끄덕인 할머니가 침대의 난간에 손을 짚으며 웃었다.

"조심히 가렴."

"네."

대답을 마친 나는 병실을 나섰다.

츠나구의 역할과 학교생활, 무엇보다 미루고 있는 나 자신의 문제로 가득 차 있던 머리가 고요해졌다. 뒤를 돌아보았지만 할머니는 복도까지는 나오지 않았다.

할머니는 매번 나를 현관까지 배웅하러 나왔고, 이야기를 나눌 때도 정원으로 나갔다. 하지만 오늘은 힘드신지 침대 난간을 손으로 붙잡고 앉은 채 한 번도 밖으로 나오지 않았다. 지금 힘겹게 다시 침대에 누울 할머니의 모습을 상상하니 당장이라도 병실로 되돌아가고 싶었지만, 한편으론 절대로 할머니의 그런 모습을 보면 안 될 것 같다는 생각이 반대쪽 가슴에서 울렸다. 이런 자신이 무척 비겁하게 느껴졌다.

나는 병실에서 도망치는 듯한 답답함을 느끼며 조명이 비추는 병원의 복도를 걸었다.

8

나를 본 미소노 나쓰는 그 자리에 얼어붙었다.

미소노는 호텔 방문을 붙잡은 채 그저 나를 올려다보기만 했다. 반쯤 벌어진 입술은 위아래가 모두 얇았고 쌍꺼풀이 없는 눈은 가늘고 길었다.

그 얼굴을 본 순간 나도 기억이 났다. 두 달 전 세상을 떠난 미소노 나쓰의 모습과 똑 닮았다. 이렇게 한 명씩 만나니 역시 미소노와 아라시는 전혀 다른 모습의 사람이었다. 외모에서도 특별하게 닮은 부분을 찾을 수 없었다.

"아유미…?"

머뭇거림이 느껴졌지만 아라시와 달리 날서지 않은 목소리였다. 내 이름을 부른 미소노가 허둥지둥 "아, 시부야."라며 말을 바꿨다.

미소노는 오늘 교복을 입고 있었다. 매일 보는 고등학교 교복이다. 미소노가 살아있을 때 대화다운 대화를 한 기억은 없지만 미소노도 역시 자신을 알고 있었다.

데면데면하게 굴기도 어색하고 갑자기 친구처럼 얘기하기도 뭣한 미묘한 거리감이 느껴졌다. 미소노와는 지금 처음 만난다. 하지만 면회 날짜를 알려 주기 위해 아라시에게 전화했을 때, 미소노와 만났냐는 아라시의 질문에 나는 복잡하게 얘기하고 싶지 않아 만났다고 거짓말을 했었다.

미소노도 난처한 표정으로 나를 보았다.

"깜짝 놀랐어!"

크게 숨을 꿀꺽 삼킨 미소노가 중얼거렸다. 놀란 충격으로 아직도 눈동자가 흔들리고 있었다.

"진짜 깜짝 놀랐어. 이렇게 죽었는데도 시부야와 만날 수 있다니!"

"나도."

그때 미소노의 눈동자에 눈물이 차올랐다. 미소노가 핫케이크 위의 버터가 녹듯 왈칵 쏟아진 눈물을 닦으며 말했다.

"미안, 미안해."

이번에는 내가 당황해하며 눈을 크게 떴다.

"아, 정말로 미안."

미소노가 손가락으로 눈 밑을 만지며 빨개진 눈으로 웃었다. 신기하게도 억지로 웃는 것 같지 않았다. 기쁨과 슬픔, 그 모든 영역에서 드러난 감정을 애써 얼굴에 남기려고 하는 것 같았다.

나는 할 말을 잃었다. 미소노는 이제 오늘을 끝으로 이 세상에서 사라진다. 엄밀히 말하면 이미 세상을 떠난 사람이다.

"미안."

내 사과에 살짝 놀란 미소노가 고개를 들었다. 내가 다시 한번 말했다.

"아는 사람은 만나고 싶지 않았을 텐데. 미안해."

"아니야!"

미소노는 잠깐의 틈도 주지 않고 세차게 고개를 저었다.

"나야말로 미안. 나도 모르게 갑자기 눈물이 나왔어. 그냥…."

망설이는 듯한 짧은 침묵 후에 미소노가 말했다.

"너무 기뻐서!"

이런 상황에서도 싱긋 웃는 입꼬리에는 그늘이 없었다. 순간 가슴이 철렁했다. 미소노의 투명한 미소가 너무나도 올곧았다. 그 얼굴을 보니 나는 이제 미소노에게 어떤 말도 할 수 없을 것 같았다. 입을 다문 내게 미소노가 물었다.

"아라시는 금방 와?"

"응. 조금 있다가 내가 데리러 내려갈 거야."

"…나, 아라시에게 하고 싶은 말이 있어."

미소노가 의아해하는 내 눈길을 피해 자신의 무릎에 올려둔 손에 눈길을 주며 말했다. 깔끔하게 자른 손톱과 귀 뒤로 넘긴 머리카락이 단정했다. 평소 교실에서 보는 같은 반 여자애들과 전혀 다를 바 없었다.

그래서 미소노를 똑바로 바라보기가 괴로웠다.

"아라시도 널 만나고 싶어 하더라. 단짝 친구니까 꼭 만나고 싶다면서. 츠나구의 연락처를 찾는데 꽤 고생했나 봐."

"그래?"

미소노의 입가에 다시 미소가 번졌지만, 이번에는 어딘가 슬픔이 엿보이는 웃음이었다.

"아유미가 츠나구였다니 너무 놀랐어. 같은 학년인데 나는 아무것도 몰랐네. 아…."

미소노가 말을 멈추었다.

"왜 그래?"

"아까부터 미안해. 자꾸 아유미라고 이름으로 부르다니."

"괜찮아. 다른 애들은 다 그렇게 부르니까."

"정말? 고마워."

내 말에 미소노는 다시 생긋 웃었다. 애처로움과는 다른 의미로 나는 미소노의 눈을 바라볼 수 없어 시선을 피했다.

미소노를 감싸는 공기는 그동안 만난 다른 망자와는 어딘가 달랐다. 아는 사람이라는 이유만은 아니었다. 아무렇지 않은 척 솔직하게 울고 웃는 미소노가 사실 무언가를 각오했다는 것을 알 수 있었다.

그 순간이 다가오기를 준비하며 참고 있는 듯 보였다.

"그러면 이제 가 볼게."

아라시 미사와의 약속 시간이 가까워져 손목시계를 보는 나에게 미소노가 겁에 질린 목소리로 물었다.

"저기…. 나, 어떻게 될까?"

나는 크게 뜬 미소노의 눈을 견디기 힘들었다. 저도 모르게 입을 꾹 다문 내 표정에서 무언가를 알아차렸는지 미소노는 곧바로 미안하다며 고개를 숙였다.

"분명 사라지겠지. 미안. 아유미를 곤란하게 만들어서."

"아냐…."

"후회 없는 삶을 살아."

미소노가 갑자기 고개를 들었다. 거짓인지 진심인지 모를 묘한 웃음이었다.

"이런 말은 아마 나밖에 못 할 테니까. 하고 싶은 일은 살아있는 동안 모두 해 봐. 나는 그러지 못해서 미련이 엄청 많거든."

"…응."

학교에서 미소노와 대화를 나눈 적이 거의 없다. 나는 미소노에 관해 아무것도 모르고 미소노 또한 그럴 것이다. 그래서 지금은 그냥 고개를 끄덕일 수밖에 없었다.

"아, 저기 나 말이야…."

방을 나서려는데 미소노가 갑자기 나를 불러세웠다. 다시 눈동자에 눈물이 차올랐다. 미세하게 떨리는 손끝이 보였지만 나는 무심하게 못 본 척했다.

"왜?"

"나…."

중학교 졸업식 날, 여자 후배가 나에게 교복의 두 번째 단추를 받으러 왔다(좋아하는 사람에게 교복 상의 두 번째 단추를 달라고 하는 일본의 졸업식 문화로 총 다섯 개의 단추 중 두 번째 단추가 심장에서 가장 가까워 '마음을 준다'라는 의미를 담고 있다). 그때가 떠올랐다. 그때 그 후배는 딸꾹질을 참는 것처럼 "저는 선배를…."이라는 말을 몇 번이나 삼키다가 결국 하려던 말 대신 단추를 달라고 했다.

미소노도 그 후배처럼 말을 삼키는 모습이 보였다.

"그 코트 멋있다."

숨결에 겨우 말을 싣고 띄엄띄엄 말했다. 실내지만 자신이 코트 차림이라는 것을 떠올렸다. '아아' 하고 코트에 손을 대자 미소노가 눈물과 웃음이 범벅이 된 얼굴로 말했다.

"예전부터 네가 멋지다고 생각했어. 등굣길에 스쳐 지날 때면 늘 보고 있었어. 그래서 멋대로 아유미라고 이름을 불러 버렸어. 미안."

"괜찮아."

"미안, 이제 가도 돼."

미소노가 미소를 지었다.

"마지막으로 이렇게 대화할 수 있어서 너무 기뻐. 그 코트, 준야 와타나베 거지?"

"응."

내가 어깨의 가죽을 만지자 미소노가 말을 계속했다.

"꼼데가르송이라면 나는 가와쿠보 레이의 디자인을 더 좋아하는데, 아유미의 코트를 보고 처음으로 준야의 디자인도 멋있다고 생각했어. 그 말도 하고 싶었어."

"아라시랑 똑같은 말을 하네. 아라시도 가와쿠보 디자인이 더 좋다고 하던데."

웃을 타이밍이었다. 코트를 만지며 역시 단짝이라서 그런 거냐고 말하려 했다. 하지만 그러지 못했다. 내 말을 들은 미소노의 얼굴에서 완전히 표정이 사라졌다. 그 여느 때보다 크게 뜬 눈은 아무것도 보이지 않는 새까만 구멍처럼 변했고 멍한 표정으로 입을 다물지 못했다. 미소노의 반응에 놀란 내가 저도 모르게 이름을 불렀다.

"미소노?"

미소노는 벌어진 입을 굳게 다물고 얼어붙은 딱딱한 얼굴 근육을 천천히 움직였다.

"아라시가 그랬어? 그 말 그대로?"

"응."

"내가 죽은, 후에…?"

둥근 얼음처럼 반질반질한 목소리였다. 어떠한 감정도 담지 않은 냉기 서린 싸늘한 목소리는 필사적으로 감정을 분출할 출구를 찾고 있었다. 분노인지 슬픔인지 모를 그 목소리가 목적지를 잃고 음지로 향하는 것처럼 느껴졌다.

서슬 퍼런 미소노의 표정에 압도된 내가 고개를 끄덕였다.

"츠나구 의뢰를 받고 난 후 이야기를 듣기 위해 만났을 때 들었어."

텅 빈 눈동자에는 흔들림조차 없었다. 꾹 다문 입술 너머로 숨을 삼켰다. 내 대답을 미소노가 가로챘다. 그리고 조용하게, 건조해진 입술을 적시듯 천천히 말했다.

"…아유미, 부탁 하나 해도 될까?"

답은 이미 정해져 있는 듯한 말투였다. 빛을 되찾은 미소노의 눈은 오히려 공허했을 때가 더 밝아 보였을 정도로 애처로웠다. 미소노는 분명 무언가 크게 상처받은 듯했다.

"아라시에게 전하고 싶은 말이 있어. 전해만 주면 아마 아라시는 그 의미를 알 거야. 아라시가 '전할 말'에 관해 물어보면 그때 말해 줘. 만약 아라시가 묻지 않는다면 그냥 잊어도 돼."

그리고 미소노는 나에게 단 한마디 말을 전해 달라고 했다.

"그래, 알았어."

어리둥절했지만 일단 대답했다. 나는 그 말에 어떤 의미가 있는지 알 수 없었다.

"부탁해."

미소노가 싱긋 미소를 지으며 방을 나서는 나에게 고개를 숙였다.

미소노를 만나고 온 후의 아라시는 차마 가만히 지켜 보고 있을 수가 없었다.

"미소노가 있는 곳에 가게 해 줘. 한 번만. 잠깐만이라도 좋으니까."

나는 철이 든 이후로 사람이 이렇게까지 울부짖는 모습을 처음 보았다. 아라시는 굵은 눈물을 흘리며 자신을 막는 내 팔을 벗어나려고 했다. 몇 번이나 미소노의 이름을 불렀다.

지난번과 마찬가지로 나는 약속 장소에 모습을 드러낸 아라시에게 미소노가 기다리는 방의 열쇠를 건넸다. 아라시는 여전히 초췌한 모습으로 그때까지는 평소와 다름없었다. 하늘이 점점 밝아지기 시작할 무렵, 면회를 끝낸 아라시가 로비로 돌아왔다.

표정이 밝았다. 너무 울어서 눈이 붓고 빨갛게 충혈됐지만, 오히려 표정은 개운하게 긍정적으로 바뀌어 있었다.

그랬던 아라시가 내게 맡긴 미소노의 말 한마디로 완전히 뒤바뀌었다.

나는 들은 대로 전했을 뿐이다. 하지만 그 한마디가 아라시의 표정을 완전히 바꿔놓았다. 아라시의 얼굴은 순식간에 새하얗게 핏기를 잃었다. 가냘픈 아라시의 몸이 휘청거리더니 갑자기 바람에 나부끼듯 엘리베이터를 향해 내달리려고 했다.

미소노의 말이 어떤 역할을 했는지 정확하게는 모른다. 하지만 그 말은 아무래도 미소노가 목숨을 잃은 그 사고와 관련 있는 듯했다. 미소노를 만나지 않았다면 아라시는 그 말을 듣지 않아도 됐다.

"부탁해, 제발."

미소노…. 아라시가 더듬거리며 외쳤다. 나는 혼란스러웠지만, 최선을 다해 아라시의 팔을 잡으며 당장이라도 무너질 듯한 몸을 부축했다.

할머니는 면회를 마치면 의뢰인을 다시 방으로 돌려보내면 안 된다고 했다.

"그건 안 돼."

내가 필사적으로 말려도 아라시는 진정되지 않았다.

"그러면 네가 가. 미소노와 함께 있어 줘. 그 아이가 사라질 때까지 함께 있어 줘."

"미안, 정말 미안해."

아라시가 얼굴을 일그러뜨리며 울부짖었다. 흐르는 눈물을 닦지 않은 아라시의 창백한 얼굴이 붉게 변하고 긴 머리카락이 뺨에 달라붙었다.

나는 아무것도 할 수 없었다.

아침 해가 떠오르고 있었다.

유리로 된 현관 너머로 빛이 짙어졌다. 눈으로 들어오는 햇빛의 양을 조절하기 위해 눈꺼풀을 가늘게 떴다. 품속의 아라시는 너무 운 탓인지 매우 뜨거웠다.

"후회 없는 삶을 살아."

투명한 미소를 짓던 미소노 나쓰의 팔에는 체온이 있었을까? 그녀의 온기를 느껴보고 싶었다. 차츰 밝아오는 하늘을 바라보던 나도 가슴이 먹먹해졌다.

아라시의 울음소리는 좀처럼 그치지 않았다. 다리에 더 이상 힘이 들어가지 않는지 융단에 털썩 주저앉았다.

"미안해."

아라시는 주문을 외는 것처럼 되풀이했다.

미소노가 아라시에게 무슨 짓을 했는지는 모른다. 두 사람 사이에 무슨 일이 있었는지도 모른다. 하지만 하나만큼은 확실히 알았다.

미소노 나쓰는 아라시 미사에게 평생 지울 수 없는 후회를 안겨 주었다.

"미소노를 다시 만나게 해 줘."

주변의 시선을 신경 쓰지 않던 아라시의 울음소리가 오르골이 끝나는 순간처럼 뚝 끊겼다. 그리고 아라시는 빛이 사라진 멍한 눈으로 밖을 바라보았다. 마치 다리의 자유를 빼앗긴 사람처럼 그 자리에서 일어나려고 하지 않았다.

9

아라시 미사와 미소노 나쓰의 면회 얘기를 들은 할머니는 먼 곳을 바라보며 중얼거렸다.

"그렇구나. 안타깝게 됐네."

나는 두 사람의 일을 어떻게 받아들여야 할지 몰랐다.

"할머니가 하신 말씀이 떠올랐어요."

마음이 울적했다. 억양 없는 내 목소리에 할머니는 무심한 듯 물었다.

"어떤 말?"

"맨 처음에 히라세 씨의 의뢰에 대해 말할 때요. 할머니가 만나고 싶은 상대와 만난다고 해서 망자 모두가 만족하고 성불할 수 있다고 생각하지는 않는다고 그러셨잖아요."

"응, 그랬지."

"그건 의뢰인도 똑같은 것 같아요."

미소노, 미안해.

아라시 미사는 앞으로 어떻게 살아갈까? 처음 의뢰하러 왔을 때 무슨 수를 써서라도 미소노와 만나고 싶다던 그 기세가 앙상한 몸에 한 점으로도 남아 있지 않은 것 같았다. 츠나구를 통한 미소노와의 만남이 아라시가 품고 있었던 단짝 친구의 죽음에 관한 엄청난 후회를 결정적으로 확인시켜 버린 건 아닐까? 마른 나무에 그나마 남아 있던 수분마저 빼앗긴 것처럼 아라시는 더욱 기력을 잃은 채 돌아갔다.

필요한 말을 전하지 못한 탓일까? 아니면 쓸데없는 짓을 했기 때문일까?

아라시는 앞으로 미소노와 만난 것을 후회하며 하루하루를 보내게 될까?

어쩌면 죽을 때까지….

어젯밤은 나도 쉽게 잠들지 못했다. 좋든 싫든 앞으로 자신이 갖게 될지 모르는 면회의 기회에 대해서도 고민했다. 자신은 누군가를 만나 후회하지 않을 자신이 있을까? 아라시처럼 되지 않을 거라고 장담할 수 있을까?

나는 아버지나 어머니를 만나 꼭 전해야만 하는 말도 없었지만, 쓸데없는 말을 하지 않을 자신도 없었다. 사이가 좋은 부모님이었다는 기억밖에 없다.

기억하는 광경은 언제나 밝았다. 달걀로 감싼 주먹밥, 햇살, 해바라기, 어머니가 감기 걸렸을 때 아버지가 만들어 준 오믈렛. 내 마음속의 부모님은 흔들리지 않은 사진처럼 선명하게 온통 밝은 노란색으로 이어져 있었다.

나는 오히려 그 후에 일어난 사건이 더 이해하기 어려웠다. 두 사람의 죽음에 관한 진상이 궁금하지 않다면 거짓말이다. 하지만 두려웠다. 후회하지 않는다는 보장이 없었다.

"이제 슬슬 본격적으로 츠나구의 힘을 물려줄 준비를 해 볼까?"

할머니의 목소리가 훅 들어왔다. 무심코 자세를 가다듬는 나에게 할머니가 물었다.

"괜찮겠니?"

할머니는 태연한 태도를 보이고 있지만 갈라진 목소리로 보아, 지금 이 순간을 노리고 곰곰이 준비한 말 같았다.

츠나구의 힘을 물려받으면 나는 망자와의 면회 기회를 잃는다. 그것은 다시 말해 내가 이제는 선택을 해야 한다는 뜻이다.

"…츠나구는 꽤 벅찬 일이네요. 단순히 방관자로 있으면 된다고 생각했는데 저에게도 영향이 있네요."

"그렇지. 사람의 인생을 지켜본다는 건 웬만한 각오로는 불가능한 거란다."

"그런 것도 제대로 설명해 주지 않고 물려받으라니 할머니 너무하지 않아요?"

"그래도 너에게 물려줄 생각이었으니 어쩔 수 없어. 어떻게 할래? 그만둘 테냐?"

"츠나구는 할 거예요."

할머니가 활짝 웃었다. 내 얼굴에도 덩달아 웃음이 번졌다.

"다음번에는 의뢰부터 망자와 교섭하는 부분까지 함께하자꾸나. 그다음부터는 혼자 해 보렴. 다음 의뢰까지만 내가 맡으마."

"알겠어요."

"의뢰인은 내가 거기에 걸맞은 사람을 찾아오마."

"찾으려고 하면 찾을 수 있어요?"

"나 정도가 되면 알 수 있단다."

거짓말인지 진짜인지 모를 묘한 분위기를 풍기며 할머니가 바로 얼굴에서 미소를 지웠다.

"네가 만나고 싶은 사람이 누구인지는 그 후에 들으마. 네 의뢰가 아마도 내 마지막 일이 되겠구나."

"…아버지를 만나고 싶어요?"

지금이 아니면 할머니에게 물어볼 수 없을 것 같았다.

할머니의 표정에는 변화가 없었다.

"네가 결정할 일이란다."

부드러운 말투였지만 단호한 목소리였다.

그 말을 듣는 순간, 나는 자신이 할머니에게 선택의 책임을 떠넘기려고 했다는 것을 깨달았다. 평소 가족들 사이에서도 부모님의 죽음에 관한 얘기는 거의 꺼내지 않는다. 사건의 그림자를 감추는 것처럼 작은아버지도 "형님은 그런 사람이었어.", "형수님이 그런 적이 있었지."라며 사소한 추억만 새삼스레 되풀이할 뿐이었다.

"네 마음이 정해지면 그때 말해 주렴."

할머니는 말은 냉정하게 했지만 눈빛은 따뜻했다.

'마음을 정할 수 있을까?'

나는 대답하지 않았다.

할머니가 다음 의뢰인을 찾아낸 것은 그로부터 2주 후의 일이었다.

쓰치야 고이치. 도쿄에 있는 영상 관련 기기 회사에서 근무하는 직장인이라고 했다.

"오늘 밤쯤 전화가 올 것 같으니 내 방에서 받거라."

할머니가 느긋하게 귤을 까며 말했다. 혼자서도 벗길 수 있다는 나에게 할머니는 알맹이의 하얀 속껍질을 뗀 귤을 계속 건네주었다. 귤은 그다지 달지 않았다.

10

쓰치야 고이치와 만나기 전날, 방과 후 동아리 활동을 마치고 자전거 보관소에서 바구니에 짐을 싣고 있던 나에게 갑자기 등 뒤에서 누군가 말을 걸어왔다.

"저기."

나는 뒤를 돌아보고 깜짝 놀랐다.

아라시 미사가 어깨를 들썩이며 숨을 가다듬고 있었다.

연보랏빛 기모노를 걸치고 허리 부분을 끈으로 묶어 고정했다. 오비를 두르지 않은 어중간한 기모노 밑으로 학교 체육복이 보였다.

"연습실에서 네가 집에 가는 모습이 보여서."

연습이라는 말을 듣고 아라시가 연극부라는 사실을 떠올렸다. 이 기모노는 연극 의상일 것이다. 이런 차림으로 나를 뒤쫓아왔다니. 교정을 둘러보니 시간이 늦은 탓인지 창문에 불이 켜져 있는 교실은 3층 하나뿐이었다.

"오늘 연극부 공연 티켓이 완성됐거든. 졸업식 끝나고 〈로쿠메이칸〉을 할 거야."

그새 볼살이 더 빠졌는지 아라시의 창백한 얼굴은 움푹 들어간 눈이 더 강조되어 부자연스러울 정도로 존재감을 뽐내고 있었다. 아라시에게 건네받은 티켓은 아직 도장의 잉크도 마르지 않았다.

"보러 와."

면회를 한 지 한 달 가까이 지난 시점이었다. 그 이후로 처음 나눈 대화지만 여전히 아라시는 경계하듯 강압적인 말투였다. 아라시가 짐을 떠맡기는 것처럼 나에게 티켓을 건넸다. 하지만 아라시의 손은 떨리고 있었다.

표정과 말투를 고집스럽고 뾰족하게 설정했어도 아라시는 떨림을 억누르지 못하는 것 같았다. 그런 모습을 감추려는 듯 아라시는 바로 손을 내렸다.

"알았어."

중얼거리듯 대답한 순간, 아라시의 눈동자가 일그러졌다. 무언가를 탓하는 것 같기도 하고 무언가를 참는 것 같기도 했다. 아라시가 재빨리 시선을 떨구더니 아까보다는 약간 긴장이 풀어진 목소리로 말했다.

"그럼 갈게."

고개 숙인 아라시의 얼굴에 안도와 고마움이 비쳤다. 기분 탓은 아니었다. 그런데도 아라시는 새침하게 다시 평소대로 어깨에 힘을 주고 뒤돌아갔다. 그 걸음을 보고 남들에게 보이는 뒷모습까지 신경 쓰여 잠시도 마음을 놓지 못한다는 것을 깨달았다.

자존심도 세고 공격적으로 말하는 여자애라는 건 알았지만, 감사나 호의를 솔직하게 전하기가 본인도 어색하고 힘든 일임이 분명했다.

의뢰인 쓰치야 고이치가 만나고 싶다는 이는 7년 전 실종된 약혼녀였다. 이 사람은 분명 계속 기다렸을 것이다. 생사를 확인할 수 없는 연인의 여러 가능성을 생각하면서. 성실하고 다정해 보이는 사람이었다.

쓰치야 고이치는 나 같은 고등학생에게도 예의 바르고 마음속 고민을 숨기려고 하지 않았다. 여기까지 오는 데도 큰 용기가 필요했을 것이다. 그는 다리 위에 깍지 낀 두 손을 한 번도 풀지 않았다.

그날 밤, 나는 늦게까지 병원에 남았다.

"그럼 시작할까?"

할머니가 보라색 주머니 안에서 청동으로 만들어진 손바닥 크기의 둥근 무언가를 꺼냈다. 내가 처음 보는 물건이었다.

"그게 뭐예요?"

"이것을 소유한 사람이 츠나구란다. 거울이지."

손으로 감싸며 거울을 감추듯 덮은 할머니가 단호한 목소리로 내게 말했다.

"아직 보면 안 돼."

할머니는 언제나처럼 정원으로 나를 데리고 나갔다. 아무도 없는 식당을 망설임 없이 지나 자물쇠가 잠긴 입구를 열쇠로 열고 밖으로 나갔다.

달이 떠 있었다. 밤의 정원은 생각보다 밝았다.

사방이 병동으로 둘러싸인 탓인지 아직 불이 켜진 병실에서 나온 불빛이 정원까지 다다랐다. 멀리서 텔레비전 소리가 들려왔다. 같은 방송을 보는 사람이 많은지 똑같은 소리가 이중, 삼중으로 울려 퍼졌다. 이곳에 할머니와 자신 둘밖에 없다는 사실이 이상할 정도로 창문은 밝은 빛을 내뿜고 있었다.

"겨울에도 여기에서 혼자 교섭했어요?"

환자복 차림인 할머니의 가냘픈 어깨를 보니 어쩐지 마음이 무거워졌다.

"아직 겨울이란다."

할머니가 고개를 저으며 화제를 돌렸다.

"지금부터 중요하단다. 이제 츠나구의 본분에 대해 말해 주마."

벤치 위에 하늘을 바라보도록 놓아둔 청동 거울은 간신히 달빛을 비출 정도로 희미한 빛밖에 없었다.

"거울을 들여다보지 말거라. 알겠니? 자, 일단 츠나구는 이 거울을 사용해 망자를 불러낸단다. 단 그것은 소유자인 츠나구에게만 허락된 거야. 힘을 넘겨 줄 때, 새로운 츠나구는 거울과 계약을 맺지. 그리고 그 시점부터 전 계약자는 츠나구로서의 자격을 잃게 된단다."

"네."

"거울에는 항상 계약자가 있어야만 한단다. 만약 계약자를 잃으면 바로 다음 계약자를 찾아야 하지. 그렇지 않으면 계속 이어져 온 츠나구의 힘이 거기에서 끊기게 되거든."

"책임이 막중하네요."

지금까지 오래도록 전해 내려온 거울과 힘의 바통 릴레이를 자기가 멈추게 할지도 모르는 일이다. 할머니가 눈가에 주름을 만들며 웃었다.

"그렇지. 그러니까 너도 책임감 있게 누군가에게 물려줘야 한단다. 알겠니?"

"네."

"계약한 이후에는 거울을 늘 몸에 지니고 다녀야 한다. 가족에게도 거울에 관한 이야기는 하지 않는 게 좋아. 나를 봐라, 감쪽같았지?"

"그러네요."

이런 거울이 집에 있는 줄도 몰랐다. 할머니는 들여다보지 말라고 했지만 더 가까이에서 거울을 자세히 보고 싶었다. 할머니는 아까부터 경계하듯 나를 일정한 거리 이상 다가오지 못하게 했다.

"지금부터가 정말 중요하단다."

할머니가 굳은 목소리로 말했다. 알겠다고 대답하는 내 눈을 할머니가 똑바로 쳐다보았다.

"이 거울은 소유자 이외에 다른 사람이 보면 절대 안 된다!"

할머니의 말이 점차 느려졌다. 할머니는 한 박자 쉬고 말을 이어갔다.

"만약 소유자가 아닌 사람이 거울을 보면 그 사람은 거울 소유자와 함께 목숨을 빼앗긴다."

달을 감싼 푸른빛이 갑자기 두 사람 곁으로 내려오는 듯했다. 할머니는 지금껏 본 적 없는 진지한 표정이었다.

나는 그 순간 하늘을 향해 있는 벤치 위 거울에 시선이 갔지만 허둥지둥 황급히 고개를 돌렸다.

"죽는다는 건가요?"

"맞아. 그러니까 이 거울은 몸에 항상 지니고 다니면서 스스로 관리해야 해. 나는 시집올 때 누구에게도 거울의 존재를 말하지 말라고 배웠다. 몹시 위험하니까 남편인 네 할아버지에게도 알리지 않았어."

할머니가 긴장된 공기를 누그러뜨리듯 가벼운 한숨을 내쉬며 말했다.

"뭐, 네 할아버지에게 알려 줬다고 해도 믿지 않았을 테지만. 애초에 할아버지는 아키야마 본가의 가업에 대해 회의적이었거든."

"거울을 본 사람이 목숨을 빼앗긴다는 건 알겠어요. 하지만 거울 소유자까지 그때 죽는 거예요? 둘이 같이?"

"맞아."

할머니가 확실하게 고개를 끄덕였다.

"소유자가 아닌 사람이 들여다보았으니 거울 소유자를 일단 초기화할 필요가 있단다. 거울의 관리를 소홀히 한 책임으로 거울을 본 사람과 함께 목숨을 빼앗기는 거지."

긴장한 탓인지 나는 절로 침이 삼켜졌다. 목에서 꿀꺽 소리가 났다.

"어떻게 죽나요?"

목소리는 자신이 듣기에도 딱딱했다.

"무슨 일이 일어나는지는 실제로 옆에서 본 적이 없으니 모른다. 하지만 분명 괴롭겠지."

그렇게 말하는 할머니가 더 괴로워 보였다. 할머니가 잠시 시선을 떨구더니 다시 나를 바라보았다.

"그러니까 항상 거울에는 계약자가 있어야만 한단다. 오랜 기간 계약자가 없는 상태가 지속되면 통제할 수 있는 사람이 없어 거울을 들여다보는 사람이 연이어 목숨을 잃지."

"그렇게 무서운 물건이라는 걸 왜 이제 와서 알려 주시는 건가요?."

가볍게 말할 생각이었지만 절반은 진심이었다. 머리로는 뒤로 물러설 수 없다는 걸 알면서도 지금 거울을 바라보지 못하는 건 핑계가 아니었다.

할머니는 아무렇지 않은 표정으로 고개를 저었다.

"너에게 물려줄 때는 제대로 된 절차에 따라 거울 소유자를 바꾸는 것이니 아무 문제가 없단다. 규칙만 잘 지키면 무서운 게 아니야."

"하지만…."

"자, 이제 시작해 볼까? 너는 멀리 떨어져서 보고 있으렴."

고개를 든 할머니의 눈에 낮의 병원에서는 본 적이 없던 힘이 흘러넘쳤다.

쓰치야 고이치가 의뢰한 히무카이 기라리는 실종자였다. 심지어 가명일지도 모른다. 어떻게 할 생각일까? 그때 벤치 앞에서 무릎을 꿇듯이 앉은 할머니가 거울을 향해 손을 뻗었다.

거울 표면에 손가락을 얹고 음료에 올라간 크림을 섞듯 천천히 원을 그렸다. 내가 있는 곳에서는 할머니의 손이 확실하게 보이지 않았다. 그러나 할머니에게 그런 무시무시한 얘기를 들은 후라 한 걸음도 다가갈 수 없었다.

할머니가 작은 소리로 무언가 중얼거렸다. 마치 껌을 씹는 소리처럼 아주 작은 중얼거림은 특별한 주문이 아니라 의뢰인 쓰치야 고이치의 이름과 그가 의뢰한 히무카이 기라리의 이름, 그리고 기라리가 실종되었다는 날짜였다.

얼마나 시간이 흘렀을까?

할머니의 손가락이 닿은 거울이 달빛을 정확하게 반사하는 순간이 찾아왔다.

영화관 뒤에 있는 영사기가 작은 구멍에서 빛을 쏘는 것처럼 달과 거울이 서로 나누는 공통의 빛이 알갱이를 모으는 듯 크기를 더해갔다. 마치 빛을 내는 반딧불이나 의식이 있는 눈송이가 한 점을 향해 모이는 것 같았다.

거울을 중심으로 퍼져나간 빛이 이윽고 하나의 형상을 이루었다. 그 순간 그 자리에 한 사람의 모습이 나타났다.

여자였다. 쓰치야 고이치가 했던 말과 일치하는 여성이 그 자리에서 희미한 빛을 내뿜으며 서 있었다. 그리고 천천히 자기 손바닥을 내려다보고 주변을 둘러보았다.

나는 눈을 크게 떴다.

망자를 부를 때는 거울을 통해 보이지 않는 '저 세상'에서 사람을 불러 데려온다고 생각했다. 하지만 망자는 거울 너머에서 나타나지 않았다. 형상은 거울 위에 한 점에 모이는 반딧불이처럼 빛의 알갱이가 모여 하나로 굳어졌을 뿐이다.

모습을 드러낸 히무카이 기라리는 죽은 사람의 영혼이라기보다 마치 이 세상에 남겨진 예전부터 '히무카이 기라리였던 존재'라는 느낌이었다.

할머니가 중얼거린 말속에 의뢰인의 이름이 포함되어 있었던 탓인지도 모른다. 의뢰인의 기억과 만나고 싶다는 바람이 거울에 반사되어 망자의 기억을 전부 이곳으로 끌어당긴 것 같았다.

"안녕하신가?"

멍자에게 길을 알려 주듯 할머니가 기라리를 불렀다. 그제야 히무카이 기라리의 시선이 자신보다 낮은 곳에 있는 할머니에게로 향했다.

“당신을 만나고 싶다는 사람이 있네.”

마치 소리가 닿지 않는 유리창 너머의 대화를 훔쳐보는 기분이었다.

놀란 히무카이 기라리가 멍한 표정으로 눈을 크게 뜨고 있었다. 아직 기라리의 목소리는 들리지 않았다. 애니메이션에서 본 목소리를 잃은 인어공주가 떠올랐다. 바다의 물거품처럼 빛의 입자가 밤하늘에 계속 떠다녔다.

할머니의 표정은 온화했다.

“히무카이 기라리 씨. 자신에게 무슨 일이 있었는지 기억하는가?”

빛 속에서 히무카이 기라리가 목을 누르고 뒤로 물러났다. 얼어붙은 얼굴로 믿기 어려운 광경을 보는 눈빛으로 다시 할머니를 바라보았다.

“미안하네.”

할머니가 고개를 숙이고 정중하게 사과했다.

“쓰치야 고이치 씨가 당신을 만나고 싶어 해. 여기까지 오는데 시간이 좀 걸렸지. 당신 본명이 뭔가?”

“구와모토 데루코예요.”

그녀의 목소리가 귀에 닿은 순간, 그녀의 몸을 감싼 빛이 깨끗하게 걷혔다. 한 손으로 입술을 가리고 다른 한 손으로 다시 목을 누른 그녀의 눈에서 눈물이 흘러넘쳤다.

그날 밤, 할머니는 빛에는 빛이 지나가는 길이 있다고 설명해 주었다.

그 길이 시나가와에 있는 그 호텔로 이어진다. 달과 거울이 이어진 길을 통해 잠깐 내려오듯 면회 요청을 받으면 망자는 그 호텔에 모습을 드러낼 수 있다.

"그래서 만월이 가장 좋은 거지. 빛이 강하면 오래 함께 있을 수 있거든."

구와모토 데루코가 사라진 뒤, 할머니와 나는 정원이 보이는 식당으로 들어갔다. 영업시간이 진즉에 끝난 식당은 이미 난방이 끊겼지만, 그래도 바깥에 비하면 공기가 부드럽게 두 사람을 감싸주는 듯했다.

"영혼의 길이라는 말인가요?"

도시 괴담이나 심령사진을 해설하는 텔레비전 프로그램에서 들은 적 있는 개념이다.

"영혼이라기보다 고양이가 다니는 길 같다고 할 수 있지 않을까?"

내 질문에 할머니가 고개를 갸웃거리며 대답했다.

"분명 자신만의 영역처럼 정해진 범위가 있는 게야."

"흐음."

나에게는 확 와닿지 않는 비유였지만 일단 고개를 끄덕였다. 따뜻한 차 두 잔을 준비해 테이블 위에 올려두자 낮보다 더 하얗고 또렷한 수증기가 피어올랐다. 한참 후에 할머니가 질문했다.

"어땠니?"

"기억을 잡는 것 같았어요."

방금 보았던 광경이 머릿속에서 지워지지 않는다. 히무카이 기라리를 감싼 하얀 빛의 형상이 아직 눈 안쪽에 남아 있었다. 그러나 시간이 지나면서 그것이 현실에서 펼쳐진 일이라는 생동감은 점차 희미해졌다.

"엄청 모호한 곳에서 데려온다는 느낌? 저 세상에서 불러낸다기보다 이 세상에 남겨진 그 사람의 조각이나 기억을 이곳저곳에서 모아 한 사람의 형상으로 만들어내는 것처럼 보였어요."

할머니는 아무 말도 하지 않았다. 나는 계속 말했다.

"거울을 사용해 불러낼 때도 할머니가 그 사람의 가명을 불렀으니 괜히 더 그렇게 보인 것일 수도 있어요. 본명이 아닌데도 나타났으니까요. 죽은 사람의 영혼을 불러낸다는 느낌은 솔직히 크게 느껴지지 않았어요."

"예리하구나. 나도 그렇게 생각한 적이 있단다."

할머니가 그제야 미소를 지었다.

"난 츠나구를 몇십 년 하고 나서야 그렇게 생각했는데 너는 빠르구나."

"어쩌다가 느낀 거지만 그래도 그런 생각이 들었어요."

빛의 입자가 모이는 광경을 보고 자연스럽게 떠오른 생각이었다. 방금 할머니가 부른 히무카이 기라리도, 지금까지의 사람들도, 어쩌면 '만나고 싶다'라고 소망한 결과, 의지를 갖고 한곳에 모인 기억의 잔상이 아닐까? 그렇기에 그 모습은 하룻밤 동안 한 사람에게만 주어지는 게 아닐까?

할머니가 억양 없는 목소리로 말했다.

"나는 그저 오라버니에게 방법을 듣고 거울을 이어받았을 뿐이란다. 지금 불러낸 누군가가 진짜 영혼인지 아닌지는 사실 나도 잘 몰라."

"그게 의미가 있을까요?"

불쑥 목소리가 튀어나왔다.

방금까지 화려한 빛에 둘러싸여 있던 정원이 고요해졌다. 정원이 내려다보이는 창문의 불빛도 꽤 많이 사라졌다. 식당에 들어오니 텔레비전 소리도 들리지 않았다.

할머니는 내 말을 듣고 있는지 아닌지 알 수 없는 표정으로 내 앞에 가만히 앉아 있었다.

"만약 죽은 사람은 그냥 죽은 사람일 뿐 영혼 같은 게 없다면요? 아니면 이미 성불하고 저 세상에서 편하게 지내고 있다고 한다면요? 죽은 사람을 만나길 바라는 건 어쩌면 산 사람의 이기심 아닐까요?"

여기저기서 끌어모은 그림자인 망자가 아무리 살아있을 때부터 이어진 의지와 기억을 가지고 나타난다고 하더라도 아침이 오면 사라져 버린다. 지금까지 아유미는 그것을 망자의 영혼이라고 믿어 의심치 않았다.

하지만 만약 이 면회의 기억을 어딘가로 가지고 넘어갈 수 있는 게 아니라면, 저 세상에서 불러낸 '망자'는 어디까지나 의뢰인인 산 사람의 기억에만 남게 되는 것이다.

그게 의미가 있는 걸까?

"아키야마 가문은 점술가 집안이란다."

할머니의 대답은 한참 후에야 돌아왔다. 할머니는 오랜 세월 어떤 상황을 경험하고 무엇을 봐왔을까? 직접 말하지 않아도 할머니의 목소리에서 세월이 느껴졌다.

"길을 잃은 사람들이 길을 찾고 싶어 매달리는 게 점술이지."

"츠나구도 그런 목적을 위해 존재하면 된다는 말씀인가요? 그건 죽은 사람에 대한 모독 아닌가요? 실제로 죽은 사람은 그대로 잠들어 있는데 복제품이 자기를 대신한다는 거잖아요."

기억이나 사고방식이 완전히 똑같다면 단순한 복제품보다는 훨씬 본인과 가까울 것이다. 아무리 그렇다고 해도 어딘가 석연치 않았다.

"망자는 산 사람들을 위해 존재하는 건가요?"

할머니는 대답하지 않았다.

세상을 떠난 누군가와 만남으로써 인생을 한 걸음 더 앞으로 나아가는 사람들도 있다. 마치 점술에 매달리듯 망자와의 만남을 통해 생활에 활력을 얻고 걱정을 해소하는 것이다. 그렇다면 그것은 뻔뻔한 얼굴로 망자의 존재를 소비하고 경시하는 태도가 아닐까?

그런 사고방식은 정말 말도 안 되게 교만한 것이다.

그리고 그것이 좋은 결과를 가져오는 게 아니라 아라시 미사처럼 실패로 끝나는 경우도 있다.

그런 생각이 화풀이나 다름없다는 자각도 없지 않았다. 무엇보다 내가 누구와 만나야 하는지 아직도 고민하고 있었다.

아들에게 소환된 하타다 쓰루는 누군가가 죽은 자신을 만나고 싶어 한다는 사실이 기쁘다고 말했다. 나는 마음속에 가시처럼 박힌 그 말을 아직도 이해할 수 없었다.

내 마음이야 그렇다 치고 아버지나 어머니는 어떨까? 그리고 그런 만남은 과연 의미가 있는 걸까? 부모님 또한 이 세상에 남겨진 기억에 불과하다면 사건의 진상을 알고 싶고 그들을 만나고 싶다고 바라는 것은 결국 내 마음속 응어리를 해소하기 위한 일에 지나지 않는다. 그리고 나는 아마도 부모님 중 한 명을 만나면 다른 한 명을 만나지 않은 것을 분명히 후회할 것이다. 처음 머릿속을 스친 생각이 또렷한 예감이 되었다.

할머니가 말했다.

"이번에는 교섭하는 데 시간이 오래 걸렸구나. 평소엔 이 정도까지는 아닌데."

아까 내 말에는 대답할 생각이 없는 것 같았다.

"하지만 다행이구나. 구와모토 씨가 만나기로 결심해 줘서."

"…그러게요."

할머니가 불러낸 구와모토 데루코는 의뢰인과의 만남을 망설였다. 그 모습도 아유미를 멈춰 세우고 고민하게 만든 요인 중 하나였다. 자기가 죽은 줄도 모르고 아직도 자신을 사랑해 주고 기다리고 있는 연인을 만나면 구와모토 데루코는 쓰치야의 마음속에서 이번에야말로 죽은 사람이 되는 것이다.

그녀의 답변을 듣기까지 긴 시간이 걸렸다. 기억에서 잊혀도 좋으니 만나고 싶다고 결심한 구와모토 데루코는 말을 끝까지 잇지 못했다.

"그 사람이 앞으로 나아갔으면 좋겠어요."

그녀는 쓰치야 고이치가 앞으로 나아가길 바란다고 했다.

완전한 방관자로 곁에서 지켜보던 나는 아무 말도 못 하고 그 모습을 바라보았다.

망자는 누굴 위해, 무엇을 위해, 그곳에 있는 것일까?

이제 내가 결정을 내릴 시간도 눈앞으로 다가왔다.

11

"꽃을 사 가는 게 어떠니?"

할머니가 말했다. 하지만 그런 성격도 아니고, 무엇보다 다른 애들한테 들키면 놀림을 받을 게 뻔하다.

"요즘 계절에는 스위트피나 튤립이 좋으려나."

못마땅한 표정의 나를 거들떠보지도 않고 할머니는 자기 생각만 말했다.

"졸업식도 같은 날이잖아? 여학생이 아니라 선배나 다른 사람에게 주는 척하면서 들고 가면 되잖아."

"그런 문제가 아니에요. 애초에 남자가 꽃을 들고 가는 것 자체가 학교에서는 이상하게 보인다니까요."

"그래도 아라시는 분명 기뻐할 거야."

단순히 의뢰 전화를 받은 것밖에 안 되는 인연인데 할머니는 아라시 미사를 친척 아이라도 되는 것처럼 불렀다. 나는 할머니의 말에 적당히 대꾸하고, 다음 날 학교로 향했다.

졸업식을 마치고 점심 식사까지 끝낸 체육관에는 상상 이상으로 많은 학생이 남아 있었다. 오늘 미시마 유키코의 〈로쿠메이칸〉을 공연한다.

나는 내용을 모른다. 그 책을 읽어 본 적도 없다.

입구 근처에서 실내화로 갈아 신고 있는데 귀에 추모 공연이라는 단어가 들렸다. 흠칫 놀란 내가 고개를 들자 후배로 보이는 두 여학생이 나란히 걷고 있었다. 한 아이가 즐거운 듯 "저쪽에 앉자!"라며 권했다. 두 사람은 꽤 닮아 보였다.

나는 같은 반 친구들에게 말하지 않고 혼자 공연을 보러 왔다. 예전에 아라시가 귀엽다고 얘기했던 같은 반 친구는 오늘 오후 동아리 선배의 졸업을 축하하는 모임이 있다며 먼저 돌아갔다. 처음부터 그 정도의 관심밖에 안 되는 것일지도 모른다. 입구에서 받은 팸플릿에는 배우 중 가장 윗줄에 아라시의 이름이 있었다. 주인공인 듯했다.

팸플릿 왼쪽 윗부분에 '공연에 임하며'라는 문구가 적혀 있었다. 미소노의 사고에 관해 다룬 그 글의 집필자는 아라시가 아니었다.

무대 정면의 가장 좋은 자리에 학부모로 보이는 부부가 앉아 있었다. 무심코 그쪽을 쳐다본 내 시선이 굳어졌다. 부부는 손에 사진을 들고 있었다. 고급스러운 나무 액자 속에는 그날 호텔에서 만났던 미소노 나쓰가 웃고 있었다.

숨을 삼키고 무대를 보았다. 커튼으로 가려진 무대 뒤에서는 세트를 준비하고 있는 듯 이따금 지도 교사의 재촉하는 지시 소리가 들려왔다. 별생각 없이 무대의 끝에서 끝까지 눈으로 좇던 내 시선이 한 곳에서 멈췄다. 지난번 자전거 주차장에 나를 뒤쫓아왔을 때처럼 연보라색 기모노를 입은 아라시가 가만히 객석을 보고 있었다. 오늘은 오비까지 제대로 매고 있었다.

옆에서 봐도 알 수 있을 정도로 미소노의 영정을 바라보는 눈빛이 뜨거웠다. 미소노의 부모님은 눈치채지 못했다. 결심한 듯 아라시가 턱 끝을 당기고, 그대로 커튼 뒤로 사라졌다.

아라시의 주인공 연기는 굉장했다. 다른 부원들과는 비교할 수 없었다. 연기에 망설임이 없었고, 진심으로 분노하고, 방황하고, 기뻐하고, 애원하며 비탄에 잠겼다. 강한 바람을 몰아붙이듯 대사를 전하며 소름 끼치는 기세로 극 중 남편을 내몰았다. 기모노도, 드레스도, 꼿꼿하게 허리를 편 아라시에게 잘 어울렸다.

연극을 보면서 오늘 오지 못한, 예전에 아라시의 외모를 칭찬했던 친구를 꾸짖어야겠다고 여러 번 생각했다. 이런 무대를 보지 않고 뭘 하는 거냐면서.

아라시만 달랐다. 아라시만 진심이었다. 아라시의 마지막 대사가 무대에서 흩어졌다.

"이런, 권총 소리가!"

막이 내려오고 박수가 쏟아졌다. 이어진 커튼콜에서 연극부 모두가 웃고 있었지만, 아라시 혼자만 웃지 않았다. 계속 아사코 연기를 하는 것처럼 보이기도 했다. 하지만 드레스 옷자락을 살짝 들어 올린 아라시는 단 한 사람에게만 고개를 숙여 인사하는 것처럼 보였다.

공연이 끝나고 체육관에서 사람이 대부분 빠져나간 뒤, 나는 망설임 끝에 무대 뒤를 찾았다. 호평 속에 큰 무대를 끝낸 성취감 때문인지 부원들은 자기를 찾아 준 친구들의 격려와 칭찬에 뺨을 발갛게 물들이며 서로 마주 보고 웃고 있었다. 어떤 부원은 아직 무대 앞쪽에 앉아 계시는 미소노의 부모님에게 달려가, 위로하듯 눈시울을 붉히는 사람도 있었다.

그런데 아라시의 모습은 그 어디에도 없었다.

가만히 들여다본 세트 뒤편에서 아라시는 아직 아무도 정리하러 오지 않은 무대 위에서 홀로 소도구를 상자에 담고 있었다. 두꺼운 커튼에 가려진 무대 뒤편은 놀라울 정도로 바깥소리가 멀게 느껴졌다.

아라시는 내가 왔다는 걸 눈치채지 못했다. 무대 의상은 벌써 갈아입은 상태였다. 다른 부원들은 모두 공연의 여운을 즐기는 듯 아직 무대 의상을 갈아입지 않았는데 아라시만 체육복 차림이었다. 예쁘게 매만진 머리와 화장한 어른스러운 얼굴이 체육복과는 어울리지 않았다.

입술을 악물고 연보라색 기모노를 움켜쥐고 있었다. 가는 목에 뼈가 튀어나왔다.

아라시는 다른 부원들처럼 감격의 눈물이 쏟아질 기미는 전혀 보이지 않았다. 말을 걸까 하다가 그만두었다.

"아라시!"

밖에서 지도 교사가 아라시를 부르는 소리가 들렸다. 표정을 바꾸지 않은 아라시는 건조한 목소리로 "네."라고 대답하더니 무대 반대편으로 사라졌다. 결국 나를 보지 못한 채.

아무도 없는 세트 위에서 아라시는 아마도 계속 이어나갈 것이다.

연극이든, 그 무엇이든. 잃어버리고 가슴에 담아 둔 존재를 위해 아라시는 계속해야만 한다.

체육관을 나오자 자전거 주차장에 아라시의 자전거가 눈에 들어왔다. 나는 가방에 넣어둔 탓에 꽃잎이 몇 장 떨어진 작은 꽃다발을 아라시의 자전거 바구니에 올려두었다. 부디 아무도 보지 않았길 바라면서.

한참을 멀어진 뒤 뒤를 돌아보니 정렬된 자전거 가운데 아라시의 자전거만 색이 도드라져 보인다.

봄이 오는구나. 나는 흔들리는 스위트피를 보며 생각했다.

계절이 바뀌려고 한다.

할머니가 입원하고 츠나구의 이야기를 처음 들었던 11월은 겨울 초입이었는데, 이젠 불어오는 바람이 세차다. 색이 없던 하늘에 빛이 지나갔다.

12

쓰치야 고이치가 면회하려는 날은 공교롭게도 하루종일 비 소식이 있었다.

"이것 참 곤란하구나."

그 전날부터 일기예보를 보던 할머니가 중얼거렸다. 달도 보이지 않는 밤은 평소보다 만날 수 있는 시간이 짧아진다. 다음 만월, 하다못해 날이 갠 밤까지 기다리는 것이 좋다. 할머니의 부탁으로 쓰치야에게 전화를 하니 그냥 오늘 만나겠다고 했다.

텅 빈 목소리가 걱정됐지만 나는 그대로 전화를 끊었다.

약속한 날, 호텔 방에서 기다리는 구와모토 데루코는 잔뜩 긴장한 모습이 역력했지만 기쁨을 감추지 못하는 표정이었다. 그녀는 왼손 약지에 낀 반지를 몇 번이나 만지작거리다 아유미의 시선을 깨닫고 생긋 웃으며 말했다.

"받은 지 얼마 안 됐었어요."

그녀는 진정한 의미로 세상을 떠난 망자일까? 아니면 츠나구 거울로 그러모은 모습에 불과한 걸까? 그런 생각을 하니 설명할 길 없는 거북한 감정이 찾아왔다.

"당신은 쓰치야 씨가 인생을 앞으로 나아갈 수 있기를 원하는 마음에 만남을 허락했나요?"

나는 불쾌하게 들리지 않도록 조심스럽게 물었다. 구와모토 데루코가 고개를 끄덕였다. 그늘 한 점 없는 맑은 표정이었다.

"만나고 나면 나를 잊어버릴지도 모르지만 그래도 만나고 싶어요."

"…그렇군요."

망자의 소원은 이루어지게 될까? 그것은 산 사람과 그 만남을 지켜보는 츠나구의 자기만족은 아닐까?

하지만 한껏 기대하는 표정으로 몇 번이고 거울에 반지를 비춰보는 구와모토 데루코를 보니 나는 아무 말도 할 수 없었다.

"다녀오겠습니다."

나는 구와모토 데루코의 약혼자를 데리러 로비로 내려갔다.

"네 기다릴게요." 하고 경쾌한 목소리로 대답하는 그녀의 밝은 모습이 사실은 연기일지도 모른다고 생각하니 뒤를 돌아볼 수 없었다.

그와 약속한 7시에서 10분이 지나고 있었다. 핸드폰으로 연락해도 통화연결음 한 번 들리지 않고 바로 부재중 전화로 넘어간다. 좋지 않은 예감이다. 정면의 호텔 문이 열릴 때마다 자동차 바퀴가 비에 젖은 노면을 스치는 소리가 호텔 안까지 파고들었다. 그때마다 고개를 들어 바라보았지만 쓰치야 고이치는 나타나지 않았다.

'이건 아니잖아.'

속에서 불만이 튀어나왔다. 연결되지 않는 전화를 계속 걸다 보니 30분마다 종을 치는 로비의 벽시계가 '댕' 하고 울렸다. 7시 30분.

문득 엘리베이터로 시선이 향했다.

구와모토 데루코는 약속 시간에 늦는 약혼자를 어떤 기분으로 기다리고 있을까? 거울에 반지를 비춰보며 머리와 옷을 가지런히 정리하던 그녀를 생각하니 울컥 화가 치밀어올랐다.

츠나구를 통해 망자와 만나 인생을 한 걸음 나아간다. 그것은 분명 산 사람의 이기심일지도 모른다. 하지만 그것을 위해 어려운 결심을 하고 나타난 상대에게서 도망치다니 그건 너무 비겁하다.

병원에 전화를 걸어 간호사실에 부탁해 할머니를 바꿔 달라고 했다. 사정을 설명하자 할머니는 깊은 한숨을 내쉬었다.

"할머니, 어떻게 해야 할까요?"

"일단 기다려 보거라. 그는 분명 나타날 거야. 그렇지 않으면 처음부터 의뢰도 하지 않았겠지."

"저, 용서할 수가 없어요."

스스로도 깜짝 놀랄 정도로 거친 목소리가 나왔다. 핸드폰으로 통화하는 사이에도 호텔 문이 열리고 들어오는 사람이 쓰치야가 아니라는 사실에 짜증은 더욱 심해졌다. 이런 상황도 모르고 방에서 기다리는 데루코의 기분은 그보다 더할 것이다.

오늘이 끝나면 구와모토 데루코는 영혼이든 살아있을 때의 조각이든 정말로 사라져 버리는데.

"근처까지는 왔을 게야. 밤새도록이라도 괜찮으니 기다려야 한다."

"하지만…."

"아유미."

"그 사람, 오늘 만나지 않으면 평생 후회하게 될 거예요."

어째서인지 무대 뒤에서 묵묵히 소도구를 정리하던 아라시의 옆모습이 비 내리는 바깥의 어두운 거리에 겹쳐 보였다. 전화를 끊었다. 할머니가 무슨 말을 하는 것 같았지만 그대로 핸드폰을 주머니에 넣고 호텔 밖으로 나갔다.

겁을 먹은 쓰치야 고이치의 마음은 이해한다. 도망쳤다면 그것도 충분히 이해한다.

나는 호텔 입구 앞의 횡단보도를 건너다가 로비에 우산을 두고 왔다는 것을 깨달았지만 돌아갈 생각은 없다. 지금 돌아가면 뛰쳐나온 기력도 기세도 잃어버린다. 믿을 수 있는 것은 할머니의 말씀과 직감뿐이었다.

쓰치야는 분명 호텔 근처까지 왔을 것이다. 나라도 분명 그랬을 것이다.

역까지 가는 짧은 길 가운데 눈에 들어오는 카페와 레스토랑을 하나하나 살폈다. 도망가게 놔두지 않을 거야. 그런 기분이었다. 눈앞에서 사람이 불행해지는 꼴을 보고만 있을 수는 없었다. 나는 당사자가 아니었지만 아라시 미사 때처럼 찝찝한 감정은 두 번 다시 맛보고 싶지 않았다.

분명 내가 하려는 행동은 규칙 위반이다. 주머니 안에서 울리기 시작하는 핸드폰은 아마도 할머니의 전화일 것이다.

무엇을 위해 왜 이런 쓸데없는 고생을 사서 하는 것일까? 나는 자신에게도 화가 났다. 비를 맞으면서 갑자기 될 대로 되라는 마음이 들었다. 쓰치야 고이치를 찾는 것은 이미 누군가에게 하는 변명처럼 단순 작업으로 느껴졌다.

이런 짓을 해서 무슨 소용이 있을까?

하염없이 내리는 비는 조금 전 시나가와역에 도착했을 때보다 빗줄기가 더 거세졌다.

'그만 포기할까? 계속 찾으려면 이제는 역 반대편으로 가야 하는데 그렇게까지 한들 무슨 소용이 있을까?'

의욕이 한풀 꺾였다.

나는 호텔 앞 횡단보도로 다시 돌아왔다. 호텔로 돌아갈까, 아니면 다시 역으로 갈까. 우두커니 선 내 옆으로 수많은 우산이 스쳐 지나가는 가운데 갑자기 정면에서 누군가 나를 부르는 소리가 들려왔다.

"저기."

고개를 들자 빨간 우산과 그보다 낮은 위치에 있는 노란 우산이 눈에 들어왔다. 놀라움은 조금 늦게 찾아왔다. 나를 바라보던 상대 역시 숨을 들이마시듯 입술을 벌리고 있었다.

첫 의뢰인 히라세 마나미였다.

연예인이었던 미즈시로 사오리와의 면회를 마치고 아침 햇살 속으로 돌아간 그 여자다.

히라세는 자기도 모르게 나를 불러 세운 느낌이었다. 그러고는 자신도 당황한 듯 "아" 하고 짧은 소리를 낸 뒤 내 쪽으로 다가왔다.

"비에 젖어…."

히라세가 내 쪽으로 손을 뻗어 자신의 우산을 기울였다.

히라세 옆에는 작은 여자아이가 서 있었다. 노란 우산은 그 아이의 것이다. 장난감처럼 자그마한 우산을 흔들거리며 비스듬히 쓰고 히라세 마나미와 그녀가 말을 건 나를 올려다보고 있었다.

"고모, 왜 그래?"

아이가 애교 있는 코맹맹이 목소리로 물었다. 입이 떨어지지 않았다. 아이를 바라보는 내 시선을 알아차린 히라세가 당황한 듯 말했다.

"조카야. 외국에 사는 오빠 가족이 지금 귀국해서 그 호텔에 머물고 있거든. 오늘 함께 식사하기로 해서."

11월에 만났을 때보다 더 차분한 목소리였다. 자신 없어 보이는 인상은 그대로였지만, 나에게 쭈뼛쭈뼛 말을 걸어오던 존댓말이 이제는 마음속 응어리를 훌훌 털어버린 듯 말끔하게 사라졌다.

히라세 마나미의 시선이 향한 횡단보도 건너편에는 그녀가 말한 오빠 부부로 보이는 두 사람의 모습이 보였다. 먼저 횡단보도를 건넌 그들이 의아한 표정으로 이쪽을 바라보며 여동생과 딸을 기다리고 있었다.

"너, 그때 그 츠나구 맞지?"

히라세가 조심스럽게 물었다.

흠뻑 젖은 머리 사이로 보이는 히라세 마나미는 그 사이 다른 사람이 되어 있었다. 화장기가 없던 입술은 반짝거렸고 뺨에는 홍조가 돌았다.

조카가 어리둥절한 눈빛으로 히라세의 치마를 붙잡고 손을 뻗어 고모의 손을 잡으려 했다.

"그 애는 아마 죽을 생각인 거야."

호텔 방에 나타난 미즈시로 사오리의 말이 빗소리를 감쪽같이 지웠다. 그래서 나는 반대로 히라세에게 물었다.

"히라세 씨, 제게 의뢰한 걸 후회하지 않나요?"

히라세가 놀란 듯 입을 다물었다. 의뢰인을 만나는 동안 가면을 쓴 것처럼 감추고 덮어왔던 내 진심이 고스란히 드러났다.

나는 망설이고 있었다. 츠나구란 무엇일까? 망자는 산 사람을 위해 존재해도 괜찮은 걸까? 망자를 만나고 싶어 하는 마음은 모두 산 사람의 이기적인 감정 아닐까?

이상한 말을 한다고 생각했을 것이다. 하지만 히라세는 내 말을 웃어넘기지 않았다. 입을 굳게 다문 히라세가 침묵을 깨고 힘차게 고개를 끄덕였다.

"후회하지 않아!"

나에게 우산을 씌워 주는 바람에 빗방울이 히라세의 이마를 두드렸다. 히라세의 팔은 바람에도 흔들림 없이 나를 향해 곧게 뻗어있었다.

무엇이 지금 히라세의 그 손을 지탱하고 있는지 본인이 아니면 알 수 없다. 아라시 미사가 왜 연극을 계속하고 있는지도.

잃어버린 누군가의 삶은 무엇을 위해 존재하는 것일까? 속절없이 그 자리를 맴도는 벗어날 수 없는 상실감을 우리는 어떻게 해야 하는 걸까?

아라시는 그래도 미소노 때문에 그곳에 서 있었다. 만약 미소노가 살아있었다면 자신을 어떻게 볼까? 아라시는 아마도 잃어버린 친구의 시선을 영원히 마음속에 간직할 것이다. 이제 이 세상에서 미소노가 사라져 평생 만날 수 없다고 하더라도.

그렇다면 지금 빗속에 서 있는 히라세 마나미의 마음속에도 미즈시로 사오리의 그림자가 존재할까? "아이돌은 대단해!"라고 그렇게 감탄하던 목소리를 가슴에 품고 미즈시로 사오리에게 있었을지도 모르는 삶을 대신 살아간다.

그것은 분명 누군가의 죽음을 소비한다는 의미에서 산 사람의 자기기만일지도 모른다. 하지만 사실은 누구에게나 망자의 시선이 필요할지도 모른다. 어디에 있어도, 무엇을 해도, 신이 지켜보고 있다는 생각이 때로는 사람의 행동을 결정하는 것과 같다. 본 적 없는 신에 대한 믿음보다 절실하게 구체적인 누군가의 모습을 항상 곁에 두는 것이다.

'그 사람이라면 어떻게 했을까?'라는 물음을 던지며 그들의 잔소리와 꾸짖음마저 그리워하며 하루하루를 살아간다.

내 눈앞에 갑자기 파란 하늘이 펼쳐졌다.

희미했던 부모님의 얼굴이 떠올랐다. 그들과 함께 지냈던 집과 마당. 그리고 거기에 자주 찾아왔던 할머니.

그때.

목에서 울부짖는 소리가 튀어나올 뻔했다.

"아!"

내가 눈을 떴다. 그 순간 떠올랐다. 그 집의 기억. 내가 알던 부모님.

"괜찮으면 이 우산을 써. 호텔에도 거의 다 왔고 나는 조카랑 같이 쓰면 되니까."

히라세 마나미가 오래된 친구처럼 나에게 말했다. 그녀는 조카를 향해 몸을 숙였다. 조카가 장난치듯 "에?" 하고 웃으며 몸을 돌려 우산을 가슴 쪽으로 끌어당겼다. 히라세가 웃었다.

"부탁해. 같이 쓰자. 엄마 아빠가 기다려."

나는 그 표정을 본 순간 마음을 굳혔다. 히라세가 건네는 우산을 받았다. 이제 내 말에는 망설임이 없었다.

"히라세 씨, 고마워요."

"응?"

"정말로. 오늘 만나서 너무 다행이에요."

의아한 표정으로 서 있는 히라세에게 고개를 숙인 나는 역 쪽으로 발걸음을 서둘렀다.

역 반대편으로 나가자마자 제일 먼저 눈에 들어온 카페 창가에 쓰치야의 모습이 보였다. 비에 젖은 앞머리의 물방울이 코를 따라 입으로 미끄러졌다.

"쓰치야 씨."

카페 안으로 들어가 이름을 부르자 그는 천천히 고개를 들었다. 어리광을 피우는 듯한 머뭇거림은 내가 끌어안은 속마음과 매우 유사했다. 정말 자신을 찾지 않길 바란다면 그냥 집으로 돌아가면 된다. 그 호텔과 가까운 카페의 창가 자리라니. 사실은 그럴 필요도 없는 것이다.

"만나야 해요!"

안타까워서 말했다. 싸워도 상관없다. 쓰치야 고이치도, 나도, 무섭다는 핑계로 결정을 미루고 도망치고 있다. 똑같이 후회하려 한다.

"응석 부리지 마."

절반은 자신을 향한 말이었다.

"제발 만나요. 부탁드립니다!"

그것이 산 사람을 위한 것일지라도 남겨진 자에게는 다른 사람의 죽음을 짊어질 의무가 있다. 자신을 위해 잃어버린 사람을 되살린다고 해도 일상은 흘러간다.

이 세상을 살아가는 남겨진 사람들은 몹시 이기적이고 또 그럴 수밖에 없다. 그것이 비록 슬프고 뻔뻔한 생각이라고 해도.

13

비가 내린 3월의 정원은 메말랐던 나무들과 잔디가 활기를 되찾은 것 같았다. 줄곧 색이 없던 바닥도 갈색으로 짙어지고 새로운 계절을 맞이하기 위한 충분한 물기를 되찾았다.

비가 그치고 거짓말처럼 맑게 갰다.

"조금 걸을까?"

병실을 찾아간 나에게 할머니는 아무것도 묻지 않았다. 그저 손자를 정원으로 데리고 나설 뿐이었다.

어젯밤 쓰치야의 면회가 제대로 이뤄졌다는 얘기는 전화로 말해 두었다. 그때도 할머니는 전화로 "그러니."라는 한마디만 했을 뿐이었다.

오늘 작은아버지 가족도 저녁에 병문안을 오기로 했다. 그들이 도착할 즈음 사다유키 할아버지도 온다. 다 함께 할머니를 뵙고 아유미는 오랜만에 사다유키 할아버지 집에 함께 가기로 약속했다. 츠나구의 역할을 수행하기 위해 호텔에 머물 때는 항상 아키야마 가문의 이름을 핑계로 댔다. 작은아버지와 작은어머니는 내가 이틀 연속으로 외박한다고 했지만, 이번에는 거짓말이 아니다. 나는 오늘 정식으로 아키야마 가문의 일원으로서 사다유키에게 설명을 들을 것이다.

"할머니가 츠나구의 힘을 물려주는 사람으로 저를 선택한 이유는 저를 아키야마 가문의 일원으로 만들고 싶었기 때문이죠?"

중앙의 벤치에는 아무도 앉아 있지 않았다. 지금까지 의뢰인들과 만나 대화를 나눈 장소다. 할머니는 벤치에 앉자 예전에 비해 색이 옅어진 눈동자를 위로 향해 나를 봤다.

"최근에야 깨달았어요."

내가 말을 이었다.

"부모님이 없는 제가 걱정되니까. 츠나구의 힘을 물려받으면 그것만으로도 아키야마 가문은 저를 내치지 않고, 앞으로 무슨 일이 있어도 저를 도울 테니까. 그런 관계를 만들어 주려고 저를 츠나구로 선택하신 것 아닌가요?"

할머니가 입을 다물었다. 일부러 무시할 생각은 아닌 듯 그저 발밑에 피어난 작은 꽃을 바라보고 있었다. 봄까치꽃은 어젯밤의 비에도 꺾이지 않고 하늘을 향해 작은 꽃을 내밀고 있었다.

할머니가 시집올 때, 사다유키가 여동생에게 힘을 물려준 것과 마찬가지다. 할머니도 마찬가지로 손자가 유복한 집안의 보호를 받을 수 있도록 고려했던 것이다.

"아니라면 죄송해요."

할머니가 대답하기 전에 내가 먼저 대답했다.

"할머니, 아버지에게도 힘을 양도한 적이 있지 않나요?"

할머니의 얼굴이 움찔했다. 허리를 곧게 편 할머니가 아무 말 없이 나를 쳐다보았다. 역시.

지금까지의 그 어떤 말보다 하기 어려운 이야기를 해야만 한다는 예감에 가슴이 먹먹해졌다. 최대한 목소리에 감정이 드러나지 않길 바라며 내가 설명했다.

"…할머니가 제게 주신 츠나구 매뉴얼 노트. 꽤 오래된 노트라 신경이 쓰였어요. 노트에서 할머니 글씨가 아닌 다른 글씨체도 보았어요."

외래어가 많은 메모는 분명 할머니보다 젊은 사람의 글씨였다. 아버지의 글씨체. 작은아버지 댁에 보관하던 아버지의 서류나 책, 유품에서 본 적이 있다. 그 글씨는 할머니가 건넨 노트 속 글씨와 매우 닮았다. 그 노트를 물려받은 사람은 내가 두 번째였던 것이다.

할머니가 아버지에게 츠나구를 물려준 이유는 명백하다. 할아버지와 점점 멀어져 집에서 내쫓긴 아들의 처지를 걱정한 것이다. 아버지의 일이 궤도에 올랐다고는 해도 할머니의 눈에는 여전히 경제적으로 불안하게 비쳤을 것이고 며느리도 시아버지와 만날 수조차 없었던 상황이다. 그래서 할머니는 아키야마 가문이 그 가족을 지켜 주기를 기대한 것은 아닐까?

"전부 내 탓이다."

이윽고 할머니가 입을 열었다.

깊은 슬픔에 잠긴 듯한 힘없는 목소리는 할머니에게 어울리지 않았다. 아유미의 가슴에 묵직한 아픔이 퍼졌다. 그 이상은 말하지 않아도 괜찮았지만, 다른 한편으로는 더 듣고 싶고, 알고 싶기도 했다. 그래서 아유미는 말리지 않았다.

갑자기 할머니가 한없이 작아 보였다.

"네 말대로 네 아버지에게 츠나구의 힘을 물려주면서 말했다.

그 누구에게도 가족에게도 츠나구의 힘과 역할에 관해 절대 말하면 안 된다고."

"…네."

부모님이 돌아가시기 전, 아버지는 바람을 피웠다고 의심받았다. 사건 현장에는 아버지의 가방이 마치 어머니가 가방 안을 훔쳐본 것처럼 열려 있는 상태였다. 그 당시 아버지에게는 좋지 않은 소문이 따라다녔다. 어디 어디의 호텔에서 여자하고 둘이 있는 아버지를 보았다, 일이라고 하지만 확실히 수상했다 등등.

그건 그 시나가와의 호텔에 있던 아버지의 모습은 아니었을까? 달과 거울의 빛이 지나가는 길은 츠나구가 일을 수행하는 장소다.

"내 잘못이야. 아들에게 아내한테는 제대로 설명하라고 말해야 했어. 츠나구의 역할이 무엇인지 제대로 설명했더라면 그런 일은 일어나지 않았을 텐데. 아내한테 오해도 받지 않고, 두 사람 모두 죽을 일은 없었을 텐데."

"알려 주세요, 할머니."

할머니의 떨리는 목소리가 물기를 머금고 있었다.

"현장에는 아버지의 가방이 열려 있었고 핸드폰과 지갑 같은 게 모두 흐트러져 있었대요. 사실 거기에 거울도 있었던 것 아닌가요?"

할머니에게 물려받을 청동 거울.

거울의 소유자가 아닌 다른 사람이 거울을 들여다보면 거울 주인과 함께 목숨을 빼앗긴다. 목을 졸린 어머니도, 혀를 깨문 아버지도 나는 이야기로만 들었을 뿐이다. 하지만 그렇게 부자연스럽게 죽다니. 아직도 이해가 가지 않았다.

작은아버지와 고모 역시 혀를 깨물고 자살했다는 게 너무 이상하다고 호소했다.

그것은 사건이 아니라 사고였던 게 아닐까?

아버지가 소유한 거울을 어머니가 들여다보는 바람에 생긴 불행한 결과는 아니었을까?

눈가에 주름이 잡힌 할머니의 눈이 가늘게 일그러졌다. 눈물이 차올라 눈동자를 뒤덮어도 할머니는 눈물을 닦지 않았다. 떨어지지 않은 눈물방울이 눈동자에 힘껏 매달려 있었다.

"있었다."

할머니가 대답했다.

"내가 두 사람을 발견했을 때 책상 위에 거울이 있었어. 무슨 일이 일어난 건지 바로 알아차렸지. 그래서 내가 거울을 얼른 숨겼단다."

전부 내 탓이다. 할머니가 같은 말을 반복했다.

"더 이상 다른 사람을 휘말리게 할 수는 없었어. 소유자를 잃은 지 얼마 안 된 거울과 그 자리에서 나는 다시 계약하고 아들에게서 츠나구의 힘을 다시 가져온 거지."

'내 탓이야, 내 탓!'

누구에게 들려주기 위해서 하는 말이 아니다. 고장 난 기계처럼 되풀이하는 그 목소리가 얼마나 깊은 회한에서 나오는 것인지 가늠할 수 없었다.

"얘기를 하라고 해야 했어."

할머니는 말을 이었다.

"네 아버지와 어머니는 정말 사이가 좋았단다. 그럴 줄 알았으면 비밀이라고 할 것도 없이 모든 것을 아내한테는 말해야 했어. 의심 끝에 그런 일이 벌어지다니 이 무슨 안타까운 일이니. 무슨 일이 있었는지는 나도 모른단다. 하지만 두 사람 모두 괴로웠을 거야."

상상해 보았다. 아버지의 외도를 의심해 증거를 찾기 위해 가방을 열어 본 어머니가 거울을 발견한다. 거울을 들여다보았을 때, 두 사람에게 비극이 일어난다. 어머니는 목이 졸리고 아버지는 혀를 깨물어 그 자리에서 원치 않은 죽음을 맞이했다. 거울은 소유자를 백지로 되돌렸다.

"언젠가는 네게 말해 주려 했단다."

마음에서 우러나온 목소리였다. 말하는 할머니의 고개가 부르르 떨렸다.

할머니의 얼굴을 똑바로 바라보기가 괴로웠다. 나에게 츠나구를 물려주기로 결심한 순간부터 할머니는 자신의 책임에 관해서도 모두 털어놓기로 계속 마음을 먹고 있었던 것일까? 그것을 생각하면 또 가슴이 아팠다. 할머니도 아키야마 가문도 예전부터 나에겐 한없이 친절했다. 그 덕분에 나는 자신이 불행하다고 생각한 적은 한 번도 없었다.

"할머니."

내가 천천히 할머니를 불렀다. 할머니의 떨리는 어깨에 손을 올려놓고 보니 자신이 언제 이렇게 컸나 싶었다. 어렸을 적 할머니 손을 붙잡고 걸을 때 올려다본 할머니는 그렇게나 키가 커 보였는데, 이제는 내가 훨씬 크다.

나는 깊게 숨을 들이켰다.

시원하게 트인 파란 하늘을 보니 어젯밤 비 내리는 거리에서 갑자기 자신 앞에 펼쳐진 드넓은 파란 하늘이 떠올랐다. 그때 분명 부모님의 얼굴을 보았다. 부모님과 함께 지낸 그 집의 기억. 내가 아는 아버지와 어머니. 확실한 것은 아무것도 없다. 그들을 만나면 전부 알 수 있을지도 모른다. 아버지와 어머니는 내가 의뢰하기를 기다리고 있을지도 모른다.

오만하고 교만한 생각일지도 모른다. 그래도 망자가 간직한 이야기는 살아남은 사람들을 위해 존재하길 바란다.

'망자는 산 사람을 위해 존재해도 괜찮은 걸까?'

전에 할머니에게 한 질문이 나에게 돌아와 꽂혔다. 예전의 나라면 당황했을 것이다. 물론 지금도 망설이고 있다. 하지만 오늘 눈앞에 떨고 있는 할머니를 위해서라면 진실이 무엇이든 상관없었다.

망자는 이 세상에 남은 산 사람을 위해 존재하는 것이다.

"아버지는 아마 자신이 츠나구라는 사실을 어머니에게 말했을 거예요."

할머니의 표정이 딱딱하게 굳었다. 그리고 눈을 깜빡이며 내 얼굴을 가만히 바라보았다.

이것은 나 자신만이 할 수 있는 말이다. 그리고 나는 이것이 진실이라고 확신했다.

"할머니가 말하지 말라고 했어도 아버지는 어머니에게 얘기했을 거예요. 그것도 분명 츠나구가 되고 얼마 안 돼서. 어머니가 아버지를 의심할 리 없어요."

"그럼 어째서…."

"아버지가 어머니에게 어디까지 자세하게 말했는지는 모르죠. 어쩌면 절대 보면 안 된다고만 했을 뿐 거울을 들여다보면 죽는다는 얘기까지는 하지 않았을지도 몰라요."

할머니가 구와모토 데루코를 불러내는 모습을 지켜보면서 할머니가 말한 '목숨을 빼앗긴다'라는 무서운 표현을 듣고 나도 몸이 움츠러들었다. 아버지는 그 공포를 어머니에게 주고 싶지 않았을 것이다. 본인이 관리만 잘하면 문제없다고 생각했던 것일 수도. 그리고 어머니가 멋대로 거울을 꺼내지는 않을 것이라 믿었을 것이다.

그렇다면 그 사이에 있는 것은 흔들림 없는 신뢰 관계다. 의심할 여지 없이 그들은 오히려 신뢰로 이어져 있었다.

“츠나구에 관해 알고 있던 어머니가 아마 아버지 대신 거울을 사용하려던 게 아닐까요? 망자는 자기가 만나고 싶은 사람을 불러낼 수 없다는 규칙을 어머니는 분명 알고 있었을 거예요.”

“아.”

할머니의 얼굴에 무언가 깨달은 듯 놀라움이 퍼져나갔다. 충격을 받은 할머니는 굳은 얼굴로 입을 열었다.

“할아버지….”

떨리는 목소리는 내가 아닌 누군가를 향한 것이었다. 허공을 바라보는 눈에 하얀빛이 드리웠다. 그 이상 설명할 필요는 없었다. 아무 말 없이 고개를 끄덕였다.

부모님의 죽음은 아버지와 관계가 틀어진 할아버지가 세상을 떠나고 반년 후의 일이었다.

어머니는 우울해하는 아버지를 안타까운 심정으로 바라보며 이리저리 방법을 궁리했을 것이다. 할아버지와 아버지의 관계가 무너진 이유 중에는 어머니와의 결혼도 있었기에 항상 아버지와 할아버지에게 미안한 마음이 있었을 것이다. 할 수만 있다면 그 둘을 만나게 해 주고 싶다고 바라지 않았을까?

“어머니는 아마도 할머니가 했던 것처럼 똑같이 하려고 했던 거예요. 할머니가 사다유키 할아버지를 어머니와 만나게 해 준 것처럼 어떻게든 아버지의 소원을 이루어 주고 싶었던 거죠."

이것이 내가 알고 있는 부모님의 모습이었다. 세상을 떠난 후 소문으로 들은 부모님이 아니라 내 마음속에 살아있던 아버지와 어머니는 그런 사람들이었다.

부모님의 죽음은 변하지 않는 사실이다. 잃어버린 과거도 돌아오지 않는다. 하지만 부모님은 서로를 의심하지 않았다. 오히려 서로를 믿었기에 안타까운 엇갈림이 생겨 버린 것이다.

사망 후 부모님이 발견되었을 때 아버지는 어머니의 손을 잡고 있었다. 어딘가 먼 곳으로 떠나려는 사람을 붙잡으려는 듯이.

할머니의 눈은 흠뻑 젖어 있었다. 얼굴의 주름은 눈물이 흐르며 한층 더 깊고 또렷해 보였다. 할머니가 두 손으로 얼굴을 가렸다. 오므린 손가락으로도 막지 못한 오열하는 울음소리가 틈 사이로 새어 나왔다.

나는 할머니의 등을 조심스럽게 쓰다듬으며 입술을 깨물고 손에 힘을 실었다. 진상은 알 수 없다. 하지만 내가 생각하는 진실은 그것이다.

'그렇죠, 아버지?'

고개를 들자 나무들 사이를 지나는 빛이 빗방울을 반사하며 반짝인다. 실눈을 뜨자 태양 빛이 가늘고 길어졌다. 어렸을 적 기억을 채우는 것처럼 눈부시게 아름다운 노란빛이 시야의 끝과 끝을 연결했다.

나는 아버지와 어머니, 누구와도 만나지 않겠다는 결심을 말했다. 한동안 아무 말도 하지 않던 할머니가 짧게 대답했다.

"그렇구나."

울음을 멈춘 할머니의 야윈 뺨이 눈물로 하얘졌다. 거기에서 기분 좋은 따뜻함이 느껴졌다.

"저는 언젠가 만난다면 할머니를 만나고 싶어요!"

그 말에 할머니가 눈도 깜빡이지 않고 움직임을 멈추었다. 눈을 마주치기가 어색해 단숨에 말해 버렸다.

"아직 먼 일이겠지만 만약에 제가 누군가에게 츠나구의 힘을 물려주면 그때 할머니와 만나게 해 달라고 부탁할 거예요. 그때는 저도 비실비실한 할아버지가 되어 있을 테지만…. 하하하!"

"나는 지금 비실비실하지는 않단다."

무뚝뚝한 평소의 할머니 말투로 되돌아왔다.

"에이, 그냥 하는 말이죠. 아무튼 할머니를 만날 거예요. 제가 예약했으니까 그때까지 아무도 만나시면 안 돼요."

"나 말고 다른 사람을 위해 남겨 두렴. 네 인생은 지금부터 시작이고, 너는 아직 아무것도 모르잖니. 결혼도 해야 하고 아이도 낳아야 해. 앞으로 살아가는 게 쉽지는 않을 거야. 그때가 되면

이 할미는 생각도 나지 않을걸?"

"그래도 지금은 할머니로 할래요."

할머니는 괜히 멋쩍어서 저런 미운 말을 골라 하는 것인지도 모른다. 하지만 왠지 이상해지는 기분에 나는 웃음을 터뜨리고 말았다.

"그래도 나이가 든 후에 할머니를 만난다는 건 그만큼 제 인생이 평온했다는 증거잖아요? 그러니까 기다려 주세요."

"…그러마."

"저는 지금 작은아버지 가족과 함께 사는 게 즐거워요."

이제 와서 이야기하는 것도 이상하지만 그 말은 꼭 전해야 할 것 같았다.

"제게 가족은 할머니와 작은아버지, 작은어머니, 아카네가 전부니까요. 그러니까 지금 무리하게 할머니에게 부탁하면서까지 만나고 싶은 사람은 없어요."

"알겠다."

할머니의 대답은 여전히 새침했다. 그 얼굴을 바라보며 나는 할머니가 평소와 다르지 않다고 생각했다.

부모님을 잃고 차마 입에 담기 힘든 소문이 자신을 따라다닌다는 것을 처음 알았을 때, 나는 어린 마음에 너무 두렵고 놀라 어찌할 바를 몰랐다. 사람들이 낮은 목소리로 수군거릴 때마다 나는 당당하면 안 될 것 같았다. 항상 누군가에게 사과하면서 살아야 한다는 근거 없는 죄의식에 몸도 마음도 빼앗겨 버렸다.

그런 나를 끊어지지 않게 지금 이 자리에 붙들어 맨 것은 할머니의 한마디였다.

그때 무슨 일로 외출했는지는 잊어버렸다. 아마도 마트에 가는 길이었던 것 같다. 집에 돌아오는 길에 나와 할머니는 버스를 탔다. 아기를 안고 있던 아주머니의 품속에서 아기가 신고 있던 신발 한 짝이 굴러떨어졌다. 내가 신발을 주워 아주머니에게 내밀었다.

"여기요."

아주머니의 부탁으로 내가 아기에게 신발을 신겨 주었다. 감사 인사를 전한 아주머니가 할머니를 보고 나를 칭찬했다.

"손자분이 귀엽네요."

예의 바르다고도 했던 것 같다.

그에 할머니가 기쁜 듯 대답했다.

"우리 친손자랍니다. 외손자가 아니라, 우리 친손자."

그때 나는 친손자와 외손자의 차이를 잘 몰랐다. 하지만 처음 듣는 신선한 그 표현은 의미를 알기 전까지 쭉 내 마음속에 계속 머물러 있었다.

친손자는 부모님까지 전부 긍정해 주는 말이었다.

"예전에 할아버지가 다른 사람에게 너를 자랑했던 적이 있었단다."

할머니가 갑자기 말을 꺼냈다.

지금껏 잊고 있었던 것처럼 불쑥.

"유치원에 다닐 때 네 그림이 신문에 실린 적이 있었잖니?"

"…네."

달걀말이 주먹밥 그림이다. 아버지와 어머니와 둘러앉아 함께 보았었다.

"할아버지가 집에 놀러 온 친구들에게 그 그림을 자랑했지. 친구들이 대단하다고 말했는데도 더 칭찬을 원하는 것처럼 몇 번이나 보여 주면서 '그냥 손자가 아니야, 친손자야'라면서 강조하더구나."

따뜻한 바람이 뒤통수를 스쳐 갔다. 나를 마주 본 할머니는 눈가에 잔주름을 만들며 말을 계속했다.

"할아버지는 내가 보고 있다는 걸 몰랐을 게야. 솔직하지 못한 사람이었지. 지금쯤 저 세상에서 네 아버지와 어머니에게 노인네 취급 받고 있는 건 아닌지 몰라."

"그랬군요."

할아버지가 손자를 그리 자랑스러워했는지, 부모님은 그 사실을 알고 있었을까. 할머니는 그런 남편의 영향으로 언젠가 버스에서 손자를 똑같이 불렀다는 사실을 기억하지 못할지도 모른다. 떠올릴 일도 없을 것이다.

하지만 그래도 괜찮다. 내가 기억하고 있기 때문이다.

“거절해도 괜찮단다.”

할머니가 불쑥 말했다. 예상치 못한 진지한 눈빛이 나를 향해 있었다.

“나는 분명 츠나구의 힘을 물려줄 사람은 너밖에 없다고 생각했어. 네 아버지와 어머니의 일을 말하고 싶기도 했고, 아키야마 가문도 앞으로 츠나구가 된 너를 도와 줄 거야. 하지만 거절해도 괜찮단다.”

“괜찮아요. 저는 할 거예요.”

나 스스로 의외라고 생각할 정도로 시원시원한 대답이 나왔다. 할머니는 아무 말도 하지 않았다. 그저 기다리듯 지그시 나를 바라보고 있었다.

“할게요!”

다시 한번 말했다.

할머니의 병실에서 처음 수락했을 때보다 더 확고한 의지를 담아 대답할 수 있었다. 할머니가 하고 싶은 말이 있는 듯 아랫입술을 뗐다. 하지만 결국 한마디도 하지 않고 고개만 끄덕였다.

“자, 그럼 시작해 볼까?”

환자복 소매에서 갑자기 청동 거울이 든 주머니를 꺼내는 할머니를 보고 나는 당황했다.

아직 해도 떠 있고 사람도 많은 병원의 정원이었다.

"여기서 해도 괜찮아요?"

"괜찮아."

내 물음에 할머니는 시원시원하게 대답했다.

"거창하게 해야 한다는 규칙은 없으니까."

할머니가 보라색 주머니에서 거울을 꺼내 손 위에 올리고 나에게 건넸다.

"손을 올리렴."

할머니의 부드러운 목소리가 나를 이끌었다.

"힘을 물려받으면 사용 방법도 자세하게 알려 주마. 지금은 일단 내가 됐다고 할 때까지 눈을 감고 있으렴."

나는 천천히 할머니의 손바닥에 내 손을 올렸다. 그리고 서로 말을 건네지 않았다.

눈을 감자 지금까지 보고 있었던 하늘의 푸른 잔상이 눈 속에 새겨졌다.

힘을 물려받는 이 순간, 눈을 감고 있어도 빛이 느껴질 정도로 따뜻한 장소에 있다는 것, 오늘이 그날이라는 것이 누군가의 축복처럼 느껴졌다.

거울 밑에 있는 할머니의 손이 점점 뜨거워졌다.

"거절해도 된단다."

무미건조한 할머니의 목소리가 진심인지 아닌지는 알 수 없었다. 하지만 할머니의 목소리는 어딘가 들떠 있었고 얼굴엔 웃음을 띠고 있었다.

"괜찮겠니?"

"지금 와서 그러기예요?"

"뭐, 그도 그렇구나."

눈을 감으니 노란색과 빨간색, 주황색의 태양이 느껴졌다. 눈동자와 공기 사이의 눈꺼풀의 두께까지 또렷하게 알 수 있었다. 귀를 기울이고 할머니의 신호를 기다렸다.

할머니의 목소리가 들려왔다.

눈을 뜨렴.

<작품 해설>

똑같은 무게를 가진
산 사람과 죽은 사람의 삶에 관한 이야기

츠지무라 미즈키. 2004년 장편소설 《차가운 학교의 시간은 멈춘다》로 데뷔했다(사실 이 책은 상·중·하 세 권으로 이루어져, 장편소설이라기보다 대작이라는 표현이 더 잘 어울린다). 당시 스물네 살이었으니 이미 재능은 완성형이었다. 나는 이 작품을 통해 츠지무라 미즈키를 처음 만났다.

교묘한 속임수와 연출이 넘쳐나는 작가가 등장했군. 그것이 당시 내 솔직한 감상이었다. 실제로 이 책은 신인 작가가 썼다고는 믿기 어려운 작품이었다. 압도적인 분량뿐만 아니라 일반적으로 다루기 어려운 설정이나 깊숙하게 숨겨진 장치는 이제 막 소설을 쓰기 시작한 작가는 감당할 수 없는 것이었다. 그것을 수습한 것은 츠지무라 미즈키의 타고난 연출력이었다. 앞으로도 그녀는 그 매력과 실력을 착실하게 발전해 나갈 것이라 믿는다.

츠지무라 미즈키. 여러분도 잘 알고 있듯 내 걱정은 기우였다. 츠지무라 미즈키는 열정적으로 작품을 발표하고 순조롭게 호평을 받으며 독자층을 확보해 나갔다. 핑계는 아니지만 츠지무라 미즈키의 데뷔작을 보고 그녀가 이런 방향으로 변화를 이루어 내리라고 예상한 사람은 그렇게 많지 않았을 것이다.

츠지무라 미즈키의 작품을 하나하나 나열해 봐도 어떤 작품이 그녀의 터닝 포인트였는지, 잘 모르겠다. 나는 《얼음 고래》 아니면 《제로, 여덟, 제로, 일곱》이라고 생각했는데, 실제로 츠지무라 미즈키에게 터닝 포인트인 작품을 물어보니 본인도 잘 모르겠다는 대답에 마치 나를 놀리는 듯한 기분이 들었다.

어쨌든 앞으로 츠지무라 미즈키라는 작가를 회고할 때 이 《사자 츠나구》라는 작품은 틀림없이 중요한 위치를 차지할 것이다.

죽음에 관해 글을 쓰기란 쉽지 않다. 어느 시대나 어느 나라에서도 어렵지만, 특히 현대의 일본에서 죽음을 다루기란 더 쉽지 않다. 왜냐하면 바탕이 되는 이야기가 별로 없기 때문이다. 사생관까지는 아니더라도 많은 일본인의 죽음과 사후에 관한 이미지는 때로는 불교적이거나 기독교적이며, 때로는 민속 신앙적이고 유물론적이기에 결국에는 그 어느 것도 아니다.

그 '어느 것도 아닌 것'이 또 다양하여 같은 사람의 죽음이라도 그를 받아들이는 사람에 따라 망자는 별이나 유령, 천 개의 바람이 되기도 하며 그저 한 줌의 재가 되기도 한다.

망자에 대한 산 사람의 추억 회상이 아닌, 망자를 그대로 이야기에 등장시키기 위해 작가는 파악할 수 없는 '어느 것도 아닌 것'과 마주해야만 한다. 츠지무라 미즈키는 《사자 츠나구》에서 그것을 한 명의 남자아이에게 허락했다.

"죽은 사람과 산 사람을 만나게 해 주는 창구. 제가 바로 사자 츠나구입니다."

갑자기 세상을 떠난 인기 연예인과 짧은 순간이었지만 그녀와 인연이 닿은 평범한 직장인 여성.

츠나구의 도움으로 세상을 떠난 남편과 만난 어머니, 그리고 암으로 그 어머니를 잃은 까칠하고 무례한 장남.

항상 친구를 치켜세워 준 쾌활한 여고생과 그녀의 사고사에 관한 비밀을 간직한 그녀의 친한 친구.

어느 날 갑자기 실종된 비밀투성이의 여성과 그녀를 잃고 실의에 빠져 사는 남성.

망자는 츠나구의 도움으로 단 하룻밤 이 세상으로 되돌아온다. 산 사람처럼 태연하게 행동하는 망자의 앞에 산 사람은 멍하니 넋을 잃고 선다. 삶과 죽음의 색이 뒤바뀐 듯한 짧은 해후 뒤, 산 사람은 산 사람의 세계로 돌아가고 망자는 망자의 세계로 사라진다.

이때 산 사람의 마음에는 다채로운 색의 감정이 남는다. 긍정적인 희망도 있고 하염없는 후회도 있다. 감탄도 있고 비탄도 있으며 낙담도 있다. 망자는 모두 다 압도적인 상실감을 남긴다. 이는 부재의 헤아릴 수 없는 존재감이라고 할 수 있으리라. 망자는 절대 살아 돌아오지 않는다.

츠나구인 소년은 고뇌한다.

"츠나구란 무엇인가?"

"잃어버린 누군가의 삶은 무엇을 위해 존재하는가?"

소년이 도달한 답들 가운데 망자는 하룻밤으로는 사라지지 않는 반짝임을 머금는다. 그렇기에 어쩌면 이 이야기는 산 사람과 죽은 망자의 이야기가 아니다. 똑같은 무게를 가진 산 사람과 죽은 사람의 삶에 관한 이야기다.

이 책을 끝까지 읽은 사람들은 어쩌면 이렇게 생각하고 있을지도 모른다.

만약 나라면 누구와 만나고 싶은가?

내가 산 사람의 입장이라면.

내가 죽은 사람의 입장이라면.

나는 단 한 번밖에 사용할 수 없는 그 티켓을 진정 사용할 것인가, 사용하지 않을 것인가.

답은 정해져 있지 않다. 적어도 내 경우에는 10년 전과 지금의 대답이 다르고, 10년 후에는 또 다른 대답을 할 것이다.

누구를 생각하고, 무엇을 원했는지, 그와는 별개로 그런 생각을 한 시점에서 츠지무라 미즈키는 독자의 츠나구가 되었다고 할 수 있다.

《사자 츠나구》로 요시카와 에이지 문학 신인상을 받으며 그녀는 이렇게 말했다.

자신을 위해 쓰인 책이라며 행복으로 착각하고 꾸준히 이어온 독서 경험이 피가 되고 살이 되었다고.

많은 독자에게는 《사자 츠나구》가 '행복으로 착각'하는 책이 되지 않았을까?

츠지무라 미즈키. 그녀 역시 엄마이다. 엄마가 되는 것은 여성에게 매우(엄청난) 경험일 것이다. 그것이 작품에 바로 변화가 나타날 정도로 단순한 이야기도 아니겠지만, 츠지무라 미즈키라는 작가는 분명 지금까지와는 다른 '엄마'라는 시점을 얻었을 것이다. 또한 아이의 성장을 지켜본다는 것은, 어린 시절을 간접 체험하는 기회를 얻은 것이기도 하다.

사적으로 새로운 걸음을 내디딘 그녀가, 앞으로 작가로서 어떻게 변화하고 어떤 이야기를 만들어 낼 것인가. 동시대를 살아가는 한 명의 독자로서 조금은 거만한 시선으로 앞으로도 쭉 츠지무라 미즈키를 지켜볼 것이다.

소설가 혼다 다카요시

사자 츠나구 1

산 자와 죽은 자 단 한 번의 해후

펴낸날 2023년 8월 10일 1판 1쇄

지은이 츠지무라 미즈키
옮긴이 오정화
펴낸이 강유균
편집위원 이라야 남은영
기획·홍보 김아름 김혜림
교정·교열 이교숙 정아영 나지원
경영지원 이안순
디자인 바이텍스트
마케팅 신용천

펴낸곳 리드리드출판(주)
출판등록 1978년 5월 15일(제 13-19호)
주소 경기도 고양시 덕양구 청초로 66 덕은리버워크지산 B동 2007호~2009호
전화 (02)719-1424
팩스 (02)719-1404
이메일 gangibook@naver.com
홈페이지 www.readlead.kr

ISBN 978-89-7277-379-5 (04830)

* 파본은 구입한 서점에서 교환해 드립니다.
* 책값은 뒤표지에 있습니다.